NE T'ARRÊTE PAS DE COURIR

Du même auteur

Sale gosse, L'Iconoclaste, 2019

L'Iconoclaste
26, rue Jacob, 75006 Paris
Tél. : 01 42 17 47 80
iconoclaste@editions-iconoclaste.fr
www.editions-iconoclaste.fr

MATHIEU PALAIN

NE T'ARRÊTE PAS DE COURIR

L'ICONOCLASTE

À ceux qui tombent,
Et tous les autres, dehors,
qui les attendent.

un.

Maintenant je connais ça par cœur, mais la première fois j'ai failli rater le parloir. J'avais pris mes dispositions, pourtant. Je m'étais couché tôt, j'avais mis un réveil. Seulement j'avais oublié la voiture. J'ai une bagnole en fin de vie, un Nissan qui pollue trop et à la jauge d'essence capricieuse. Même en panne sèche sur la bande d'arrêt d'urgence, elle persiste à indiquer les trois quarts du plein, alors comme cela m'est arrivé un paquet de fois et que je n'éprouve aucun plaisir à poireauter le long d'une nationale en attendant la dépanneuse, j'essaye de lui donner à boire régulièrement. Il était sept heures quand j'ai quitté la station-service de la porte de Montreuil, je m'en souviens parce que le mec à la radio annonçait les titres du journal. Je me suis dit, t'as de la marge. Puis j'ai vu toutes ces voitures à l'arrêt sur le périphérique, leurs feux traçant un fleuve rouge vif dans la nuit. Un accident. J'avais pas le droit d'être en retard. Même d'une minute. Vous ne répondez pas à l'appel, pas de parloir, tant pis pour vous. Il m'a fallu une heure et quart pour faire quarante kilomètres. Je me suis garé n'importe comment devant la prison et j'ai couru à l'accueil en espérant y trouver du monde. C'était le cas. Ça sentait le café là-dedans. La télé était branchée sur M6 Boutique, des filles en brassière faisaient de leur mieux pour nous vendre une ceinture qui donne le ventre plat. Je transpirais. J'ai à peine eu le temps de laisser mon portable au casier que le surveillant a lancé à travers la salle : « Parloir de 8 h 45 ! »

On était seize. Des mères, des sœurs, des compagnes et des sacs de linge au bout des doigts. J'étais le seul mec. En rang d'oignons, on a suivi le surveillant jusqu'à une porte blindée, il nous a fait attendre une minute dans le vent et la porte s'est ouverte. Il faisait chaud à l'intérieur, on s'y est engouffrés comme dans un bus en hiver. Il n'y avait rien dans cette salle, à part un portique de sécurité et un tapis roulant à rayons X. Le surveillant nous appelait un par un. Vous sonnez, vous enlevez un truc – ceinture, collier, paire de bottes. Trois échecs sous le portique et vous rentrez chez vous, parloir annulé. Ça a été mon tour, le surveillant a dit : « Famille Coulibaly », et je me suis avancé, sentant sur moi le regard de ces femmes qui pensaient, ce petit Blanc, là, il s'appelle Coulibaly? J'ai ôté ma veste. À gauche, il y avait une vitre sans tain, que le surveillant a fixée un instant avant de me laisser franchir le tourniquet. Ensuite, il a fallu traverser la cour d'honneur. Les cellules étaient là. J'ai cherché une silhouette à la fenêtre mais il était trop tôt, ou bien il faisait trop froid, je n'ai rien vu derrière les barreaux. Tout me semblait très blanc. Sans les murs d'enceinte, les miradors et les rangées de barbelés, on aurait pu croire à un hôpital. Au-dessus de nos têtes, il y avait une immense toile d'araignée. Des câbles antiaériens, installés après l'évasion de Rédoine Faïd, le braqueur. Ses complices avaient découpé la porte à la disqueuse avant de l'extraire du parloir en menaçant tout le monde à la kalachnikov. Un hélicoptère les attendait. C'était il y a huit mois. Depuis, Faïd a été repris.

Les femmes déposent leurs colis à une surveillante derrière un comptoir et on refait l'appel pour recevoir un numéro de cabine. « Coulibaly, la 24. » Un surveillant m'ouvre une porte repeinte en mauve, au bout d'un couloir, et je me retrouve seul devant trois chaises en plastique et une table bancale. Voilà à quoi ressemble un parloir. Je me place au milieu, en écartant les bras je touche les murs des deux côtés. Je suis de taille moyenne, 1 mètre 74, et comme je n'ai pas des bras d'orang-outan, je dirais que la pièce fait à peu près ça de large, 1 mètre 74. Au mur, il y a un bouton rouge et un hygiaphone. Le bouton rouge, je suppose qu'on appuie dessus quand les choses dégénèrent, quand des petites amies qui n'en peuvent plus d'attendre viennent un jour dire qu'elles n'en peuvent plus, justement, et qu'elles refusent de perdre leur temps. Voilà, c'est la dernière fois. Une claque part, ça gueule, la femme en danger presse le bouton rouge et les surveillants déboulent. Le type est ceinturé, il hurle à la mort dans le couloir, sa voix chargée d'insultes s'éloigne dans les étages tandis que sa femme hoquette, le souffle court, se disant au fond d'elle, c'est bon, c'est fini.

Je l'ignorais mais l'établissement venait de vivre une histoire similaire. Alertés par des bruits suspects, les surveillants avaient déclenché l'alarme et trouvé le détenu qui sautait à pieds joints sur la tête de sa compagne. Quand en garde à vue on lui demanda pourquoi il avait fait ça, il répondit : « Elle m'a trompé. » La jeune femme, vingt-sept ans, avait été transportée à l'hôpital dans un état grave.

Il y a plus de sept cents détenus à Réau, sans compter le personnel et les surveillants, pourtant c'était comme si j'étais seul dans le bâtiment. Le silence était parfait. J'avais installé une chaise en face de la mienne, à une distance que j'estimais raisonnable pour une discussion, et continué d'attendre, seul dans cet espace si vide que le regard n'accroche nulle part. J'étais là pour visiter quelqu'un que je ne connaissais pas, et je me demandais ce qu'on allait bien pouvoir se dire. Je suppose que ça arrive avant un rendez-vous galant, ce genre de stress, on espère que l'alchimie va prendre, mais on prépare quand même deux ou trois sujets de conversation, au cas où. Ça me paraît loin, maintenant, mais à un moment, dans le silence de cette pièce froide, la question m'a violemment percuté : « Qu'est-ce que tu fais là ? »

J'étais tombé sur un article qui commençait ainsi : « C'est l'histoire d'un athlète sacré champion de France du 400 mètres qui a choisi de gâcher son talent et sa vie. Toumany Coulibaly, 30 ans, comparaissait à nouveau devant le tribunal correctionnel d'Évry pour une tentative de cambriolage. Le coureur est actuellement en détention pour des faits similaires. »

J'ignore si c'est parce que ça parlait de sport ou de ce coin de l'Essonne où j'avais grandi, mais ça m'a intéressé. Plus loin dans l'article, le jeune homme était cité à l'audience, demandant à la presse de ne plus écrire sur ses affaires, car le plus âgé de ses quatre enfants avait appris à lire et ça lui ferait mal d'apprendre que son père n'est pas seulement un champion, mais aussi un voleur multirécidiviste. Bien sûr, les journalistes s'étaient moqués de lui, et dans *Le Parisien* on avait eu droit au détail de son « palmarès judiciaire » : treize condamnations, que des vols et des cambriolages. J'ai cherché d'autres articles et je suis tombé sur cette info que j'ai eu beaucoup de mal à croire : le 22 février 2015, quelques heures après avoir remporté le titre de champion de France du 400 mètres, Toumany Coulibaly ne sabre pas le champagne. Il ne fête pas l'événement avec sa femme et ses enfants au restaurant. Non, il pose sa médaille sur la table de la cuisine, attrape une cagoule et rejoint quatre complices pour cambrioler une boutique de téléphones portables.

Sa première incarcération remonte à 2007. On avait dix-neuf ans en 2007. Je veux dire lui et moi, puisqu'on a six mois d'écart. Je marchais chaque matin de mon immeuble jusqu'à la gare de Ris-Orangis et me tapais une heure de RER pour rejoindre la fac, à Paris. Je voulais devenir journaliste, j'avais échoué dans le sport et j'avais pas de plan B. Lui dormait à la maison d'arrêt de Fleury-Mérogis, bâtiment D3, à cinq minutes de chez moi. J'ai regardé à nouveau sa photo dans le journal. Il est en tenue de compétition, cuissard et débardeur. Il se mord la lèvre supérieure, fronce les sourcils et regarde loin devant. Il a l'air d'un type inquiet, sur le point d'envisager la fuite.

Quand j'ai commencé à m'intéresser à Toumany Coulibaly, j'étais en immersion à Auxerre, dans un service de la protection judiciaire de la jeunesse, pour un boulot d'enquête qui, je ne le savais pas encore, allait devenir un roman. Mon quotidien consistait à suivre des éducateurs en prise avec des gamins qui ne vont pas bien. Des écorchés vifs, qui saignent et lèchent leurs plaies. Des gosses en dépression qui se débattent dans leur adolescence en essayant de rester vivants. J'ai passé six mois à leur contact. Je n'en suis pas sorti en expert de la délinquance, loin de là. Disons qu'on m'a fait prendre conscience de principes importants, comme de ne pas laisser tomber un jeune qui a passé sa vie à être abandonné. Peut-être ai-je été influencé par cette expérience. Peut-être pas. Toujours est-il qu'après avoir lu tout ce que je pouvais lire sur Toumany Coulibaly, et alors qu'il exprimait très clairement son désir de ne plus avoir affaire à des journalistes, j'ai décidé de lui écrire.

Toumany Coulibaly
Allée des Thuyas
94260 Fresnes

Cher monsieur Coulibaly,

On a le même âge, on a quasiment grandi au même endroit (Ris-Orangis pour moi) et, si on se croisait, dehors on se tutoierait sûrement, mais on ne se connaît pas, alors je vais dire « vous ».

Mon père était sprinteur à Montgeron, petit, trapu, explosif, il jaillissait des blocks, mais ses jambes courtes l'handicapaient ensuite, il perdait en vitesse. Il était spécialiste du 60 mètres. Le 100, pour lui, c'était déjà trop long. Il n'est jamais devenu champion de France mais il a un record en 7,2 secondes qui n'est pas dégueulasse.

Moi, je ne suis même pas vraiment rapide – je joue 6 au foot, le type qui court longtemps –, mais je sais que le tour de piste est la pire des distances. Il faut être à fond tout en gérant l'effort. Rester en fréquence mais ne pas s'asphyxier. Accepter le lactique sans tétaniser. C'est un sport de chien qui vous fait vomir à l'entraînement et n'offre rien à part des souvenirs et des coupes qui prennent la poussière. On n'y gagne pas sa vie.

Je m'appelle Mathieu Palain. Je suis journaliste. Je ne veux pas vous faire chier. Je sais simplement, parce que j'ai passé ma vie à Ris, Évry, Grigny, Corbeil, qu'il y a des choses que les journalistes ne peuvent pas comprendre. Disiz La Peste a fait une chanson là-dessus, le « Banlieusard Syndrome ». Une histoire de spirale du mec de tess, le truc qui fait qu'on a beau chercher à s'enfuir, le quartier nous rattrape.

Je sais que ce n'est pas facile, et que s'entraîner dans une promenade à Fresnes est un non-sens. Mais j'aimerais vous rencontrer. Je ne suis pas psychologue, mais je pense que je comprends.

Je signais de mon nom, ajoutant mon adresse et mon numéro de portable.

Et puis rien. Le silence.

Je me suis d'abord dit que j'avais fait erreur, il n'était peut-être pas à Fresnes. Puis j'ai compris qu'il faisait ce qu'il avait promis de faire : ne plus parler aux journalistes.

Un an a passé.

Et puis, alors que je sortais de quinze jours de vacances sans connexion, j'ai rallumé mon portable et découvert un texto, reçu d'un numéro inconnu :

« Salut Mathieu c'est Toumany. »

Il m'a fallu un moment.

« Toumany Coulibaly ? »

Il répondit immédiatement.

« Oui c'est bien moi. Le sprinteur. »

« Vous avez reçu ma lettre ? Je suis à l'étranger avec très peu de réseau, seriez-vous d'accord pour se voir ? »

Je ne sais pas pourquoi, je l'imaginais dehors.

« Oui très bien reçue. Je l'ai conservée. Je ne suis plus à Fresnes mais toujours incarcéré à Réau. On peut reprendre contact à votre retour, pas de soucis. »

« Ah, Réau ? »

« Oui… comme j'ai pris un certain nombre d'années de prison, j'ai été transféré en centre de détention. »

« Vous arrivez à vous entraîner ? »

« Oh oui je m'entraîne très très dur. Je n'ai jamais lâché le sport. Depuis le premier jour de mon incarcération, je m'entraîne sans relâche. Je cours autour d'un grand terrain de foot en synthétique qui fait deux cent cinquante mètres. J'y ai accès tous les jours, pareil pour la musculation, je cours en promenade aussi. Le week-end, je fais du renforcement. Et d'autres sports aussi : de la boxe pour le cardio, volley pour la détente, yoga pour la gestion de mon souffle, j'ai repris mes études et obtenu mon BTS de comptabilité en juin dernier. Et je me soigne à travers les psys. »

« Tout ça ! C'est dingue. Vous pensez que je pourrais obtenir un parloir ? »

« Oui, je ne dépends plus du juge, vous y aurez droit, je vous envoie les démarches à faire. »

Voilà comment je me suis retrouvé ce mercredi aux alentours de 8 h 45, à patienter dans une cabine de parloir du centre pénitentiaire du Sud Francilien.

Le silence vous apprend à entendre l'imperceptible. Une voix d'homme, le cliquetis d'un trousseau de clés, le « poc, poc » des chaussures de sécurité. Je tire sur mon jean, je me lève et reste là, les bras ballants, à attendre que la porte s'ouvre. Toumany Coulibaly entre en baissant la tête. Il est plus costaud que je le pensais. Un surveillant referme derrière lui. On se serre la main. Il sourit.

— Merci pour votre lettre. Je la relis souvent.

— Pourquoi m'avoir répondu un an après ? je demande.

— Je vous avais écrit bien avant mais vous m'aviez pas répondu. C'était un texto qui disait « Merci pour la lettre », un truc comme ça. J'avais pas mis mon nom, vous avez pas dû comprendre que ça venait de moi.

Je n'ai aucun souvenir d'un tel message.

— Comment ça va ?

— Très bien. Les jours passent vite, je subis pas du tout ma peine.

— Vous pouvez sortir de cellule ? Vous faites quoi de vos journées ?

— Je suis tout le temps dehors. C'est un autre monde, par rapport à Fresnes. Là-bas, on est les uns sur les autres, cellules fermées, tu sors que pour la douche ou la promenade, ça n'a rien à voir. Ici, on m'a confié le poste de monteur vidéo, je fais des petits films, des reportages…

— C'est-à-dire ?

— J'ai un pied, une caméra, et je filme ce qui se passe dans la prison. Par exemple, cet après-midi, je dois monter un reportage sur Paris-Roubaix, la course de vélo. Des détenus l'ont faite un jour avant les pros.

— Vous les avez filmés ? Comme à la télé ?

Je l'imaginais sur une moto à l'arrière du peloton, une caméra à l'épaule, à avaler de la boue et de la poussière, à avoir mal au cul à la fin de la journée, à cause des pavés.

Il rit.

— J'aurais bien aimé. Non, j'ai récupéré les images et je vais faire le montage. Tous mes reportages, je les diffuse sur la chaîne interne.

— Qui les regarde ?

— Les détenus. Ils ont la télé, il suffit qu'ils se branchent sur la 80 et ils voient ce que je fais.

— Du coup, vous vous baladez avec votre caméra et vous filmez ce que vous voulez ?

— C'est ça. Enfin, ça doit quand même être validé par la direction, donc y a des endroits que je peux pas filmer. Les murs, les grillages, tout ce qui pourrait servir à une évasion. À part ça, ils me laissent tranquille. En ce moment, on tourne un long-métrage.

— Un film de cinéma ?

— Un quatre-vingt-dix minutes. L'histoire d'un boxeur incarcéré. Je joue le rôle principal, c'est pour ça, j'ai poussé de la fonte comme un débile ces derniers temps, mais il fallait que je me fasse un corps de boxeur : les bras, les abdos, tout ça.

Par réflexe, il gonfle le buste, dévoilant les muscles épais qui s'échappent des manches de son t-shirt.

— Je suis lourd, là. 88 kilos, c'est n'importe quoi.

Il a l'air en pleine santé.

— Vous mesurez combien ? je demande.

— 1 mètre 92. Mon poids de forme, c'est 82 kilos. Après le tournage, je reprendrai la course sérieusement parce que sur 400 mètres, quand t'en peux plus et que la respiration se met à siffler, tu les sens les kilos en trop.

L'espace d'un instant, je n'ai pas su quoi répondre. J'ai repensé aux sujets de conversation qu'on prépare en cas de blanc.

— Vous gagnez un peu d'argent ? Comment faites-vous pour cantiner ?

Ah, au fait, oubliez les séries américaines. La cantine n'a rien à voir avec un réfectoire où les détenus en pyjama orange se battent à la fourchette. Chez nous, la gamelle est servie en cellule. On mange sur son lit en regardant la télé. Non, la cantine c'est le magasin général, l'épicerie au coin de la rue, l'endroit où vous achetez tout et n'importe quoi : un ventilateur, des baskets, une paire de chaussettes, de la confiture, du Nutella, une console de jeux, des plaques pour cuisiner… Ça n'a l'air de rien dehors, mais en taule, c'est vital.

— Je bosse à l'atelier. En ce moment, on trie des prospectus. Le tarif, c'est 3 euros les mille fascicules. Si tu carbures bien, tu peux te faire 39 euros. Avant, quand j'étais à Fresnes, je travaillais pas. Y a trop de candidats là-bas, ils donnent la priorité à ceux qu'ont pas de soutien, les indigents qui touchent jamais de mandat, qu'ont personne dehors, pas de femme, pas d'amis.

— Votre femme, elle vient vous voir ?

— Chaque semaine, ouais. Y a qu'elle qu'a un permis. Et toi.

Ça m'a détendu de l'entendre passer au tutoiement.

— T'as des frères et sœurs ?

Il sourit à nouveau.

— On est dix-huit chez nous. Famille malienne. J'ai deux mères. Dix-sept frères et sœurs.

J'ai pensé à *Will Hunting*, ce film où Matt Damon joue un surdoué avec un casier long comme le bras. Il passe son temps à se battre, fait la navette entre le tribunal et la prison, et un jour il rencontre cette fille – Minnie Driver –, une grosse tête de Harvard qui doit bûcher pour réussir parce que, contrairement à lui, elle n'a pas de génie. Ils sortent ensemble, ça se passe comme dans un rêve, sauf qu'au bout d'un moment la fille se rend compte qu'il ne lui a rien confié de vraiment personnel, alors elle lance, parce qu'il est de Boston-Sud et que c'est bourré de catholiques irlandais par là-bas :

« Alors, t'as plein de frères et sœurs ? »

Il est un peu surpris par la question, mais il acquiesce.

« Combien ? elle demande.

— Tu me croirais pas si je te le disais. »

Elle hausse les sourcils.

« Quoi, attends, cinq ? sept ? huit ?

— J'ai douze grands frères. »

Elle crie presque :

« Tu te fous de ma gueule !

— Je le jure devant Dieu. Je suis le treizième, le chanceux.

— Tu te souviens de leurs prénoms ?

— Hein ? C'est mes frères, bien sûr que je me souviens de leurs prénoms.

— Prouve-le. »

Sans la quitter des yeux, il débite à toute vitesse :

« Marky, Ricky, Jimmy, Terry, Mikey, Davy, Timmy, Tony, Joey, Robby, Johnny et Brian.

— Encore.

— Marky, Ricky, Jimmy, Terry, Mikey, Davy, Timmy, Tony, Joey, Robby, Johnny et Brian. »

Elle s'en veut d'avoir douté. Elle dit :

« J'aimerais les rencontrer », et il souffle en retour :

« Bien sûr, ouais, faudra faire ça… »

Plus tard dans le film, on apprend que Matt Damon n'a pas de frères, qu'il a été abandonné, ballotté de famille d'accueil en famille d'accueil et que les cicatrices qui marquent ses jambes ne sont pas les stigmates d'une chute à vélo mais les traces laissées par les coups de couteau et les mégots qu'on éteignait sur sa peau. On se dit alors qu'il part en vrille pour de bonnes raisons.

Je revivais cette scène quand Toumany a dégainé ses dix-sept frères et sœurs.

— Ils n'ont pas de permis pour venir ici ? je demande.

— Non. J'ai coupé les ponts avec tout le monde, les potes aussi. Je veux pas qu'ils viennent. Faut que je me recentre sur moi-même. On fait pas du neuf avec du vieux.

Pour la première fois, il y avait quelque chose de grave dans sa voix.

— Et tes enfants ? T'as des enfants, non ?

Je savais qu'il en avait quatre.

— J'ai trois enfants, Ethan, Kylian et Tina, avec ma femme, Rita, et un fils, Tiago, avec une autre femme. Les trois premiers viennent une fois par mois. Tiago, ça fait trois ans que je l'ai pas vu.

— Comment ils le vivent ? Je veux dire, ça là, ton incarcération ?

Il se passe une main sur le visage.

— Pendant longtemps, je leur ai pas dit que j'étais en prison. Avec leur mère, on disait que j'étais en stage, que je pouvais pas rentrer à la maison, et ils y croyaient. Ils venaient ici, ils pensaient que c'était un genre de centre d'entraînement et que leur père cravachait pour devenir un champion. Mon plus grand, Ethan, il a dix ans maintenant, j'ai dit à Rita, l'année prochaine, c'est le collège, faut lui dire. Moi, à son âge, je prenais le RER seul, tu m'aurais pas fait avaler ces conneries, mais elle m'a dit c'est pas la même éducation, pas la même génération, alors on a attendu. Puis elle est tombée sur l'historique de l'ordinateur et elle a vu qu'il avait tapé « Toumany Coulibaly » dans Google. Là, y a pas de secret, tu fais ça, toutes mes affaires ressortent.

— Alors ?

— Alors je lui ai dit la vérité. Il a pas pleuré. Il a réagi comme moi dans ce genre de situation, il a souri. Je sais que je l'ai énormément déçu.

— Elle date de quand, cette annonce ?

— La semaine dernière. C'est dur, mais il faut le faire. Tina, elle a trois ans, elle dit : « Samedi on va chez papa ! », ça me fend le cœur. C'est pas chez papa, c'est la prison.

Il prend une profonde inspiration.

— J'ai peur que mes actes se répercutent sur mes enfants. Je veux pas comprendre qu'il est trop tard le jour où j'irai voir mon fils au parloir. Ou quand ma fille me dira « Papa, il m'a trompé, je suis enceinte, je lâche l'école... » parce que je pourrai m'en prendre qu'à moi-même.

J'avais pas de montre. Je me disais que ça devait bientôt faire une heure, quand le surveillant s'est pointé à la porte. Il l'a entrouverte et a lancé « Fin de parloir », avant de poursuivre vers la cabine d'à côté.

Toumany s'est levé, il a souri à nouveau, un vrai sourire, et m'a tendu la main.

— À bientôt.

Une fois dehors, j'avais peur d'oublier ce qu'on venait de se dire, alors j'ai roulé juste assez pour quitter le parking sous vidéosurveillance, je me suis garé le long de la voie rapide et j'ai pris des notes. C'était pas hyper confortable, alors j'ai appelé un contact à la direction de l'administration pénitentiaire pour savoir si, en tant que journaliste, je pouvais demander un permis spécial pour mener mes interviews proprement, avec un dictaphone ou un bloc-notes, au moins.

— Je serais toi, il m'a dit, je ferais pas ça. Non seulement ils te fileront pas l'autorisation, mais en plus ils vont te sucrer le parloir. Si tu demandes à faire un vague reportage sur « le sport en détention », ils seront partants, ils te trouveront une prison, un moniteur de sport motivé pour te parler, ça, y a aucun souci. Mais aller voir un mec bien précis pour l'interroger sur sa vie, ça leur plaira pas.

— Pourquoi ?

— Parce que ça starifie un détenu. Ça crée des jalousies. Donc pour éviter de foutre la merde en détention, ils te diront non.

En raccrochant, j'ai remarqué que la prison était encore à un jet de pierre. Par la vitre passager, je voyais le toit du mirador dépasser de la cime des peupliers. Il devait y avoir des gardes armés à l'intérieur, mais j'ai eu beau plisser les yeux, de là où j'étais, il m'était impossible de distinguer qui que ce soit. J'ai remis le contact.

Sur le retour, j'ai reçu un message.

« Yo, merci à toi de t'être déplacé. Ça me fait énormément plaisir. Franchement, j'aurais pas cru, mais le courant passe bien. T'as dû remarquer que je parle énormément. »

J'ai eu envie de revenir. J'avais d'un coup plein de questions.

La semaine suivante, j'avais un petit crayon dans la poche arrière de mon jean, avec des feuilles vierges pliées en quatre. Je savais que ça sonnerait pas au portique. Au parloir, j'ai demandé à Toumany si ça le dérangeait que je prenne des notes, il m'a dit non, vas-y, sans problème, et je me suis mis à gratter. Je risquais probablement pas grand-chose, mais le simple fait de cacher ces trucs me rendait nerveux. Il y a un hublot dans la porte qui permet aux surveillants de voir ce qu'il se passe depuis le couloir. Ils restent pas là à scruter vos faits et gestes – tous les couples font l'amour –, mais ils jettent quand même un œil de temps en temps. Ça me stressait de voir leurs silhouettes passer à travers le couloir. J'ai rangé mon crayon et je m'en suis tenu à la mémoire et au carnet dans la voiture.

Depuis le début, il y avait un truc que je pigeais pas : où avait-il trouvé un iPhone ?

— Je l'ai acheté ici. 500 euros. Tout le monde a un téléphone. Sans ça, tu subis vraiment.

— Qui les fait entrer ?

— Des détenus. Des surveillants. Un vieil iPhone comme le mien, ils le touchent autour de 80 euros dehors, mais à l'intérieur, ça se vend facile 500. À Fresnes, c'était 1 000 euros.

— Et tu t'es jamais fait repérer ?

— Non. Mais c'est réglo, si tu les fais pas chier, les surveillants te laissent tranquille. Ça fait bientôt trois ans que je suis incarcéré, j'ai eu deux fouilles. La dernière, j'étais au téléphone quand le gardien s'est annoncé à la porte, j'ai juste eu le temps de cacher le portable, il a fait un tour rapide, RAS, il est ressorti.

— Mais ils savent que vous avez des portables ?

— Bien sûr qu'ils savent. Je te dis, si tu te tiens à carreau, il t'arrivera rien. Tu te souviens de la chaleur, la semaine dernière ? On faisait des pompes avec des potes dans le couloir. J'étais en train de filmer quand le surveillant est arrivé. Il a rigolé. On le voit se marrer sur la vidéo.

— Ça fait trois ans que t'es là… Ta fin de peine, elle est pour quand ?

— Octobre 2023.

On était en 2019. Ça me semblait si loin. Je me suis retenu de lâcher « désolé ».

Pour des vols sans violence, normalement vous prenez trois ans, vous faites dix-huit mois et vous sortez. Le truc, c'est que Toumany avait tellement d'affaires… J'étais incapable d'expliquer l'enchevêtrement de ses condamnations, mais il en avait assez pour se retrouver avec une peine de braqueur à main armée.

— T'as encore été jugé le mois dernier, non ?

— Ils m'ont rajouté deux ans ferme. Pour le Carrefour de Vigneux.

— C'est quoi l'histoire ?

Il sourit. Il a l'air gêné mais je crois pas qu'il le soit.

— J'avais arrangé le coup avec le vigile pour un cambriolage. Il devait me sortir les plans du magasin, me donner les emplacements des caméras, débrancher l'alarme. On avait rendez-vous. Je le sentais pas, mais j'y suis allé quand même. Quand je suis arrivé, la police m'attendait. Je venais de me faire opérer des genoux, les points étaient frais, je pouvais pas courir, je me suis fait serrer.

— Pourquoi t'y es allé si tu le sentais pas ?

Il hausse les épaules.

— Je sais pas. J'avais besoin de fric. J'étais en rééducation à Clairefontaine, je voyais les footballeurs débarquer en Ferrari, en Lamborghini, et moi j'étais là, avec mon survêt de l'équipe de France, pas un euro en poche, j'avais même pas de quoi payer le kiné.

— C'était combien ?

— 60 euros la séance… Ma femme a essayé de me retenir, je la revois dans l'appartement, me barrer la porte d'entrée, je lui disais « Laisse-moi y aller », elle gueulait et tout, mais j'ai rien voulu savoir. J'en pouvais plus, je devais de l'argent à trop de monde, je volais à l'étalage pour que mes gosses aient des couches sur les fesses, je piquais des boîtes de thon, je payais plus mes amendes, c'était trop.

— Elle a réagi comment, ta femme, quand elle a su que t'étais en garde à vue ?

Il ajuste sa posture. La chaise fait un bruit de plastique.

— Ma femme ? il répète. Ma femme, je lui fais perdre son temps. Elle comprend pas pourquoi je suis comme ça. Elle m'avait envoyé chez Kiabi acheter des fringues pour la petite, je suis revenu avec une robe à 35 euros pour un bébé de trois semaines. Elle m'a hurlé dessus : « J'habille pas mes enfants avec des vêtements volés ! Va les rapporter ! »

Il rit.

— J'avais même pas volé la bonne couleur.

Je ris aussi.

— Et tes parents, ils en pensent quoi ?

— Ma mère, elle prie. Elle dit : « Toumany, tu dois voir l'imam. Tu as la main qui vole. » Voilà, c'est pas moi, c'est ma main. Encore hier, je l'ai eue au téléphone, elle me l'a ressorti.

Il souffle.

— Tu sais, on me voit comme un mec solide, mental d'acier et tout, mais je suis pas si fort. Parfois, je dirais même que je suis faible.

Je ne dis rien. Je l'observe. Il respire.

— J'ai fait des trucs dont j'ai vachement honte. Des vols à l'arraché.

— Des sacs à main ?

Je l'imaginais avec ses 88 kilos de muscle, traîner une vieille dame sur le trottoir pour un sac Chanel. Ça collait pas. J'arrivais pas à mettre son visage sur le corps du type qui ferait un truc pareil.

— J'ai posé une question à une fille, une blonde, sur le quai du RER, elle m'a envoyé chier. Son téléphone a sonné devant moi, elle a décroché, je lui ai arraché. Je l'ai entendue crier « Au voleur ! », j'ai couru tout ce que j'ai pu mais en sautant les tourniquets, j'ai pris une trop grande impulsion, ma tête a heurté un truc dans le plafond et je suis tombé K.-O. Quand je suis revenu à moi, un grand rebeu me maintenait au sol. Il devait bosser dans le bâtiment, il avait des mains épaisses, le genre qui attrape des tuiles gelées sur les chantiers. Il me tenait d'un bras, de l'autre il m'a mis une gifle de cow-boy. Je me suis mis à pleurer. J'ai dit que j'étais malien, que j'avais pas de papiers, il m'a fait la leçon, comme quoi c'était à cause de mecs comme moi que nous, les immigrés, on avait une sale image. Là-dessus, il m'a remis une gifle aussi forte que la première, il a pris le portable et l'a rendu à la fille. Avant de partir, il m'a lancé : « T'as de la chance d'être tombé sur moi. Les keufs, ils te renvoient au bled à la nage ! »

— T'as peur de rechuter ? Je veux dire, ce genre d'histoire, ça pourrait encore arriver ?

— J'ai trente et un ans. Je peux pas répéter les mêmes conneries à l'infini, faut que j'avance. Des pulsions, des tentations, j'en aurai jusqu'à la fin de ma vie. Mais je veux plus céder à la facilité. Je veux plus de ça, là, la prison, mes enfants au parloir… Ça va être dur. Il me faudra un suivi à vie. Je suis pas encore guéri.

Il a l'air sincère.

— Et le sport, t'y crois encore ?

À ce moment de l'histoire, j'avais besoin d'entendre qu'il n'avait pas lâché.

— Je m'entraîne pour ça, pour revenir. Mon objectif, c'est les Jeux olympiques à Paris en 2024.

J'essaye de prendre un ton raisonnable :

— T'es de 1988, comme moi. On aura trente-six ans en 2024. Tu penses pas que tu seras cramé ?

— J'en sais rien, faudra juger sur place. Mais je m'entraîne dur, je cours, je mange bien, je dors à 22 heures, j'ai jamais bu, jamais fumé, je suis pas abîmé.

J'avais envie de croire à cette histoire : le type aux oubliettes qui revient quand on le croit mort. Ça arrive dans les livres, au cinéma. Mais l'athlétisme est un sport cruel, qui exige le meilleur de vous-même. À 90 % de vos capacités, oubliez, vous allez vous ridiculiser.

Quand il a reçu ma lettre, Toumany était à la maison d'arrêt de Fresnes, un édifice en meulière qui sentait probablement la peinture à son inauguration en 1898, mais qui a du mal avec le progrès : 200 %

d'occupation, des punaises de lit, des champignons, des rats qui couinent en dévalant les coursives. Les cours de promenade consistent en un couloir vétuste aux murs si hauts qu'on ne peut espérer le soleil qu'au zénith. Plusieurs tribunaux les ont jugées « attentatoires à la dignité humaine » mais Toumany n'a rien d'autre pour courir alors il slalome entre les détenus, trouve une foulée correcte et avale les 21 kilomètres d'un semi-marathon dans une cour de quinze mètres de long. Pour ne pas avoir à compter les tours, il est autorisé à porter une montre GPS qui lui indique l'allure et les kilomètres. Au bout d'une heure trente, la montre sonne l'arrivée. Toumany ralentit, marche, lève les bras une minute et remonte s'étirer en cellule. C'était il y a longtemps. Il entamait sa peine. Il aurait pu se dire, j'en ai pour cinq ans, minimum, je peux lever le pied, j'affronterai la souffrance quand l'horizon sera dégagé. Mais non.

— À quoi tu penses quand tu cours comme ça, au milieu des détenus ? je demande.

— À la foule. Au speaker dans le stade, aux concurrents que j'aperçois dans les coins. Je pense à ça quand je cours, plus du tout à la prison.

Le surveillant met un tour de clé, dit « C'est l'heure » d'une voix monocorde et reste dans l'embrasure, à attendre qu'on se dise au revoir. Toumany me serre la main. Je sens un papier dans ma paume. Je ferme le poing. Ils sortent, me laissant seul dans le silence. J'ouvre la main. C'est une feuille d'écolier, avec une marge et des grands carreaux, pleine de phrases au stylo bille. Je fais un tour sur moi-même pour vérifier qu'il n'y a pas de caméra, fourre la feuille dans ma poche et attends d'être à l'abri dans mon vieux Nissan, au bord de la voie rapide.

C'est une longue lettre. Je l'ai lue deux fois. Je n'ai pas pu prendre de notes à chaud, je l'ai rangée et j'ai roulé d'une traite jusqu'à la maison. Le lendemain, au petit déjeuner, Adèle a demandé ce qu'il y avait dedans. Elle a éteint la radio et je lui ai lue à voix haute. Quand j'ai relevé la tête, elle pleurait en silence au-dessus de son thé.

Qui suis-je ?

Je suis insaisissable.

Derrière mon sourire et mes attitudes gentilles, il ne faut surtout pas qu'on gratte trop le vernis parce que je crois que je suis un monstre sans CŒUR.

Je veux toujours faire bonne impression. Le regard des autres est important, je veux tellement plaire que je ne dis jamais NON. *Même si je sais que ça va me mettre dans des histoires. Mais jamais je ne me battrais. Je n'aime pas la violence et je suis* LÂCHE.

Les autres le savent vite et profitent de mes faiblesses.

Je suis drôle, souriant, gentil et très IMMATURE *mais dans le fond, je pense surtout à moi.*

Je suis MANIPULATEUR, *hyper* MENTEUR *et pas si gentil que ça. Il est difficile de me faire* CONFIANCE, *je ne suis pas si* FIABLE.

En fait, j'ai un aspect positif en apparence mais assez négatif derrière. J'aime avoir un ascendant sur les autres même si je suis quelqu'un de solitaire qui n'a besoin de personne et déteste demander de l'aide.

Je ne m'intéresse aux autres que si c'est bon pour moi. J'abuse souvent de la culpabilisation avec mon entourage. Ce qui fait de moi quelqu'un de NARCISSIQUE.

QUI SUIS-JE ?

Je ne sais pas trop à part que je suis un VOLEUR *avec des pulsions incontrôlables.*

Je suis MENTEUR *et* MANIPULATEUR *mais derrière tout ça je suis très* TIMIDE.

Je DÉTRUIS *tout ce que je* CONSTRUIS. *Au fond de moi je rêve et j'ai* ENVIE DE RÉUSSIR *mais je me rends compte trop* TARD *que je n'y arriverai pas.*

J'aime mes ENFANTS *et je* VEUX *devenir* MEILLEUR *pour* MOI, *pour* EUX *et le* MONDE ENTIER.

À la fin, il signe d'un dessin étrange, très enfantin. Un bonhomme souriant, les cheveux dressés en pics.

Je ne savais pas quoi penser. Par texto, je lui écris : « J'ai lu en sortant, j'ai été surpris. Je pense que tu es trop sévère avec toi-même. »

« C'est exactement, mais exactement au mot près ce que me dit la psy : trop dur avec moi-même. Elle pense que je me trompe. Mais je me juge au regard de mes actes. »

Ce titre en rouge. Ces majuscules. Il y avait quelque chose qui me dérangeait et pendant quelques jours je n'ai pas su l'identifier. Puis j'ai aligné les mots sur une feuille : CULPABILISATION, MENTEUR, MANIPULATEUR, NARCISSIQUE, IMMATURE, LÂCHE. C'était du jargon d'expert psychiatre. Il a connu tellement d'instructions, tellement de procès, de juges, de psys, il a lu tellement de rapports qu'il a fini par s'emparer des termes que les experts ont collé sur son cas. Il y croit sans doute quand il affirme « je suis un manipulateur narcissique », mais qu'est-ce que ça veut dire ?

Dans ma lettre, j'affirmais pompeusement : « Je ne suis pas psychologue, mais je pense que je comprends. » C'était un mensonge. J'avais beau avoir le même âge, avoir grandi au même endroit, savoir qu'il existe des forces invisibles qui vous ramènent sans cesse aux problèmes du quartier, il y avait plein de choses que je ne saisissais pas chez lui. Je n'étais plus sûr de rien.

Je voulais qu'il change. Qu'il s'en sorte. Qu'il arrête de voler et qu'il devienne champion olympique du 400 mètres. Je rêvais. Je refusais de voir une réalité que pourtant il ne me cachait pas. Je savais qu'à son arrivée à Réau, le gradé l'avait convoqué dans son bureau. Pour blaguer, il avait lancé : « Oh là là, planquez tout, voilà Coulibaly ! » Les surveillants avaient ri, Toumany s'était assis et le gradé avait déroulé son speech : « Vous avez du talent, vous êtes intelligent, vous n'avez rien à faire en prison, vous devriez être dehors à défendre la France dans les grandes compétitions… » et pendant qu'il parlait, Toumany passait son bureau en revue en se disant, il faut que je lui pique un truc. Vingt minutes plus tard, il avait une télécommande universelle dans la poche. Il n'avait aucune idée de ce qu'il allait en faire, elle ne lui servait à rien. Il a fini par la donner à un détenu qui en avait assez de se lever pour changer de chaîne sur sa télé.

J'aurais pu en conclure qu'il était irrécupérable. Mais un camé doit toucher le fond pour rebondir. Connaître l'overdose, la cure, la rechute, la cure, la rechute… C'est en moyenne après le septième séjour en désintox qu'on décroche vraiment de la dope. Le tout, c'est d'y croire.

J'avais envie d'y croire.

deux.

J'ai pris l'habitude de venir chaque semaine. Souvent le mercredi. Je me lève à 6 heures et je roule à travers la nuit jusqu'à cette prison perdue au milieu des champs de la Seine-et-Marne, pour que Toumany me raconte sa vie. Je suis convaincu que, pour comprendre un homme, il faut regarder dans son dos. Le sillage. Les chemins empruntés et ceux qu'il a laissés de côté.

Toumany ignore si son père est né en 1943 comme le dit sa carte d'identité. Il pense qu'il a plutôt vu le jour dix ans plus tard, au village de Bandiougoula, un point sur la carte du Mali, écrasé de soleil, où rien ne pousse, où l'on essuie chaque hiver les colères de l'harmattan, ce vent cinglant qui lève le sable en tempête. Comme d'autres jeunes au village, Mamadou entend parler de Montreuil, une ville bénie aux portes de Paris qui aurait déjà accueilli plus de dix mille Maliens. Une fois qu'il s'est niché dans vos tripes, l'appel d'une vie meilleure est irrésistible. Il part. Ses deux femmes le rejoignent après qu'il a trouvé un poste d'éboueur à la mairie de Paris. Toumany naît le 6 janvier 1988, à Montreuil, donc, mais il a peu de souvenirs de ses années en Seine-Saint-Denis. Il est encore petit quand les Coulibaly emménagent trente kilomètres plus au sud, à Vigneux-sur-Seine. Au rez-de-chaussée d'un immeuble bas. Cité de la Croix-Blanche. Taux de chômage : 52 %.

Disons que l'histoire commence là.

Toumany est le cinquième de la fratrie. Il a une mère, Mina, qu'il appelle Maman, et une autre, Bintou, qu'il appelle Matoutou. Elles pourraient se jalouser, mais il n'y en a pas une pour lancer : « Comment tu parles à mon fils ? » puisque les dix-huit gosses sont les leurs à toutes les deux. Dix-huit naissances, cela implique d'être toujours enceinte, d'avoir sans cesse un bébé dans les bras, une couche à changer, un sein à donner. Les rôles sont bien définis, Mamadou étant le seul à gagner sa vie, il occupe le sommet de la pyramide. Les enfants lui parlent peu car on ne s'adresse pas au chef pour ne rien dire. Mamadou ne participe pas aux corvées, à part la tasse qu'il lave après avoir bu son thé, seul dans la cuisine, à 4 heures du matin, avant de marcher jusqu'à la gare, de monter dans le RER et d'aller ramasser les ordures des Parisiens. Après le déjeuner, il discute un moment avec les Maliens d'un foyer de travailleurs dans le 14ᵉ, puis il rentre à la maison, s'y repose une heure et repart pour l'abattoir où il égorge du bétail selon le rite musulman. Le sacrificateur ayant droit à un morceau de l'animal, il y a toujours de la viande sur la table.

Mamadou dort dans le salon. Les femmes ont chacune leur chambre, qu'elles partagent avec les nourrissons. Ceux qui marchent occupent le garage transformé en dortoir. Des lits superposés ont été poussés contre les murs, laissant un couloir de quarante centimètres pour circuler. Pas d'armoire, pas de machine. Les habits restent pliés dans les valises, et quand le linge sale déborde, on renverse les cabas dans un caddie qu'on pousse jusqu'à la laverie. C'est à l'école que Toumany essuie ses premières insultes. « Tu pues, le Noir ! Les habits, ça se lave. Les tiens, ils sentent le mafé ! » Il lui faudra un moment avant de comprendre que les odeurs de cuisine imprègnent ses tee-shirts parce que, avec les jeans, les draps, les slips et les chaussettes, ils sèchent où ils peuvent : sur le dossier d'une chaise, la tranche d'une porte ou un tuyau de radiateur.

Il a quatre ans, peut-être cinq, quand sa mère l'emmène chez ED pour faire le plein de savons de Marseille. Dans les rayons, Toumany attrape un paquet de bonbons.

— Repose ça, j'ai pas l'argent, dit sa mère.

Il insiste. Se roule par terre.

— J'ai pas assez. La prochaine fois.

Toumany se met à hurler, s'attirant l'attention des clients. Mina le toise. Elle envisage de lui mettre une fessée déculottée devant tout le monde, mais à la place elle fait quelque chose dont Toumany garde un souvenir photographique vingt-cinq ans plus tard : elle éventre le paquet, lui met un bonbon dans la bouche et abandonne le reste en rayon.

— Maintenant, je veux plus t'entendre.

Un type, la soixantaine, s'exclame, assez fort pour être entendu :

— Ah bah, elle est belle la France !

Il n'y a pas d'esclandre. Mina passe à la caisse et paye ses trente savons à deux francs pièce. Mais Toumany a parfaitement compris ce qu'a voulu dire cet homme : alors les Noirs, c'est comme ça que vous nous remerciez ?

Il pense que sa carrière de voleur débute là, quand, pour la première fois de sa vie, il a eu honte pour sa mère. Il aurait pu se promettre d'être riche et célèbre, de lui acheter une maison, une voiture, de lui mettre des billets dans les poches. À la place, il s'est dit, je volerai pour elle.

Il est en CP, en 1994, quand, à l'approche de Noël, la maîtresse autorise les enfants à venir avec leur jouet préféré. Une petite fille apporte une Gameboy, la première, lourde, qu'il faut tenir à deux mains. Très fière, elle fait jouer ses copains les uns après les autres jusqu'à ce que l'engin disparaisse. Tout le monde part à sa recherche tandis que la maîtresse rassure la gamine, et, au bout d'un moment, Toumany sort une Gameboy de son cartable. C'est la sienne, il dit, la preuve, son nom est écrit dessus. Du doigt, il pointe les lettres qui s'alignent en bâtons fragiles sur le plastique gris.

— Toumany, regarde-moi, dit la maîtresse. Tu es sûr que c'est la tienne ? Tu ne l'aurais pas empruntée ?

Comme il n'en démord pas, on interroge sa sœur, en CM1 – « On n'a pas de console à la maison » – puis ses parents, et il faut aller au bout de ces confrontations pour que Toumany avoue : « O.K., je l'ai volée. »

L'épisode ne le décourage pas, au contraire. Il se met en quête de voler des tamagotchis, ces jeux électroniques japonais qui reposent sur le concept de l'animal domestique : un tamagotchi est un chien, un chat, un oiseau dont vous devez vous occuper pour qu'il vous aime et ne claque pas d'ennui. Vous devez le promener, lui donner à manger, nettoyer quand il a chié. Toumany en vole par dizaines, qu'il distribue dans la cour. Le tamagotchi en lui-même, il s'en moque, il ne chialera pas en découvrant que son chien virtuel a passé l'arme à gauche. Ce qui lui plaît, c'est d'obtenir si facilement ce que tout le monde désire. Il n'a qu'à tendre la main et prendre.

C'est pareil avec la musique. Il ne comprend pas plus l'engouement pour 2Pac que pour Alliage ou Britney Spears, mais ce qui est convoité mérite d'être volé, alors il coince les CD dans l'élastique de son jogging, passe la caisse et prend ses jambes à son cou. Un jour, il se présente si vite devant les portes automatiques que le capteur n'a pas le temps de le repérer. Il saute, agite les bras, il sent le souffle des vigiles sur sa nuque quand les portes coulissent enfin, mais il revient le lendemain, car son plaisir tient dans cette adrénaline, quand il se sait hors la loi, dans l'œil de la caméra. Il se met à détester le dimanche puisque les magasins sont fermés.

En CE2, il tombe amoureux. Il ne sait pas s'y prendre, alors il fait ce que font les garçons face à cette vérité inavouable, il embête la fille, l'asticote, lui dit qu'elle est moche. Malheureusement, il pousse la diversion trop loin et lui crache au visage. L'affaire prend de l'ampleur. Quand la mère sonne à la porte des Coulibaly, Toumany accroche son regard au bout de ses pompes, incapable d'expliquer qu'il aime cette fille, qu'il cherchait simplement à se faire remarquer et qu'il s'est laissé déborder par son personnage. Son amoureuse se tient là, à côté, un peu gênée d'en avoir fait une histoire de grandes personnes, mais il est trop tard pour reculer. Mamadou écoute la plainte. Ce n'est pas la première fois, la rumeur avait déjà accusé Toumany d'avoir fait les poches des manteaux à la mosquée, mais il s'était refusé de croire que parmi tous ses enfants, le coupable puisse être ce fils timide qui sourit tout le temps. Ce jour-là, sur le pas de la porte, une gifle part.

J'ai du mal à me souvenir de mes neuf ans, si ce n'est qu'en dehors des matchs de foot et de rugby, je ne faisais rien sans mes parents. Toumany, lui, fraude le RER et se promène seul d'un bout à l'autre de la ligne D. Deux fois par semaine, il se réveille à l'aube et traverse la ville endormie jusqu'à la place du marché, où il aide un maraîcher. Il est payé trois pièces de dix francs pour déballer, et pique des billets bleus dans la caisse. À 8 h 30, il rejoint sa classe, et quand sonne la récréation de midi, il fonce au marché, remballe le stand jusqu'à 13 h 15 et, pendant le quart d'heure qui lui reste avant la sonnerie, va s'acheter un frites-merguez à quinze francs qu'il avale devant le portail.

Pendant trois ans, il a le même instituteur, M. Tararan, un rugbyman qui a grandi dans un village au bord de la Dordogne. Un homme bon, qui sait pourquoi il fait ce métier, et pourquoi il le fait là, au milieu de la cité. Après le cross de l'école, il convoque la maman de Toumany : « Votre fils a doublé l'instituteur qui ouvrait le parcours à vélo. Il a une foulée naturelle et une pointe de vitesse incroyable, vous devriez l'inscrire dans un club. »

Mina fait non de la tête. Le cœur, explique-t-elle dans un français hésitant, est une machine qu'il faut ménager. S'il bat trop vite, il s'use, et finit par lâcher. Alors le mercredi après-midi, quand tout le quartier est au foot, Toumany traîne seul chez Auchan. Parfois il se force à rejoindre les copains au terrain, mais c'est toujours la même rengaine, à l'heure de faire les équipes, après les attaquants, le capitaine choisit un défenseur qui n'a pas peur d'aller au contact, puis il pioche dans le reste : « Toum, si je te prends, tu vas au goal ? Bon, allez, viens alors. »

La vie d'un adolescent est émaillée de premières fois qui auraient toutes dû constituer un traumatisme suffisant pour empêcher une carrière de délinquant. Quand arrive sa première garde à vue, Toumany est en CM1.

Adrien, un camarade de classe, l'invite chez lui après les cours. Des potes du quartier les suivent à distance et les rattrapent devant le portail.

— Toum, fais pas tes plans en scred. Incruste-nous.

Toumany sait que ça va dégénérer.

— C'est chez toi ? T'habites ici ? Comment tu t'appelles ?

— Adrien.

— Tu nous invites, Adrien ? Allez, laisse-nous voir chez toi.

Adrien a la clé dans la main. Il devrait dire non, rentrez chez vous. Il devrait réfléchir à toute vitesse et inventer un mensonge qui réglerait le débat : mon père est à la maison, ma mère est malade, mais il n'y a personne chez lui et il n'a pas le courage de résister, alors il ouvre, la bande s'engouffre et se disperse tel un ouragan à travers les pièces. En un quart d'heure ils s'emparent de casquettes Lacoste, de survêtements, un walkman Sony extra-plat, un jeu d'alliances…

— Putain, mais qu'est-ce qui s'est passé ? gueule Christopher, l'aîné de la famille, en découvrant le chaos de sa chambre. Ma casquette, ma sacoche, mon walkman, ils sont où, putain ?

Adrien, hébété devant la télé, finit par donner le seul nom qu'il connaît. Christopher se poste dans la rue Prosper-Mérimée. Il gueule depuis le trottoir.

— Toumany ! Fils de pute !

Toumany est au premier étage avec ses frères. Il se penche à la fenêtre :

— T'es qui toi ?

— Rends-moi tout ce que tu m'as volé. T'as deux secondes avant que je te monte en l'air.

Toumany n'est pas du genre à se jeter tête la première dans une bagarre. Il réfléchit trop. Est-ce qu'il n'aurait pas un couteau ? Est-ce qu'il est plus fort que moi ? Est-ce que ça vaut le coup ? S'il avait été seul, il aurait essayé de calmer les choses, mais ses frères l'observent, il sait qu'il n'a pas le choix alors il descend et débranche son cerveau pour coller une raclée à ce garçon qui a deux ans de plus que lui. Quand Christopher rentre à la maison, la gueule en chou-fleur et les joues pleines de larmes, sa mère retourne les tiroirs à la recherche des alliances. Elle jette ses fils à l'arrière de la voiture et fonce au commissariat.

Le lendemain, trois policiers se présentent devant l'école Marcel-Pagnol. C'est une scène choquante, quoi qu'on pense du vol d'une bague en or : des enfants de neuf ans assistent à l'arrestation d'un des leurs. Toumany va passer quatre heures au poste.

— Toum, tu vas moisir ici, rigole un complice. Obligé, ton père, ce sera le dernier à venir te chercher.

— Il va débarquer à 20 heures en BM Caddie ! lance un autre, et tout le monde rigole car Mamadou est connu pour rentrer de chez Lidl en poussant son Caddie à même la route, indifférent aux coups de klaxon.

C'est lui qui arrive en premier. Il signe les papiers et récupère son fils.

— T'as fait quoi ? il demande.

— Rien. J'ai juste regardé, ment Toumany. Ils m'ont arrêté parce que j'étais avec eux, mais ils ont bien vu que j'avais rien fait.

Son père n'insiste pas. Il lui tend un sandwich merguez, un paquet de gâteaux, et le ramène à l'école. Il est 15 heures. C'est la récréation. Tout le monde accourt. Toumany roule des épaules. Fait le mec qui en a vu d'autres.

Il quitte la maison peu de temps après. Sur le moment, personne n'y trouve à redire, mais avec le recul c'est quand même très étrange : Toumany est invité à dormir chez Abdoulaye, qui habite un peu plus loin dans sa rue, au 17. Ils sont sept gosses chez lui, mais Abdoulaye est le seul garçon, alors de temps à autre sa mère invite un copain à la maison. Au réveil, elle propose à Toumany de rester déjeuner, puis de rester dîner, et maintenant qu'il est tard, il peut aller se coucher, elle le déposera à l'école demain matin. Et comme ça, Toumany s'installe. Il n'y a pas de passation de pouvoir, à aucun moment les parents ne se réunissent autour d'une table pour acter le fait que Toumany a déménagé. Il revient d'abord prendre un tee-shirt, des slips, des chaussettes, de quoi tenir une semaine. Puis il fait une valise. La parenthèse dure trois ans. De 1998 à 2001, Toumany ne dort plus chez lui. Une assistante sociale a bien tenté de comprendre pourquoi les Coulibaly avaient ostracisé l'un des leurs à trois numéros sur le même trottoir, mais elle n'a rien trouvé. C'était comme ça.

Il y a d'autres énigmes. L'année de leurs six ans, son grand frère et sa grande sœur ont été envoyés au Mali. Leur grand-mère, qui venait en France pour la première fois de sa vie, a insisté pour leur montrer le village, et elle les a gardés. Il reste à Toumany de vagues souvenirs de moments avec eux à Vigneux, sûrement reconstruits à partir de photographies. Sur l'une d'elles, il pose déguisé en militaire, au milieu de ses aînés habillés pour la fête : son frère porte un costume bleu ciel, sa sœur une djellaba rose. Elle a de jolies tresses sur la tête. Leur grand-mère en arrière-plan porte un bébé dans chaque bras. Elle sait qu'elle va les embarquer dans ses valises, mais je doute qu'à leur âge ils aient conscience de ce qui les attend. Ils ont dû beaucoup pleurer, ça a dû être un cauchemar d'être coincés là-bas, à des milliers de kilomètres de tout ce qu'ils savaient du monde.

Toumany entre au collège en même temps que moi, en septembre 1999. C'est l'époque où les rappeurs de chez nous passent à la télé : Ol Kainry et surtout Disiz la Peste, avec *Le Poisson rouge*, son premier album. L'époque des Air Max à 900 francs. L'époque des bandes rivales, des coups de couteau pour des codes postaux. À Ris-Orangis, les profs nous faisaient sortir par le gymnase, nous les petits sixième, pour éviter les règlements de comptes devant le portail, quand les mecs de Grigny 2 venaient se battre à la barre à mine avec ceux du quartier d'en face, la Réno. C'était la même chose aux Pyramides, à Évry, la même chose à Corbeil, la même chose à Vigneux. Toumany n'était pas une caillera. Il vivait ça comme moi, en spectateur.

Il est en cinquième quand sa vie bascule à cause d'un bruit suspect en cours d'anglais. La prof, Mme Thomas, parvient rapidement à reconcentrer la classe, mais Toumany est incapable d'étouffer le rire qui lui monte en folie dans la gorge.

— Va te calmer dans le couloir, s'il te plaît.

Il ramasse ses affaires et prend soin de laisser la porte entrouverte pour suivre la fin du cours. Quand elle le remarque, assis en tailleur dans la pénombre du couloir, Mme Thomas traverse la classe et lui claque la porte au nez.

— Vous m'avez blessé ! gémit-il en portant une main à son front.

— Allez, ça va la comédie. Dehors, c'est dehors.

— Oh, madame Thomas, vous voulez que je vous mette une tomate ou quoi ?

Le ton est menaçant. Des élèves s'interposent. La prof s'enfuit chez le proviseur.

« Toumany est un élève qui a des difficultés scolaires mais il était toujours resté poli, respectueux, déclare le proviseur en ouverture de son conseil de discipline. Je n'imaginais pas qu'il soit capable d'actes aussi graves que celui qui nous réunit ce soir. » Autour de la table, il y a les délégués, des parents d'élèves, une secrétaire élue au conseil d'administration et un tas de gens qui n'ont rien à voir avec l'histoire. Au début Toumany se demande ce qu'ils font là, mais quand vient son tour de parler, il n'y pense plus et pleure. Il dit qu'il est désolé, qu'il ne voulait pas, et entre deux sanglots le proviseur demande :

— Ne penses-tu pas qu'il est un peu tard pour être désolé ?

Toumany renifle. Il a des larmes plein la manche.

— S'il vous plaît, ne me renvoyez pas, finit-il par articuler. L'école, c'est tout pour moi, même quand je suis malade je dis rien, je me lève et je viens ici parce que j'aime trop apprendre. Ce serait la pire punition.

C'est sincère.

— Bon, on passe l'éponge. Mais tu dois changer. Tout de suite. Sinon c'est la porte.

Dans les semaines qui suivent, Toumany fait ses devoirs, ne répond plus en classe, évite les potes qui cherchent la merde. Mais il est trop tard. « Je t'avais prévenu », lui dit son père.

Il part pour le Mali.

Jusqu'au dernier moment, il espère un miracle. Mamadou va lui passer une main dans les cheveux et lui dire de sa voix grave qu'il lui laisse une dernière chance. Quand il apprend que des billets

Paris-Bamako ont été réservés sur Air France, le 1er avril 2001, et que sa mère, Mina, enceinte de sept mois, l'accompagnera, Toumany retourne la maison à la recherche de son passeport, le déchire et jette les morceaux dans une bouche d'égout. Cela ne change rien. Mamadou demande un passeport d'urgence, et, à la veille du grand départ, Toumany, résigné, fait le tour des voisins pour emprunter leurs Gameboy en jurant la main sur le cœur qu'il leur rendra la semaine prochaine.

— Bon voyage, madame Coulibaly, déclare l'hôtesse à l'enregistrement. Votre fils, en revanche, il est français, il lui faut un visa.

Les billets ne sont pas échangeables. Mina décolle et Toumany rentre à Vigneux avec son père. La rumeur de son départ a couru dans le quartier. Ses amis exigent de récupérer leurs consoles.

— J'accompagnais juste ma mère, lâche Toumany. Je vais nulle part, moi.

— Pourquoi t'as une valise alors ?

Trois jours plus tard, son visa dans la main, le jeune garçon de treize ans monte à bord d'un Boeing d'Air Afrique flanqué de lisérés verts. J'ignore ce qu'il ressent, ce matin du 4 avril 2001, en tirant sa valise jusqu'à la porte d'embarquement. Je n'ai pas connu l'abandon, je n'ai jamais eu le sentiment d'être un problème qu'on éloigne. J'imagine Toumany comme Antoine Doinel dans *Les Quatre Cents Coups*, le film de Truffaut, quand ses parents l'envoient en maison de correction après qu'il a volé une machine à écrire. Seul et incompris, Doinel fugue pour aller voir la mer. J'ignore à quoi pense Toumany en sentant les moteurs vrombir sous ses pieds. Peut-être pleure-t-il en silence, la tête tournée vers le hublot en espérant ne pas croiser le regard de l'hôtesse. C'est la première fois qu'il prend l'avion. Pour l'occasion, il porte une paire de Tn et un ensemble Lacoste assorti, pantalon et veste de jogging. De peur sans doute qu'il prenne goût au confort de la capitale, il ne reste qu'une nuit à Bamako. Le lendemain, il est torse nu dans la fournaise d'un train pour le village. Sa mère l'accompagne. Le wagon est bondé, il fait trente-cinq degrés et il est prévu que ça dure vingt heures. À chaque panne, des femmes surgissent des abords de la voie comme si elles attendaient là depuis des jours, vendant pour trois fois rien des bouteilles d'eau, des fruits frais et des pommes de terre.

En atteignant Bandiougoula, Toumany découvre l'Afrique telle qu'il se la figurait sans y avoir mis les pieds : des cases en terre glaise, de la poussière, des adultes de cinquante ans qui en font quatre-vingts, partout où se pose son regard une pauvreté extrême. Sa grande sœur l'accueille. Elle sourit, elle est heureuse de le revoir. Elle a seize ans et se marie dans deux semaines. Toumany sourit lui aussi, mais sur le moment il pense, qu'elle est noire ! Et ce rouge dans le blanc des yeux, on dirait *vraiment* une Africaine.

La maison que Mamadou a fait construire depuis la France est une grande bâtisse de briques qui compte huit chambres et une salle de bains aux robinets secs, car l'eau, il faut la puiser. Pas d'électricité, pas de télé. Seul le chef du village possède une radio qui capte RFI de temps en temps. D'ailleurs, quand cinq mois plus tard des avions de ligne s'écraseront contre les tours du World Trade Center, personne ne sera au courant. Le 11-Septembre, Toumany en prendra conscience bien des années plus tard, à son retour en France.

La poussière lui assèche la gorge. Il chasse un instant de son esprit l'angoisse d'avoir été propulsé un siècle en arrière et va s'acheter un Coca à la boutique du village, la seule qui, grâce à un groupe électrogène, arrive encore à vendre des glaçons et des boissons fraîches.

— « Bonjour », on t'a pas appris en France ? lance le vendeur.

Toumany hausse les sourcils. Son soninké est basique, il ne saisit pas tout de suite. Pour faire le malin, il met un petit coup dans un seau d'eau, faisant valser des gouttes sur le comptoir. Le type se lance à sa poursuite en hurlant mais Toumany lui échappe. Il l'attrapera sans courir deux jours plus tard, et la raclée qui suivra sera la première d'une longue série. Alors que les enfants de Bandiougoula, en attendant la rentrée de septembre, aident à la culture du mil, du maïs et de la canne à sucre, Toumany exige des grandes vacances et fait payer les parties de Super Mario sur sa Gameboy. Il refuse d'entrer dans le rang. Les anciens l'appellent « le vaurien ».

Un matin, assis sur une marche devant la maison, il assiste à une transaction avec des Peuls, venus échanger le lait de leurs chèvres contre des céréales. Toumany observe attentivement où se cache la clé de la réserve, et sans rien dire à personne, il met en place son propre commerce avec les hommes qui vivent dans le désert. Un kilo de mil pour 3 francs CFA. Ce n'est rien, 3 francs CFA, mais à Bandiougoula, c'est bien assez pour payer les soirées d'un ado de treize ans. Un soir, alors qu'il est assis devant un feu, à boire le thé avec un cousin, il est foudroyé par une migraine. La douleur le contraint à s'allonger. Les nuits passent. Le paracétamol n'a aucun effet sur la fièvre, alors on court au village voisin chercher un médecin. Ce serait la malaria, ou un empoisonnement. Incapable d'avaler quoi que ce soit, Toumany perd quinze kilos. Son corps est un squelette étendu sur une paillasse, il est si faible qu'il ne parvient plus à se redresser. Son frère le laisse gagner aux cartes, et dans ses yeux Toumany lit la pitié qu'on offre aux animaux tapés en bord de route, qui respirent encore mais sont déjà presque morts. De peur qu'il s'éteigne seul, sa mère dort à ses côtés. Puis, quelqu'un dit : « Et s'il était ensorcelé ? » Alors on lève l'enfant et on le porte de village en village, à la rencontre d'un imam assez puissant pour écarter le sort. On lui fait boire des potions infectes, on verse des liquides sur sa peau. En tant qu'athée, il m'est difficile de croire une telle histoire, mais force est de constater que Toumany n'est pas mort, qu'il a retrouvé l'appétit, repris du poids et, petit à petit, est redevenu le jeune casse-couilles qu'il était avant la maladie.

À la fin de l'été, il se remet à grimacer, mais cette fois ce sont des caries. Alors qu'à Bandiougoula les hommes désinfectent déjà les pinces-monseigneur,

Mina dit : « Je dois aller à Bamako pour mon titre de séjour. Toumany en profitera pour voir un dentiste. »

Il faut une putain de bonne raison pour rentrer au village après avoir senti les vibrations de la capitale. Alors que le train du retour s'enfonce à faible allure dans la brousse, Toumany se répète qu'il doit prendre une décision : soit il accepte son sort, et peut-être qu'à force il trouvera ça excellent, la bouillie de riz sans sucre qu'on lui sert au petit déjeuner, soit son avenir est ailleurs et, dans ce cas, il faut fuir cet endroit. Dix mois après avoir découvert le village de ses parents, « le vaurien » grimpe à l'arrière d'un camion de marchandises. Il reste caché six heures sous une bâche avant de se montrer au chauffeur, pariant qu'il n'aura ni la foi de faire demi-tour ni la cruauté de l'abandonner en bord de piste. Le type soupire en le voyant dans le rétroviseur. Il s'arrête. Lui fait signe de passer devant.

— T'as quel âge, petit ?

— Seize ans, ment Toumany.

— Et tu vas où ?

— Bamako.

Le type se marre.

— C'est grand Bamako, t'y as déjà mis les pieds ?

— J'ai un oncle là-bas. En arrivant, je reconnaîtrai.

Vingt heures plus tard, le camion longe le fleuve Niger et dépose Toumany devant la villa de son oncle Issa, un homme qui profite de ses deux passeports pour faire la navette entre la France, le Mali et les États-Unis. Il reçoit les mandats de la diaspora, qu'il redistribue aux familles en prenant une commission sur les transactions.

Issa appelle à Vigneux.

— Mamadou, j'ai ton fils qui est là… Hier soir… Seul, oui, par le camion qui livre le sucre.

— Tu peux t'en occuper?

Toumany est censé reprendre en quatrième, mais sans certificat de passage il est condamné à redoubler. Ça lui semble trop compliqué, trop humiliant, il quitte l'école et se fait embaucher dans un cybercafé, où il vole des cartes Malitel qu'il revend à la sauvette. C'est ainsi, en passant devant le marché, qu'il voit la foule s'acharner sur un voleur de légumes. Après la furie, il ne reste qu'un corps inerte dans la poussière. Toumany pense, voilà ce qui t'attends si tu te fais serrer dans ce pays, mais cela ne le vaccine pas pour autant. À force de fouiller la maison, il a découvert qu'Issa gardait sa fortune, des liasses de billets, dans un placard fermé à clé. Il trouve cette clé, fait fabriquer un double et la remet à sa place. Il commence gentiment, ne s'autorisant que des sommes invisibles. Puis il prend d'un coup 2 millions de francs CFA, plus de 3 000 euros qu'il dépense n'importe comment. Les vrais voleurs le savent, le plus dur commence quand il faut contenir sa joie. Vivre comme avant, manger des pâtes, traîner en jogging dans son quartier pourri, ne pas refaire l'appartement, ne pas rouler en Cayenne. Un jour, alors qu'il se croit seul à la maison, Toumany se fait attraper par Banta, un oncle aigri, au regard dur et aux muscles secs, sculptés par le travail des champs.

— Tu as raison de le voler, Issa est un escroc, lance-t-il à Toumany. Mais cet argent, tu en fais quoi ? Tu le donnes à tes amis, et rien pour moi ?

À partir de ce jour, Banta se met à le racketter. Plus tard, quand il aura fait le voyage à Vigneux et qu'il traînera sa vieille peau entre le frigo et le salon des Coulibaly en se demandant ce qu'il pourrait bien faire de sa vie, Toumany sera là pour lui mettre un billet de cinquante euros dans la main ; mais pour l'heure, les rôles ne sont pas inversés et l'adulte lynche l'adolescent deux ou trois fois par semaine, sans raison, comme un chien qu'on a pris l'habitude de battre simplement parce qu'il traîne dans nos pattes. Toumany a quatorze ans quand il lance :

— Ça ne va plus se passer comme ça. Je me suis inscrit au karaté !

Banta lui attrape la nuque, l'attache à un arbre et le fouette en prenant soin d'épargner la tête.

— C'est tout ce que t'as dans les bras ? grince Toumany.

Quand enfin il le détache, le gamin chavire dans la folie. Banta l'observe, étonné, et lui tend un Coca, pas tellement pour s'excuser mais parce qu'il ne sait pas quoi faire, et Toumany rit en contemplant les traînées de sang qui lui repeignent les jambes, d'un rire malade qui signifie : « Tu peux y aller, fils de chien, tu n'existes pas pour moi. »

Seul cette nuit-là, incapable d'aventurer ses plaies sous la douche, il en pleurera.

Quand il appelle à la maison, ses parents ne le croient pas. Ils pensent qu'il en rajoute, mais dans le doute son père précise quand même à Banta : « Frappe-le si tu veux mais ne l'attache plus. » Mamadou est sacrificateur, il sait que si on attache un mouton, c'est qu'on a l'intention de l'égorger. Banta acquiesce, et va livrer son neveu à la police. « C'est un voleur ! Enfermez-le ! »

À quatorze ans, Toumany partage sa cellule avec une quarantaine de clochards, de camés, d'alcooliques, de malades mentaux et, comme dans toutes les prisons du monde, aussi des mecs normaux. Les vieux ont le droit de s'allonger, les autres se démerdent pour dormir debout. Dans un coin, un trou d'où se dégage une puanteur insupportable fait office de toilettes. Au début, Toumany se retient, il espère qu'un oncle va le sortir de là. Mais les jours passent et, lorsqu'il devient évident qu'il ne sera pas sauvé, il y va lui aussi, au trou. Il a tenu deux fois une semaine dans cet enfer et encore aujourd'hui après avoir connu le dépôt, la garde à vue, la maison d'arrêt et le centre pénitentiaire, c'est l'épreuve la plus violente qu'il ait vécue. « J'aurais pas tenu un mois. Je me serais suicidé. Heureusement, quand mon père a su que j'étais là-bas, il a pété les plombs et il a payé. 150 euros à chaque fois. C'est comme ça. T'as de la thune, tu sors. T'en as pas, t'es mort. »

Toumany a seize ans quand il retrouve la France. Étrangement, ce 2 septembre 2004, alors que l'avion s'arrache au tarmac et que l'Afrique se dérobe sous ses pieds, il n'a pas d'aigreur en lui. L'expérience valait le coup. Il a appris sa langue, il a vu le village, rencontré les siens. Il n'en veut pas à ses parents. Il revient vivre à la maison, reprend sa routine d'avant, les petits cambriolages, les vols à l'étalage. Au quartier, rien n'a changé, à part les filles qui ont grandi. Toumany est surpris d'entendre ses potes en parler :

— Alors, tu l'as baisée ?

— Doucement, igo, chaque chose en son temps...

— Ah, chacal, tu vas te mettre bien...

— T'étais pas sur une meuf de ta classe, toi, comment elle s'appelle déjà ?

Toumany ose parfois une question sur la fille, quel âge elle a et combien a coûté la chambre, mais il se garde de donner son avis car il n'y connaît rien. Il n'a jamais couché avec une fille. Il n'en a même jamais embrassé. Quand il est parti, elles avaient treize ans, elles changeaient et elles le savaient, on commençait à voir des strings dépasser des jeans, ça l'est plus du tout mais c'était la mode à l'époque. Sortir avec une fille, ça vous amenait pas dans un lit, au mieux elle vous laissait la peloter à l'arrière du bus le temps d'une sortie scolaire. C'était les prémisses, cela faisait partie de l'apprentissage. Toumany n'y a pas eu droit, et il n'aurait jamais pensé en souffrir mais ça lui pèse d'autant plus qu'en fouillant dans le portable de son petit frère, il trouve un texto qui dit : « C'était un truc de dingue ce que tu m'as fait hier soir. »

Il n'est pourtant pas étranger à l'amour. Avant, il y a longtemps, il y a eu Laura, la voisine. C'était trop intime, trop honteux pour être avoué, et quand ses copines sont venues le trouver pour lui souffler qu'elle n'attendait que ça, il n'a pas eu le courage de marcher vers elle et de bredouiller, comme on l'a tous fait la première fois : « Est-ce que tu veux sortir avec moi ? » Au Mali, il a eu le temps d'y penser. Il se disait, au moins j'ai vécu des choses, Laura sera impressionnée. Mais en 2004, Laura a fait du chemin. Elle fume, elle a un copain. Quand elle le quitte, elle s'en trouve un autre, et la belle histoire d'amour s'évapore dans les volutes de l'adolescence. Toumany a maintenant dix-sept ans. Une rumeur, très faible au début, prend de l'ampleur, elle est maintenant si forte qu'il ne peut l'ignorer : au fond, est-ce qu'il ne serait pas pédé ?

Le plus étrange, c'est qu'il a failli se marier. Son frère aîné était promis à une fille du village, une jeune de seize ans qui, sur les photos, avait l'air d'en avoir neuf ou dix. Quand il termina ses études coraniques, son père lui souffla qu'il était temps d'honorer sa promesse :

— La petite, elle t'attend.

— Papa, c'est mon mariage, je ne veux pas que tu le finances. Je travaille, ça va prendre du temps mais je vais m'en occuper, je vais mettre de côté.

En vérité, il fit absolument tout le contraire et, par honnêteté pour ses parents, finit par dire « Non, désolé, je ne marierai pas cette gosse ». Mamadou se rabattit alors sur un autre de ses fils, qui prétexta des études supérieures à terminer, et se tourna vers Toumany, qui n'avait pas d'excuse. Après une première expérience en tant qu'agent d'entretien à Disneyland Paris, il livrait des pizzas en scooter dans Juvisy, il gagnait sa vie. « Pour toutes les bêtises que tu as faites, si tu veux rendre ton père heureux, accepte de marier cette petite », lui suggéra Mina.

Toumany ne sait pas dire non. C'est un défaut qui lui causera un nombre d'emmerdes incalculable – on y reviendra –, et, pour ne pas décevoir, il est tenté de dire « D'accord, allons-y pour le mariage ». En fait, ce n'est pas la perspective de vivre les cinquante prochaines années avec une inconnue qui l'inquiète, mais d'être encore puceau. Ça l'angoisse. Il ne connaît rien au sexe, donc il va se vautrer, il n'arrivera pas à bander, ou alors il va jouir en trente secondes et jouer le type qui ne comprend pas. Heureusement, son père n'en parlera plus.

Il a dix-neuf ans, et sa vie d'adulte ressemble comme deux gouttes d'eau à sa vie d'enfant, quand ses potes le traînent dans une discothèque où ils peuvent entrer, fréquentée par des mecs de cité et des petits Blancs tombés dans la tecktonik. Toumany ne boit pas, ne fume pas, sa timidité ne lui permet pas d'avancer sur la piste de danse, alors il attend dans le vacarme en sirotant un Coca hors de prix, observant les corps découpés par l'épilepsie des stroboscopes, les filles qui dansent en cercle, feignant de ne pas sentir les mecs qui approchent dans leur dos. Et puis il y a cette brune aux yeux bleus qui se détache de la foule. Toumany aimerait la déranger comme dans les films, avec une phrase qui la ferait sourire, mais il ne sait pas quoi dire alors il se contente de capter son regard sans avoir l'air d'un psychopathe. La musique s'arrête et les lumières se rallument, dévoilant soudain la supercherie, la laideur des murs, la vulgarité du mobilier. Des gens lucides se demanderaient comment ils ont pu dépenser autant d'argent pour s'enfermer dans un lieu si triste, mais à 5 heures du matin les gens lucides sont couchés depuis longtemps. Toumany la cherche des yeux. Elle est seule sur le parking. Elle vient d'appeler son père. Il est sur la route. Il arrive. Elle grelotte. Toumany lui tend sa veste. Elle le jauge un instant. Elle a froid. Elle accepte.

Un pote de Vigneux les rejoint.

— Vas-y, donne-lui ton num au moins, lance-t-il.

— Il est pas assez grand pour le demander tout seul, ton copain ?

Toumany bégaye, alors son pote prend les choses en main. Il rentre son numéro dans le téléphone de la jeune femme.

— Tu t'appelles comment ?

— Rita.

— OK, Rita. Lui, c'est Toumany, il a l'air de rien comme ça, mais c'est un mec bien. Tu lui écris, hein ?

Elle sourit.

— On verra.

Ils se revoient, ils font l'amour, et soudain Toumany comprend qu'il a vécu heureux dans l'ignorance. Au-delà du sexe, il est passé à côté de sa jeunesse : il n'a jamais mis les pieds dans une salle de cinéma, n'est jamais parti en vacances, n'a jamais vu la mer. Comme pour rattraper le temps perdu, il s'achète une place pour *Fast and Furious* et décolle pour la Tunisie, Hammamet, une semaine. Le gamin chétif qui baissait les yeux devant une jolie fille marche à présent la tête haute. « Je suis sérieuse, je veux pas d'une histoire par intermittence », pose Rita, mais Toumany est trop jeune, trop fou, trop vert. Elle l'inonde de messages, elle le harcèle littéralement, si bien qu'il est presque soulagé quand les flics l'arrêtent pour cambriolage et qu'il est envoyé à Fleury-Mérogis.

Quatre mille cinq cents détenus pour deux mille huit cents places. Enfermement vingt-deux heures sur vingt-quatre, palpation à la descente en promenade, circulation dans le silence et impossibilité de sortir de ses neuf mètres carrés, même pour aller se faire couper les cheveux dans la cellule d'à côté. Fleury, ce n'est pas de la blague, vous êtes réellement enfermé. Toumany pèse 65 kilos pour 1 mètre 92, c'est un enfant taillé comme un cintre, contraint de survivre dans un monde hostile, à la rigueur militaire. Pour tuer le temps et faire comme les autres, il s'essaye à la musculation. Cinq cents pompes par jour. Son corps répond si bien à l'effort que les mecs le soupçonnent de se doper en cachette. « Les gars, il prend rien, jure son codétenu. Il est avec moi toute la journée, il mange la gamelle comme vous, il est clean. » Un concours est organisé en promenade. Le principe est simple : chacun s'entraîne dans son coin et, au bout d'un mois, on ôte les tee-shirts pour élire le plus galbé. C'est comme un devoir à la maison, vous construisez votre maquette dans votre chambre et un beau jour il faut l'exhiber devant la classe. Toumany a pris dix kilos de muscle. Il l'emporte facilement.

On pourrait croire que la taule l'a calmé, mais, après cinq mois derrière les barreaux, c'est un jeune homme sans rêves ni passions qui retrouve la liberté. Je ne lui jette pas la pierre, je sais qu'il n'y a rien de plus difficile quand on a vingt ans que de savoir ce qu'on veut faire de sa vie. Sans surprise, Toumany reprend les conneries. Pour se renflouer, il accepte de convoyer une cargaison de shit depuis Amsterdam. Il faut abaisser la banquette arrière, ça fait un gros bloc dans son coffre, comme une machine à laver. Une voiture joue l'ouvreuse, une autre contrôle à l'arrière au cas où il lui prendrait l'idée de s'enfuir. Il roule jusqu'à La Courneuve, les mecs déchargent, et, pour avoir traversé deux frontières avec 100 000 euros de drogue sur la banquette arrière, Toumany prend 1 000 balles en billets de dix. Il est choqué de réaliser qu'il a pris tous ces risques pour si peu, mais il lui en faut plus pour changer.

« Toum, tu peux pas continuer comme ça, lui dit sa petite sœur. Faut que tu te dépenses. Viens à l'entraînement, essaye le hand, ça te plaira peut-être. » Le coach est un voisin. Toumany accepte, et s'il se révèle plutôt moyen balle en main, physiquement il est très au-dessus du lot, capable en deux appuis de prendre la défense à revers et de sauter dans la cage depuis la surface. « Je ne crois pas que tu sois fait pour ça, lui avoue l'entraîneur, mais tu devrais aller faire un tour à l'athlétisme. Je ne sais pas si ce sera le sprint, la longueur ou le saut à la perche, mais ils te trouveront une discipline. »

Parce qu'il a vingt ans et qu'il se sent invincible, Toumany s'inscrit aux Foulées vigneusiennes, quinze kilomètres en trois boucles à travers sa ville. C'est la fin juin, il fait un temps magnifique, le départ est donné à 20 h 30 pour que les coureurs ne souffrent pas trop de la chaleur. Toumany rameute le quartier. « Venez me voir gagner ! Je vais tout écraser, vous verrez ! » Ces derniers temps, il a remporté plusieurs courses de rue : un contre un, le premier au poteau prend 50 euros. Il est si sûr de lui qu'il se renseigne sur le record de l'épreuve, 52 minutes. Il me rappelle Éric Cantona, qui avait répondu à un journaliste : « Moi, douter ? Jamais. Mais moi, c'est spécial, je me sens capable de tout. Quand je vois un vélo, je suis sûr que je peux battre le record de l'heure et gagner le tour de France. »

Toumany récupère son dossard, accroche la puce GPS à sa chaussure, et prend place dans la foule. Il n'y a que deux cent soixante inscrits mais, tassés ainsi sur une ligne de départ, ça fait un paquet de cuisses musclées et de baskets neuves. Toutes ces montres qui bipent. Ces corps entraînés. Certains ont la silhouette effilée des Kényans qu'on voit à la télé. Toumany part en sprint. Il sourit aux potes qu'il reconnaît sur le trottoir et fait ce qu'il a promis, il prend la tête. Mais le rythme est trop élevé, au premier kilomètre il sent un point de côté. Il se fait doubler par un groupe. Puis un deuxième. Son cœur s'emballe. Il ralentit. Des wagons de coureurs le dépassent. Des jeunes. Des vieux. Des femmes. Troisième kilomètre. Quatrième kilomètre. À la fin du premier tour, Toumany, noyé dans le peloton, lance à ses amis : « Vous inquiétez pas, je produirai mon effort dans la dernière boucle ! » mais, cent mètres plus loin, l'évidence lui intime de s'arrêter. Il profite d'un segment déserté par le public, marche quelques mètres, s'écarte du parcours et rentre à la maison. Une heure plus tard, ses potes hurlent à la porte : « T'es nul, tu te fais doubler par des gamins, t'as pas honte ? J'aurais dû parier, t'as même pas franchi l'arrivée ! » Toumany bredouille qu'un point de côté l'a foudroyé, mais personne n'est dupe, c'est la honte qui l'a stoppé.

Je ne le juge pas. J'éprouve plutôt de la compassion pour ceux qui ont crié partout « Vous allez voir ce que vous allez voir », et qu'on retrouve penauds, à devoir supporter le poids de leur ego blessé. J'ai connu ça. En primaire, il m'était arrivé de remporter des courses d'endurance. J'avais terminé deuxième du cross de la mairie de Ris-Orangis en 1997, un gamin m'avait doublé sur la ligne – j'en avais pleuré – mais je m'étais quand même ramené à l'école avec ma coupe. C'était une petite coupe grise, toute simple. Je la posais fièrement sur ma table et la maîtresse de CE2, Mme Bichsel, faisait semblant de me la voler en passant dans les rangs. Ces vieux souvenirs avaient forgé une confiance inébranlable en mes qualités de coureur de fond, si bien qu'en 2014, quand un ami me proposa de l'accompagner au semi-marathon de Paris, je promis sans blaguer que j'allais boucler l'affaire en moins d'une heure et demie. Ça me semblait être un minimum, pour un athlète de ma trempe, de finir devant les guignols qui pensent savoir courir parce qu'ils appellent ça du « running ». Je ne me suis pas entraîné, bien entendu, et je me suis présenté avec la certitude que ce serait une formalité. Je n'avais pas de référence au sens strict du terme, pas de performance à présenter aux organisateurs, et ils avaient refusé de me laisser partir avec le sas des coureurs qui espéraient finir autour de 1 heure 15. Mon réflexe a été de partir en sprint, comme Toumany, pour rattraper les types que j'estimais être de mon niveau. J'ai bouclé les cinq premiers kilomètres en dix-neuf minutes, ce qui correspond, pour vous donner une idée, à une vitesse moyenne de 16 kilomètres/heure. J'étais fusillé. Au septième kilomètre, le parcours quitte le bois de Vincennes pour entrer dans Paris, empruntant la rue de Charenton. Il y a une borne Vélib' à cet endroit. Je m'y suis arrêté et j'ai vomi. Un père de famille venu avec ses fils m'a jeté un regard qui laissait entendre que je n'étais pas beau à voir. J'ai pensé très fort à l'abandon, et la seule chose qui m'en a empêché, c'est l'orgueil. J'avais trop parlé. Je me suis essuyé la bouche et je suis reparti en me concentrant sur le kilomètre suivant, et celui d'après. À l'arrivée, je suis resté très longtemps recroquevillé sur moi-même. Une bénévole aux cheveux blancs m'a donné un quartier de pomme, une bouteille d'eau, et m'a enveloppé dans une couverture de survie. J'avais cette putain de médaille autour du cou. Je n'ai pas eu la force de lui dire merci. Ce jour-là, j'ai pris conscience que j'étais un abruti.

En se dévisageant dans le miroir, Toumany fait le même constat : il s'est vu trop beau, il ne sait pas courir, il doit tout reprendre à zéro.

Nous sommes à l'été 2008, et à la télévision il découvre un garçon hors du commun. Dans le stade olympique de Pékin, un Jamaïcain de vingt-deux ans remporte quatre médailles d'or et pulvérise le record du monde du 200 mètres, qu'on pensait imbattable. J'ai suivi cette course en direct et j'en avais les larmes aux yeux car, sans doute comme les contemporains de Muhammad Ali, j'ai compris devant l'aisance d'Usain Bolt que j'avais le privilège de voir l'un des plus grands sportifs de l'Histoire. Toumany, lui, n'est pas impressionné. Il se dit qu'il peut le battre et, pour vérifier sa théorie, il se présente au club d'athlétisme de Montgeron. Il connaît le chemin, il s'était déjà approché de cette piste, il y avait vu des juniors faire des sauts de crapaud, des cloche-pied, il avait pensé, C'est ça, l'athlé, faire le zouave sans jamais piquer un sprint ? Il est accueilli par l'homme qui deviendra son premier coach, Jean-Michel Pegain. La quarantaine, une tignasse brune, quoiqu'un peu grisonnante aux tempes, de petites lunettes, vous pourriez croiser Jean-Michel à 8 heures en costume sur le quai de la gare de Vigneux sans penser un instant qu'il entraîne des sprinteurs.

— T'as des chaussures ? il demande.

Toumany baisse les yeux sur ses baskets aux semelles élimées.

— J'ai que ça.

— O.K., échauffe-toi avec le groupe, là-bas. J'arrive.

La séance consiste à enchaîner les cent mètres avec un départ en virage. Le groupe rassemble de vrais athlètes, qui tournent autour des 11 secondes. Toumany les devance systématiquement. Anne Tournier-Lasserve, une ancienne sauteuse en hauteur qui préside le club depuis une trentaine d'années, observe la scène depuis son bureau. Le jour est tombé, elle doit plisser les yeux pour distinguer l'athlète qui accélère dans la ligne opposée. Elle s'approche.

— Ce jeune, qui c'est? demande-t-elle.

— Un gars envoyé par son coach de hand, répond Jean-Michel.

— Il débute?

— A priori, oui.

— Tu l'as bien regardé? Il est vachement placé déjà.

Jean-Michel acquiesce en silence. Il laisse Toumany courir. Il ne vient pas le voir à la fin pour lui dire « Putain mais tu sors d'où? T'as un truc. T'as vraiment un truc. Faut que tu prennes une licence. » Il lui lance simplement « Si tu veux, on s'entraîne après-demain », et c'est la raison pour laquelle Toumany est là deux jours plus tard.

Avant la prison, Toumany n'était pas prêt à une vraie relation. Il venait de vivre sa première fois et il aurait voulu en avoir cent avant d'envisager quoi que ce soit d'un peu sérieux. Mais la nuit à Fleury, sur son lit superposé, il s'est mis à rêver du seul corps de femme qu'il connaissait et, naturellement, à sa sortie, il a cherché à revoir Rita.

Leurs débuts ressemblent à ceux de tous les adolescents qui vivent encore chez leurs parents et doivent se débrouiller pour se bricoler un peu d'intimité. La vieille Opel de Rita sert parfois de lit conjugal. Une nuit, près de la gare de Juvisy, alors que Toumany cherche désespérément une capote, elle s'impatiente sur la banquette arrière :

— Alors ?

— Deux secondes.

— C'est bon, viens comme ça.

Toumany s'exécute mais, au fond, ça l'embête de prendre un risque. Il se retire, et avant qu'il ait le temps de mettre la main sur le préservatif, le faisceau aveuglant d'une lampe torche balaye l'habitacle. La police.

— Rhabillez-vous et cassez-vous de là ! lance la voix de l'autre côté de la vitre.

Dix jours plus tard, Toumany reçoit un appel de Rita. Il y a de la joie dans sa voix.

— Je suis enceinte.

— Quoi ?

— J'ai fait le test, on va avoir un enfant.

Silence.

— C'est pas le mien, répond Toumany.

— Comment ça ? Bien sûr que c'est le tien. Ça peut être que le tien.

— Tu veux ruiner ma vie ? Tu disais que tu prenais la pilule. Faut que t'avortes ! J'en ai rien à faire, faut que t'avortes ! C'est ça ou je te fais une Cheb Mami* !

Il bloque son numéro. Il plonge la tête dans un trou et attend, espérant qu'à son réveil tout sera

* Reconnu coupable d'une tentative d'avortement forcé sur son ex-compagne, le chanteur de raï Cheb Mami a été condamné en 2009 à cinq ans de prison.

comme avant. La maman de Rita vient le trouver pour lui expliquer qu'un enfant, ça se fait à deux, les responsabilités sont partagées, mais cela ne change rien.

— Elle a arrêté la pilule ! Elle m'a piégé votre fille !

Seule avec son ventre qui s'arrondit et ses appels qui tombent dans le vide, Rita s'enfonce dans la dépression et, contre l'avis des médecins, reprend l'activité qu'elle aime le plus au monde : l'équitation. Elle part au galop, saute des obstacles. Elle perd les eaux à cinq mois de grossesse. Toumany est mis au courant alors qu'on la conduit aux urgences. « C'est son problème, pas le mien », rétorque-t-il, mais, en raccrochant il se sent mal et décide de la rejoindre à l'hôpital. Leur bébé est minuscule mais on peut encore le sauver. La maman va devoir rester alitée jusqu'au terme, le corps légèrement incliné pour retarder le travail. Rita gagne un mois. C'est la deuxième fois que Toumany assiste à un accouchement. Le premier a eu lieu à Bandiougoula, et tout ce sang, ces hurlements, ça l'avait traumatisé. Son fils pèse 1,5 kilo. « Il est si fragile », murmure-t-il en l'observant à travers les parois de sa couveuse. Ethan va y rester trois mois. Bien plus tard, quand il attendra que la petite souris passe sous son oreiller, on se rendra compte qu'il lui manque des dents dans les gencives, mais pour l'heure, les médecins sont rassurés de ne pas lui trouver de séquelles.

Les mois passent. Un matin, Rita trouve que son enfant a quelque chose de bizarre, « de pas normal ». Toumany accepte de l'accompagner à l'hôpital. J'ignore si les urgentistes ont pris de haut ce couple adolescent avec leur grand prématuré mais ils leur assurent que tout va bien, ils peuvent rentrer chez eux, leur bébé est en parfaite santé.

— Vous l'avez même pas ausculté, faites des examens, s'énerve Rita.

— Écoute, souffle Toumany, ils sont médecins, ils connaissent leur métier…

— Mon fils a changé de couleur. Je le vois, il est gris ! Je ne partirai pas avant d'avoir vu le chef de service !

Quand l'interne de garde se décide à examiner Ethan, il lui découvre une méningite. À un jour près, il y passait.

Il faut parfois que les gens tombent malades pour réaliser qu'on tient à eux. Étrangement, bien que Toumany se sente responsable d'Ethan, il n'arrive pas à *assumer* sa paternité. Il vit toujours chez ses parents, et, à la maison, personne n'est au courant.

Un jour qu'Ethan fait du quatre pattes dans le salon, Mina demande :

— Mais à qui il est, ce petit ?

— À un ami, ment Toumany. Il m'a demandé de le garder pour l'après-midi.

— Il fait confiance à un gamin comme toi pour s'occuper de son fils ? Il est irresponsable ton ami.

Elle comprend la supercherie quand, à quinze mois, Ethan prend peur devant la barbe de Mamadou et court se réfugier dans les jambes de Toumany.

— Attends… c'est ton fils ? Et tu comptais nous le cacher pendant combien de temps ?

À l'époque, Toumany se lève chaque matin pour rejoindre le lycée où il passe un BTS de comptabilité. Il fait le pitre, sourit beaucoup, drague un peu. Un soir, Rita vient à rencontrer des filles de sa classe.

— Je suis sûre que tu vas essayer de serrer cette meuf, là, Laurène, elle lui dit. C'est ton style.

— Hein ? Mais non.

— Toumany, je te connais. Je te préviens, tu fais ce que tu veux, mais je veux pas que mon fils rencontre une de tes putes.

Laurène vient d'un quartier de Ris-Orangis, la Ferme du Temple, où il n'y a ni ferme ni temple mais des barres d'immeubles de huit étages qui entourent une école primaire classée REP*, où ma mère a enseigné en début de carrière. Laurène vit en couple et n'a aucune attirance pour Toumany, elle le soupçonne même d'avoir voulu arnaquer son meilleur ami, Aurélien. C'est le problème avec la mauvaise réputation, au premier truc qui disparaît tout le monde vous pointe du doigt. Aurélien remballe ses affaires à la fin du cours et, en quittant sa chaise, fait tomber sa carte bancaire. Le temps que Toumany la ramasse, il a crié au voleur.

— Oh, doucement, elle vient de glisser, dit Toumany en lui montrant la carte.

— Elle était dans ma poche.

— C'est ce que je dis, je viens de la ramasser.

Laurène intervient.

— Toumany, rends-lui sa carte, putain, ça se fait pas, on est dans la même classe.

— Eh, mais faut vous le dire en quelle langue ? J'ai rien fait. Et de toute manière vous voulez que j'aille où avec une carte d'étudiant ? Y a quoi dessus, 200 euros ? C'est ridicule.

Ils s'en tiennent là jusqu'à l'oral du BTS, ce jour où les élèves se baladent dans les couloirs de leur lycée

* Réseau d'éducation prioritaire.

déguisés en agents immobiliers. Toumany attend son tour en costume-cravate. Laurène porte une jupe de tailleur et un chemisier qui laisse deviner son décolleté. Un classeur est ouvert sur ses genoux. Elle relit ses fiches à la dernière minute, ses lèvres bougent en silence. Toumany la fixe. Il se demande comment il a pu ne pas voir la beauté de cette fille. Elle lève la tête. Elle rougit.

— Arrête. Tu me déstabilises, elle dit.

— Je fais rien, il répond.

Elle sourit.

Quand ils couchent ensemble, Laurène ignore que Toumany a un fils.

Jean-Michel haïssait le sport quand il était môme. C'était les années 1970, on appelait encore ça de la gymnastique. Il avait bien essayé le tennis, mais ça coûtait trop cher et ça ne lui plaisait pas plus que ça. Il habitait la cité SNCF du Bois-Matar, à Villeneuve-Saint-Georges, son père était cheminot. Au collège, un professeur lui transmit sa passion du volley-ball, et il y joua pendant huit ans, jusqu'à ce que ses parents emménagent à Vigneux, où malheureusement la section n'avait pas d'équipe de jeunes. Il vint à l'athlétisme comme ça, par dépit. À dix-huit ans, il quitta l'école avec un BEP comptabilité, un cursus qu'il n'avait pas choisi mais qui lui permit de se forger une certitude : non seulement il ne serait pas comptable, mais même dans la merde la plus profonde il s'interdirait de chercher du boulot dans cette voie. Il avait pensé un temps devenir pompier, le fort de Villeneuve était tout près, puis il se ravisa en réalisant que c'était eux, les pompiers, qu'on appelait pour ramasser les morceaux des mecs qui se jetaient sous le RER. On était en 1986, Jean-Michel s'améliorait au 100 mètres en se disant qu'à tout moment l'armée allait l'appeler, et comme ça, il s'est mis à entraîner. Le service, ç'a été interminable, il avait l'impression de vivre la prison sans y avoir jamais mis les pieds. Quand il en a eu fini avec le treillis, il est rentré à Montgeron, il a trouvé du boulot dans une boîte qui fabriquait des cartes bancaires et il a repris l'entraînement. Ce sport était injuste, il en avait la conviction. Des types pouvaient s'entraîner nuit et jour sans jamais remporter quoi que ce soit et des gamines en dilettante se retrouvaient aux championnats de France. En trente ans de carrière, ça lui était arrivé trois fois, peut-être quatre, de voir quelqu'un d'extrêmement talentueux et dur au mal pousser la porte du club, se présenter timidement et dire : « J'ai jamais fait d'athlé mais j'aimerais essayer. Est-ce que je peux prendre une licence ? »

Toumany, au début, Jean-Michel est persuadé qu'il ne va pas rester. C'est la mi-octobre. Il caille. Tout le monde a ressorti les collants et les coupe-vent, c'est toujours à cette période que les nouveaux de septembre s'évaporent. Un jour, on se rend compte qu'ils ne viennent plus et on raye leurs noms de la liste de ceux dont la licence était en attente de paiement.

— La séance commence à 18 heures, lance Jean-Michel.

— Je suis désolé, monsieur, j'ai cours. Je peux pas venir avant, répond Toumany.

— Le problème c'est que c'est pas à la carte. J'ai une vie de famille. Si je veux pas rentrer chez moi à 22 heures, je peux pas faire un deuxième service pour ceux qui arrivent en retard.

— Je comprends. Je vous prie de m'excuser.

Plus tard ce soir-là, Jean-Michel viendra le trouver pour lui demander d'arrêter avec ce vouvoiement. «Je place pas le respect là-dessus. C'est un rapport d'égalité. Si tu me vouvoies, je vais devoir te vouvoyer et ça va m'embêter, tu comprends? Dis-moi tu.»

Chaque année avant les fêtes, le club organise sa «soirée conviviale». On sort des bouteilles, on prend le temps de se parler, de rire, de manger un morceau. Toumany reste jusqu'à la fin, et même après que les jeunes se sont tirés, il est là pour aider à ranger. Jean-Michel le regarde débarrasser, et il se dit qu'il s'est trompé. Ce gamin, il a quelque chose. Peut-être qu'il va rester.

Pour sa première course, un 50 mètres en salle à Viry-Châtillon, Toumany se fait prêter une paire de pointes. Tandis qu'il s'échauffe, enchaînant les accélérations, Jean-Michel va jeter un œil à la table d'arbitrage. Il grimace en reconnaissant un nom.

— Écoute, Toumany, surtout tu ne paniques pas. Le gars qui va partir à côté de toi c'est Gus Guffroy. Il est champion de France Espoirs du 100 mètres. Il revient tout juste des mondiaux d'Osaka, au Japon. C'est un très, très bon. S'il est loin devant, c'est normal.

— O.K., je m'en occupe pas.

L'officiel s'avance, revolver en main. Toumany part à l'instinct, comme un enfant dans une cour d'école. Il baisse la tête, contracte les cuisses, et gagne en 6'10. Il n'a aucune idée de ce que ça peut valoir, 6'10 au 50 mètres, et c'est d'autant plus déconcertant qu'il va remporter chaque nouvelle course en donnant l'impression de ne pas l'avoir fait exprès. Les distances s'allongent : 60 mètres, 100 mètres. Il tient le virage du 200 mètres et descend rapidement en 21'32. Avec à peine un an d'entraînement dans les jambes, il est vice-champion de France Élite, la plus prestigieuse compétition nationale. *Le Parisien* lui consacre un premier article : « Toumany Coulibaly, le tube de l'hiver ».

Personne n'imagine qu'en lui cohabitent deux personnalités : l'athlète encore étudiant, timide, bien élevé, qui vouvoie sa présidente, et le cambrioleur en série, toujours fauché, qui siphonne le réservoir des camions pour faire rouler sa voiture. Jean-Michel est le premier à sentir une faille chez son poulain. Un soir après la séance, Toumany le raccompagne chez lui, et tandis qu'ils traversent la ville endormie, l'entraîneur demande : « Mais comment tu fais pour te payer une caisse comme celle-là ? », et au son de sa voix il réalise que c'est une accusation. « Je bosse à côté, sourit Toumany. Je livre des pizzas, j'ai des petits boulots. » Quelques semaines plus tard, à l'entraînement, Toumany se décide à lui présenter son fils, Ethan.

— Arrête, il est bien trop beau pour être de toi ! s'exclame Jean-Michel.

— Je te jure, c'est mon fils, insiste Toumany.

— Ah… Je pensais que tu blaguais, répond l'entraîneur en voyant qu'il l'a vexé. Excuse-moi, je savais pas que tu avais un enfant.

Au fond de lui, il se dit, merde, il a vingt ans, il est étudiant, il vit chez ses parents, comment il va l'élever, ce gosse ?

Parce qu'il sait que l'athlétisme est un sport cruel qui vous confronte inévitablement avec la douleur, Jean-Michel y va doucement avec Toumany. La priorité est de lui faire prendre conscience de son corps comme d'un outil de travail. Il ne boit jamais d'eau, carbure à deux litres de Coca par jour, avale des frites à tous les repas et ne dort que quatre à cinq heures par nuit, quand il ne fracture pas un taxiphone ou un bureau de tabac. Cette hygiène déplorable n'entraîne pas de dégâts apparents – Toumany peut ôter son t-shirt et dévoiler un torse impeccable – mais il crampe souvent en fin de séance, et à force de tirer sur la corde, il se déchire les ischio-jambiers.

— Tu sais ce qu'ils mettent dans le Coca ? lui demande Jean-Michel. Ton corps ne peut pas absorber autant de sucre et d'acide citrique. Change ton alimentation, sinon tu vas passer ta vie à l'infirmerie.

Toumany dit « Oui, oui », mais ça lui passe au-dessus.

Pour voir ce qu'il a dans le ventre, Jean-Michel l'inscrit à un 400 mètres. Il affronte la star du département, Abdoulaye Touré, un jeune de Corbeil qui est aussi champion de France Espoirs. « Te prends pas la tête, lui souffle Jean-Michel avant le départ. C'est un tour de piste. Le premier 200, tu en gardes sous le pied, et le deuxième, eh ben… tu verras bien. Finis comme tu peux. » Toumany part comme un fou. À mi-course, il est loin devant, mais les cent derniers mètres sont interminables, il patine et tombe épuisé après la ligne. Ses cuisses le brûlent. Il reste de longues minutes dans un état second, comme s'il avait quitté son corps pour le contempler d'en haut, étendu là sur la piste, incapable de bouger. Il gagne en 48'13. En finale, Jean-Michel a beau lui demander d'y aller doucement, il répète la même course et l'emporte à nouveau. Après le podium, une foule de dirigeants et de vieux athlètes qui traînent encore leur carcasse dans les travées des stades viennent lui taper sur l'épaule : « Gamin, ce que t'as fait aujourd'hui, c'est grand. T'es un coureur de 400. Tu le sais pas encore, mais tu l'es. » Toumany remercie poliment. Il pense à ce que lui a dit Jean-Michel : « Sois attentif, on va te tourner autour. Des mecs qui draguent les athlètes après une victoire pour leur dire, tu verras, je vais faire de toi une star, c'est courant. »

En réalité, c'est une femme qui approche Toumany. Une championne. Il est improbable de lui donner cet âge – la hargne et une rigueur quasi militaire ont entretenu son corps de sprinteuse –, mais à l'époque Patricia Girard a quarante-trois ans. Je me souviens de sa médaille de bronze sur 100 mètres haies aux Jeux d'Atlanta, en 1996. Elle s'était littéralement jetée sur la ligne pour battre d'un centième l'Américaine Gail Devers et ses ongles interminables. Je me souviens aussi de l'or avec les filles du relais 4 fois 100 mètres, aux mondiaux de Paris en 2003. Si cette course ne vous dit rien, posez ce livre et allez sur Internet, ça vous prendra cinq minutes mais il faut que vous regardiez cette finale, et si possible avec les commentaires. Quatre Antillaises – Patricia Girard, Sylviane Félix, Muriel Hurtis, Christine Arron – vont chercher le titre mondial devant les États-Unis et la Jamaïque. À la fin, elles se sautent dans les bras, elles pleurent, elles rient, elles sont heureuses. Si vous n'êtes pas ému après avoir vu ces filles gagner ensemble, je ne peux rien pour vous. Un pote avait chopé des places pour le Stade de France, il était revenu au collège le lundi matin avec le sentiment d'avoir vécu *quelque chose*.

Toumany ne regardait pas l'athlétisme en 2003, le nom de Patricia Girard ne lui disait rien. Pour marquer leur rencontre, elle lui propose une séance inédite en l'asseyant sur un vélo. « Je t'ai mis une grosse résistance, tu me fais 400 mètres à fond, trente secondes de récup, et on recommence. » Toumany s'exécute et, en même pas dix minutes, il est en nage et ne sent plus ses cuisses. Elles baignent dans l'acide lactique. Il rentre chez lui, s'écroule de fatigue et, à son réveil, il bloque le numéro de Patricia, basculant tous ses appels sur boîte vocale.

— Désolé, bredouille-t-il quand ils se recroisent, mais elles sont trop dures tes séances.

— C'est l'acide lactique, ça. C'est ce que produisent tes muscles quand tu les soumets à un gros effort. Tu pourras pas y échapper, c'est indissociable du 400 mètres.

— On laisse tomber le 400, alors ? Le lactique, c'est pas pour moi.

— Fais comme tu veux, cingle Patricia. Reste à l'école d'athlé. Te mets jamais en danger. C'est le meilleur moyen de stagner.

Comme il est inscrit en deuxième année de BTS, Toumany est qualifié aux championnats de France universitaires. Les épreuves ont lieu à Saran, dans la banlieue d'Orléans.

— Je vais pas pouvoir t'accompagner, s'excuse Jean-Michel. Ce que tu fais, c'est que t'y vas le samedi matin, tu cours et tu dors sur place, tu te prends un hôtel pour la nuit. Garde bien les tickets, comme ça le club pourra te rembourser.

— O.K., je fais ça, répond Toumany.

Et il fait exactement l'inverse car il est incapable d'avouer à son entraîneur qu'il n'a pas de quoi avancer les frais. Il passe des heures à siphonner des réservoirs avec une pompe électrique et racle les fonds de tiroirs pour trouver de quoi payer le péage.

Le samedi, il déroule et gagne sans forcer en 47'80. Jean-Michel l'engueule au téléphone :

— 47'80 ? Mais t'écoutes rien, c'est pas possible ! Je t'avais dit de partir doucement ! C'est ton record, ça, fallait le garder pour la finale ! Y avait pas de concurrence dans cette série en plus…

— Jean-Michel, je te jure, j'ai pas forcé. J'ai fait comme tu m'as dit.

— Ouais, c'est ça, c'est ça… Bon, tu vas à l'hôtel et tu te reposes maintenant.

Toumany remonte en voiture et roule deux heures jusqu'à Vigneux. Il passe la soirée chez ses parents, devant la télé. Le lendemain, en repartant dans l'autre sens, il se sent tellement bien qu'il se permet d'avouer à son coach qu'il n'a pas respecté les consignes :

— Je le sentais pas le coup de l'hôtel, j'aime pas dormir dans un lit qu'est pas le mien.

— T'as fait l'aller-retour ? Mais c'est n'importe quoi ! Vraiment, c'est pas professionnel. Toumany, t'augmentes les risques de blessure, là !

En finale, il part comme un dingue et craque à trente mètres de la ligne, en sentant revenir sur sa foulée la silhouette d'un athlète aux cheveux longs. Il termine en 46'64. Le chevelu, 46'38. Il s'appelle Jonathan Vilaine. Le souffle court, un peu ahuri par sa victoire, Vilaine déclare aux journalistes : « Battre mon record de 76 centièmes, c'est un rêve, mais je ne vais pas en rester là. On vient de m'annoncer ma sélection en équipe de France pour les championnats d'Europe à Stockholm. À dix-neuf ans et demi, j'entre dans la cour des grands. » Son entraîneur ajoute : « Je ne doute pas que les quarante-six secondes sont pour très bientôt ! »

En réalité, Jonathan Vilaine n'a plus couru aussi vite. Son record date de ce jour où il a tout donné pour rattraper Toumany, qui courait le quatrième 400 mètres de sa vie.

Après cette finale perdue d'un cheveu, Toumany débat de son avenir avec Jean-Michel. Si le très haut niveau l'intéresse, il doit mettre les bouchées doubles à l'entraînement.

— Avec Patricia, tu passeras à six séances par semaine. Je ne peux pas te promettre la même chose, pas avec mon boulot à côté. En revanche, il faudra la payer. Elle prend 150 euros par mois. Ça fera pas trop pour toi ?

— Ça devrait le faire, répond Toumany.

La première chose que lui demande Patricia, c'est d'écrire sur un bout de papier la liste de tout ce qu'il mange dans une journée. Elle le met à l'eau minérale, élimine le pain blanc, les McDo. Il perd immédiatement trois kilos. Dans la foulée, elle l'emmène avec son groupe en Guadeloupe, trois semaines de stage. Le volume d'entraînement est énorme. Pas de footing, pas de séance à la cool, que des lignes droites, des courses en côte et de la musculation. Toumany se sent plus véloce et plus puissant. Pour sa première sortie de l'année, à Basse-Terre, il claque un 200 mètres en 21'50, relâché, qui le place en tête du bilan français.

Patricia impose une sieste quotidienne avant la séance de l'après-midi. C'est là, à l'heure où le soleil est le plus fort, qu'il se rapproche d'Aurélie. Elle a un an de plus que lui. C'est une athlète, métisse, svelte, musclée, avec des yeux en amandes et de longs cheveux châtains qu'elle attache en queue-de-cheval les jours de compétition. Elle court le 100 mètres haies à un niveau correct, pas suffisant pour prétendre à une médaille mais assez pour participer aux championnats de France. Diplômée d'un master en ressources humaines, elle espère trouver autre chose que des stages non rémunérés, alors, en attendant un poste, un vrai, elle est *surmédiante* à l'internat de l'Institut national du sport, de l'expertise et de la performance, à Vincennes. Son travail consiste à surveiller que les futurs champions restent dans leur lit la nuit. Pour le dire vite, elle est pionne. Toumany sent qu'il se passe quelque chose. Il se lève en pensant à elle, il se rend à l'entraînement en espérant la voir. Il la fait rire. Patricia le prend à part : « Tu crois que j'ai pas vu ton petit jeu ? Arrête tout de suite, elle va te couper les jambes ! » Des rumeurs circulent. Le mec d'Aurélie serait en prison. Des athlètes se seraient battus pour elle. L'un d'eux aurait pris un coup de lame dans la cuisse. Ce genre d'avertissement arrête les hommes raisonnables, mais Toumany se dit qu'il n'a encore rien fait de mal. Il a envie de jouer avec le feu.

Nous sommes en juin 2012. Toumany reçoit une convocation de l'équipe de France pour disputer les championnats d'Europe à Helsinki, en Finlande. Ce n'est que sa deuxième saison sur 400 mètres et le voilà dans un avion, en survêtement bleu de l'équipe de France, à jouer aux cartes avec les champions qu'on voit le dimanche à la télévision : Christine Arron, Christophe Lemaître, Ladji Doucouré. Dans le livret édité pour présenter la délégation, Toumany est le seul à ne pas avoir de « biographie ». Il est juste noté sa taille, son poids et le nom de son entraîneur : Patricia Girard. Le graphiste a détouré son visage dans une photo en plein effort, comme s'il avait dû le faire à la dernière minute. Dans la nuit précédant la cérémonie d'ouverture, sa présidente lui écrit un mot sur le site de la fédération : « Allez, Toum Toum ! Pour ta première sélection dans la grande équipe de France, on te souhaite beaucoup de succès. Pas de pression, fais ce que tu sais faire et ça va passer comme tu veux. Tous les membres de l'ES Montgeron te suivent et t'encouragent. Tu vas réussir avec le beau maillot bleu !! Bonne chance. Anne. »

Il m'est impossible de revoir cette course sans chercher à imaginer ce qu'il avait dans la tête, ce 1er juillet 2012, en trépignant au couloir numéro 1, attendant de recevoir le témoin. À quoi pense-t-il quand, en sortie du virage, et alors qu'il rattrape les Pays-Bas, la Pologne, l'Ukraine et l'Allemagne, le speaker fait résonner son nom dans le stade ? Je crois qu'il se dit, je vais tous les doubler, le monde entier se repassera ces images, la remontée fantastique de Toumany Coulibaly. Mais à 300 mètres, le lactique lui empoisonne les cuisses, il grimace et perd du terrain. La France termine sixième. J'étais journaliste à *Libération* à l'époque. J'aurais aimé couvrir la compétition mais je n'étais pas salarié et ne bossais pas au service des sports, je regardais cela à la télé. Nous n'avions rien écrit sur Toumany. Je crois que nous ne l'avions même pas remarqué. À la place, nous avions publié un portrait de Yannick Fonsat, son rival. Ils sont de la même année, 1988. Ils font la même taille, le même poids, mais cette année-là Fonsat est bien plus fort. C'est lui le leader.

À son retour de Finlande, Aurélie annonce à Toumany qu'elle a quitté son mec, et soudain la vie est merveilleuse, non seulement il est membre de l'équipe de France mais il va pouvoir se réveiller chaque matin auprès de la femme qu'il aime. Ensemble, ils partent courir le meeting de Castres. Installés à L'Occitan, un quatre-étoiles avec sauna et piscine, ils attendent la compétition en papotant avec Séverine, la maîtresse des lieux. Un journaliste de la presse locale les croise dans le hall.

— Quel est votre programme ? demande-t-il.

— Rien d'extraordinaire, répond Toumany. Là, on va déjeuner, ensuite une petite sieste, une demi-heure de décrassage pour faire tourner les muscles, et ce soir, *Secret Story*.

Il porte un faux diamant à l'oreille. Il sourit. Assise à ses côtés devant un bouquet de lys, Aurélie explique qu'il est très important de parvenir à se décontracter avant la compétition.

— En revanche, pas de spa ni de piscine, ça ramollit les muscles.

— Quels sont vos objectifs pour demain ? enchaîne le journaliste en se tournant vers Toumany.

— Passer sous la barre des 46 secondes.

La météo annonce un vent terrible. Les drapeaux claquent sous les rafales. « Si tu fais 48 secondes dans ces conditions, ce sera déjà incroyable », lui lance Patricia. Toumany hérite du couloir 3. Il est détendu. Il n'y a pas d'enjeu. Le lendemain matin, dans *La Dépêche*, on lit :

> Romain Mesnil est reparti fanny de son Tarn natal après avoir subi trois échecs à 5 mètres 55 lors du concours de saut à la perche. La déception du public castrais a cependant été vite effacée puisque Toumany Coulibaly a affolé les chronos sur 400 mètres en passant sous les 46 secondes (45'74) pour finir à seulement 36 centièmes du record de la piste détenu par le Sud-Africain Marcus Lagrange depuis 2003.

Son instituteur de primaire, M. Tararan, a quitté Vigneux pour retrouver la douceur de son Sud-Ouest natal. Il habite Toulouse et a l'habitude de boire son café en parcourant *La Dépêche*. Il manque de s'étouffer. « Toumany Coulibaly. » Et si c'était lui ? L'instituteur se met à l'ordinateur. Il cherche une photo. Il trouve son profil Facebook et lui écrit en joignant une copie de l'article. Toumany répond. Ce fut un jour heureux pour M. Tararan, car le hasard, pour une fois, lui apportait la preuve qu'un de ses élèves s'en était sorti dans la vie.

De son côté, je crois que c'est là, en atteignant le très haut niveau, que Toumany a compris ce qu'essayait de lui expliquer Jean-Michel : l'athlétisme est un sport de pauvres. Il n'y a pas d'argent là-dedans. Intégrer l'équipe de France ne transforme pas votre tacot en Ferrari, aucun gestionnaire de biens ne vous propose ses magouilles pour échapper au fisc, vous ne vous retrouvez pas le dimanche après-midi à distribuer des sourires sur le canapé de Michel Drucker. Toumany a beau courir vite, il reste un jeune fauché dans une cité de la banlieue sud.

Patricia l'encourage à participer au meeting de Ninove, en Belgique : « T'es en forme, tu vas battre ton chrono », et tout le monde acquiesce car il est un diamant à polir, une matière brute dont les traits s'affinent au fil des courses. Toumany accepte d'emmener le groupe avec sa voiture, et la nuit il enchaîne les cambriolages pour payer les péages. Il fait quatre restaurants en se fixant comme règle d'entrer proprement, sans briser de vitrine. Il galère. Ça lui prend des heures pour finalement racler 50 euros en pièces dans un fonds de caisse. Quand il se pointe au rendez-vous, à 6 h 30 devant le Stade de France, et qu'il s'engage sur l'A1 direction Lille, puis la Belgique, il n'a pas dormi une minute. Il ferme les yeux dans les embouteillages. À l'arrivée, il a mal aux jambes et rêve d'un oreiller. Il regrette d'avoir accepté. Il a peur de se ridiculiser. Il gagne en 45'80.

Fin de la saison.

Toumany fait les comptes. Il a remporté 90 % des courses auxquelles il a participé, il a amélioré son record de deux secondes, il compte deux sélections en équipe de France, Asics lui fournit des chaussures, des survêtements, des tee-shirts, tout ce dont il a besoin pour courir, mais, sur l'année, il n'a gagné que 8 000 euros. Saucissonnés en salaire, ça fait 650 euros par mois. Pour fêter ça, il cambriole un bureau de tabac à Draveil, près de chez lui. Il fait le tour de loin. Pas de lumière. Pas de mouvement. Il passe par la fenêtre, mais une fois à l'intérieur des bruits de pas se font entendre. Le patron vit ici, il pense, et en voulant redescendre il fait un faux mouvement, glisse sur la rambarde et s'écrase sur le trottoir. La douleur est telle qu'il croit d'abord s'être brisé la hanche. À l'abri d'une ruelle, il ose baisser son jogging et se découvre un hématome gigantesque, de la taille d'une troisième fesse. Il ne peut plus courir.

Mais il y a plus grave. À la maison il a reçu un courrier estampillé Banque de France, qui le réveille la nuit. Sous les formules d'usage, Toumany a lu et relu cette phrase, s'attachant à décortiquer chaque mot au cas où il les aurait inventés : « Votre compte courant affiche un déficit de 22 000 euros. » L'affaire est simple : alors qu'il transpirait en Guadeloupe sous les ordres de Patricia, quelqu'un à Vigneux a volé son chéquier et a encaissé des sommes à la chaîne, jusqu'à ce que le compte se bloque. Sûr de lui, Toumany se présente au commissariat de Draveil. Il veut porter plainte contre X.

— Tiens, tiens, une vieille connaissance, sourit le flic en le reconnaissant à l'entrée.

— Je viens déposer plainte, dit Toumany. On a volé mon chéquier. Je me suis fait escroquer. Y en a pour plus de 20 000 euros.

— Ah ouais ? Et il était où ce chéquier ?

— Chez moi. Mais j'étais pas là. J'étais en stage en Guadeloupe. J'ai toutes les preuves.

— S'il était chez toi, c'est que le coupable vient de chez toi.

— Ouais. Je suis d'accord. Mais chez moi la maison est toujours ouverte. C'est pas forcément un de mes frères, ça peut être un pote, un mec du quartier…

— Et qu'est-ce que tu veux que j'en sache ?
— Bah, je sais pas. Faut enquêter.
— C'est un problème de famille. C'est à régler en famille. Tu peux pas porter plainte. C'est irrecevable.

Toumany quitte le commissariat, honteux, son courrier dans la main. À compter de ce jour, il est interdit bancaire. Condamné à vivre les cinq prochaines années sans chéquier ni carte bleue. Il devrait contester, trouver un commissariat où il est inconnu et insister pour porter plainte, à la rigueur monter un dossier de surendettement. Au lieu de ça, il se tait et fait comme si de rien n'était. Quand il remporte un meeting, il prie pour que l'organisateur n'ait pas rempli l'ordre et qu'il puisse encaisser le chèque sur le compte d'un pote. Pour survivre, il a droit à une carte Électron. Les péages la refusent, alors il paye en pièces, ce qui fait marrer les athlètes. Il pourrait en profiter pour dire « Eh ! les gars, en ce moment c'est chaud, j'ai pas d'argent, vous voulez pas qu'on divise les frais, au moins l'essence ? » Mais non. Il reprend les vols pour combler le trou, les 22 000 euros, se répétant à voix basse qu'il va s'en sortir.

Le seul à qui il ose demander quelque chose, c'est Jean-Michel.

— T'aurais pas entendu parler d'un plan pour du boulot, par hasard ?

— Tu cherches quoi ?

— N'importe quoi, juste quelque chose qui me permettrait de continuer à m'entraîner.

— Je te garantis rien mais je vais demander autour de moi, lui promet l'entraîneur.

Et c'est ce qu'il fait, il en parle.

Christian, un ami, lui apprend justement que son ex-femme, proviseure, cherche des surveillants pour son lycée. Toumany est pris à l'essai. Ça se passe à merveille, il est respecté par les élèves, il a le contact facile, on est content de lui et ça lui plaît, il se sent utile. Au bout de deux semaines, Jean-Michel reçoit un appel.

— Ouais, c'est Christian. Ton athlète, là, tu le connais bien ?

— Qui, Toumany ? Pourquoi, il a fait quoi ?

— Rien, il a rien fait. Mais tu sais s'il a des antécédents avec la justice ?

— Non, je crois pas…

— Apparemment, il aurait un casier.

Jean-Michel réfléchit un instant, et dit :

— Tu sais, des Coulibaly, dans le coin, y en a plein. Rien que dans sa famille, je sais qu'ils sont dix-huit. Ça doit être un problème d'homonymie.

— Ouais… T'as peut-être raison.

Au même moment, Toumany est assis dans le bureau de la proviseure. Elle a l'air embêtée.

— J'ai reçu un courrier de l'inspection académique. Ils ont découvert le volet B2 de votre casier judiciaire. Vol, vol, vol, défaut de permis de conduire, faux chéquiers, vol, vol, vol, et même séquestration. Dites-moi que ce n'est pas vrai.

Toumany baisse les yeux. Ce qu'il a envie de dire, c'est qu'il n'y a jamais eu de séquestration, que ce truc s'est réglé par trois semaines de travaux d'intérêt général et ne devrait plus figurer dans son casier, mais il n'y a pas lieu de chipoter, alors il souffle :

— Si, c'est vrai. C'est moi.

Ils restent encore un moment à se faire face dans le silence. Il se sent tout petit, revenu à l'époque du collège, des conseils de discipline, des mots dans le carnet. Il se lève, s'excuse une dernière fois et s'en va. Il ne reviendra jamais chercher sa paye. De retour à l'entraînement, il prend le temps de s'expliquer auprès de Jean-Michel.

— Quand j'étais petit, j'ai beaucoup volé à l'étalage. Dans les magasins, les supermarchés. Depuis cette époque, j'ai un casier.

Jean-Michel observe son athlète derrière ses petites lunettes. Il aimerait ne pas se dire, mais s'il était mineur à l'époque des faits, pourquoi ça figure encore dans son casier ? Les conneries que vous faites étant gamin ne sont pas censées vous suivre toute votre vie.

Il laisse couler.

Peut-être l'avez-vous déjà fait, c'est un truc d'adolescent : vous fixez quelqu'un dans le bus, et vous vous dites, s'il se lève au prochain arrêt, je vais avoir mon bac. Ou bien, si je touche le poteau électrique là-bas avec ce caillou, elle acceptera de sortir avec moi, on se mariera, on aura trois enfants. Toumany passe son temps à faire ça. À l'entraînement, quand il n'en peut plus, il a une voix dans sa tête qui lui murmure, allez, encore deux tours, et par superstition il les fait à fond. En voiture, il lui arrive de rester à l'arrêt quand le feu passe au vert. Il se dit, si le type derrière ne klaxonne pas dans les cinq secondes, je m'excuse. Et il passe une main par la fenêtre pour dire « Désolé, j'étais dans mes pensées ». Après son renvoi du lycée, il se lance un défi : cambrioler toutes les pharmacies d'Île-de-France.

Il attache une lampe miniature à ses clés de voiture, enfile deux tee-shirts et deux paires de chaussettes. Les chaussettes lui servent de moufles et le tee-shirt supplémentaire est enfilé de travers, la tête dans la manche pour couvrir le bas du visage. En cas de contrôle routier, les flics ne voient qu'un mec en jean, baskets, sans outils, sans gants ni cagoule. Sur place, Toumany brise la vitrine à l'aide d'une plaque d'égout et part en quête de la recette. En général, c'est une enveloppe dans un bureau fermé. S'il ne trouve pas la clé dans les cinq minutes, il se tire avec le fond de caisse. Ça marche à tous les coups. Et puis, une nuit, la vitrine est seulement fissurée, alors il met un coup de pied dedans et s'ouvre le mollet sur quinze centimètres. L'estafilade est profonde et irrégulière, il pisse le sang. Quand il appelle la fédération pour expliquer qu'il sera absent aux prochaines compétitions, il invente une sombre histoire d'ampoule à changer.

— Je suis monté sur ma table basse. Le plateau en verre a cédé sous mon poids et je suis passé à travers.

— Pourquoi t'as fait ça ?

— Je sais, c'est débile…

— Tu t'es fait recoudre dans quelle clinique ?

— L'hôpital à côté de chez moi.

— Tu leur as dit que t'étais sportif de haut niveau ?

— Euh, nan…

— T'aurais dû nous prévenir, Toumany. Ils t'ont recousu comme n'importe quel patient, là. En resserrant les chairs, ils t'ont sûrement fait perdre de l'élasticité dans le muscle, faudra refaire les points sinon tu vas perdre du temps sur la rééducation.

— Ah désolé… J'y avais pas pensé.

Les semaines passent et son mollet ne désenfle pas. La plaie est purulente, la douleur le lance. Quand il retourne à l'hôpital, on se rend compte qu'il n'a pas reçu l'antibiotique qui devait tuer les germes de la vitrine. On rouvre la plaie, on nettoie, et quand au bout de deux mois la fédération comprend qu'il n'a pas repris l'entraînement à cause de cette histoire d'ampoule et de table basse, il est envoyé à la Pitié-Salpêtrière pour y être opéré une troisième fois.

Officiellement, Toumany en a profité pour se reposer. En réalité, il n'a jamais cessé de cambrioler, seulement maintenant il décolle le joint de la vitrine, la décroche et la pose délicatement sur le trottoir avant d'entrer dans la pharmacie. Une nuit, il est arrêté pour un contrôle d'identité. Les flics vérifient la carte grise, le permis de conduire, et remarquent un sac posé sur le siège passager. Ils l'ouvrent. Il est rempli de pièces de monnaie.

— Merci, monsieur, bonne soirée.

En remettant le contact, Toumany se dit, c'est un miracle. Je suis intouchable.

Ce qu'il ignore, c'est que les flics ont repéré sa 308 blanche depuis un moment. Ils le placent sur écoute et le laissent poursuivre car ils veulent comprendre pour quelle raison un athlète de l'équipe de France s'emmerde à forcer des pharmacies. Bien sûr, ils pensent au dopage et au trafic de médicaments, mais il ne manque jamais rien sur l'inventaire et il ne prend jamais plus de 300 euros dans la caisse, alors qu'est-ce qu'il cherche ? Après trente-cinq officines, Toumany est arrêté. Il commence par nier.

— Écoute, on va gagner du temps, dit l'enquêteur. Tu t'es ouvert la jambe, non ? Y avait du sang sur la vitrine, t'as foutu de l'ADN partout. Et ta bagnole, elle est sur toutes les bandes de vidéosurveillance. On sait que tu la prêtes à ton petit frère de quinze ans alors qu'il a pas le permis. On sait que tu l'as filée à un pote il y a trois semaines pour aller voir une fille à L'Haÿ-les-Roses, dans le 94. D'ailleurs il a pas dû te le dire, mais ils ont baisé sur la banquette arrière.

Toumany n'a plus le choix. Il souffle.

— O.K., c'est moi.

— Attends, on va reprendre depuis le début et tu vas nous dire lesquelles sont les tiennes.

D'autres types visitent des pharmacies, et il est presque vexé d'apprendre qu'il a des concurrents. Pendant que le policier lui fait la morale, il se dit, pourtant ce n'est pas un bon plan, les pharmacies. Il n'y a jamais d'argent à l'intérieur, mieux vaut faire des magasins ou des restaurants.

Le lendemain, *Le Parisien* titre « Le champion tombe pour cambriolages » :

> Toumany Coulibaly, espoir de l'équipe de France d'athlétisme, a été déféré ce matin au parquet d'Évry (Essonne). Le jeune homme de Vigneux âgé de 25 ans, spécialiste des 200 et 400 mètres, est soupçonné d'avoir commis 35 cambriolages de pharmacies en Essonne et dans le Val-de-Marne depuis novembre 2012.
>
> Ce sportif, décrit par ses entraîneurs comme quelqu'un « sans histoire », a été interpellé lundi. « Je lui envoyais des SMS car je ne le voyais pas au stade. Je reste bouche bée. Cela ne lui ressemble pas du tout », a réagi Patricia Girard, son entraîneur.
>
> Arrivé sur le tard à l'athlétisme, il s'est fait remarquer en participant à des courses de quartier dans sa

commune en 2009. Repéré par Jean-Michel Pégain, entraîneur de l'ES Montgeron, l'étudiant en licence de comptabilité multiplie alors les performances. Jusqu'à espérer un ticket pour les Jeux de Londres l'an passé.

Libéré sous contrôle judiciaire, Toumany demande à s'entretenir avec Jean-Michel et Anne, sa présidente. Ils s'enferment dans le bureau, sous la tribune. Les gamins, les parents, les athlètes se jettent des regards. Ils ont lu le journal. Quand il a décroché son téléphone et qu'un policier lui a demandé s'il était bien l'entraîneur d'un certain Coulibaly Toumany, Jean-Michel a répondu avec méfiance, comme on le fait quand on reconnaît la voix lointaine d'un vendeur en centre d'appels. Il ne le dit pas, mais il se sent trahi. Assise à côté, Anne est une femme de cinquante-cinq ans qui laisse ses cheveux blanchir naturellement. Depuis sa première licence, en 1973, elle a vu des générations de mômes, des riches, des pauvres, faire des tas de conneries après l'entraînement, mais elle est de la race de ceux qui cherchent à comprendre.

— Tu as voulu nous voir, nous t'écoutons, dit-elle pour ouvrir un rendez-vous qui va durer une heure et demie.

Toumany a peur de les décevoir. Il voudrait être ailleurs, car il sait qu'il ne peut pas dire « J'ai fait trente-cinq pharmacies et j'en ai tiré du plaisir. Si on m'avait laissé, j'aurais continué au-delà du Val-de-Marne, dans le 93, dans le 95… »

— Vous le savez, j'étais en garde à vue. Mais tout n'est pas vrai dans ce qu'ont écrit les journalistes. C'est ma voiture qui a servi aux cambriolages. Je l'ai prêtée.

— À qui ? demande Jean-Michel.

— Un pote. Un gars de mon quartier.

— Et toi t'y es pour rien ?

— Pas pour rien. Je savais qu'il faisait ça. Je lui ai prêté ma voiture en connaissance de cause. Mais… c'est dur à expliquer.

Il laisse un temps.

— Quand j'étais petit, je volais tous les jours, toute l'année. C'était comme une drogue, ou l'air qu'on respire, j'ai fini par le faire sans y penser. J'avais pas de passion. J'avais que le vol. Mais c'était pas pareil. J'avais pas rencontré l'athlé.

— Ces pharmacies, c'est toi ou pas ? insiste Jean-Michel.

— Non, non… Mais j'ai grandi dans un milieu où… J'ai fait pas mal de bêtises qui m'ont fait connaître dans le mauvais sens du terme. Maintenant, chaque fois que mon nom ressort, c'est garde à vue, interrogatoire, etc. Mais en l'occurrence, j'ai rien à voir avec ça.

— Pourquoi tu l'as aidé, ce mec, si tu savais que ça allait te mettre dans la merde ?

— Je sais pas. Parce qu'il me l'a demandé. Je sais pas dire non, je crois.

Et, bien qu'elle passe inaperçue, cette phrase est d'une vérité désarmante.

— J'ai été pris dans un engrenage. J'ai des potes au quartier, c'est pas des gentils. Je veux dire… Ils peuvent aller loin.

— Comment ça ? demande Jean-Michel.

— Fais ci ou ça, monte sur tel plan, viens nous aider là-dessus.

— Sinon ?

— Sinon ils peuvent venir chez toi.

— Mais je comprends pas, c'est des amis à toi ?

— C'est des potes du quartier. On a grandi ensemble.

— Avec des potes comme ça, on n'a pas besoin d'ennemis, lâche Jean-Michel.

Un silence s'installe, le temps que chacun réfléchisse à cette phrase.

— Pourquoi ils t'ont choisi ? poursuit-il.

— Parce que je sais faire, dit simplement Toumany.

— Mais ça t'apporte quoi ? À part des emmerdes.

— Je sais… Avant j'agissais sans réfléchir, mais c'est fini. J'ai un fils, j'ai l'athlé, je sais ce que je gâche. J'ai pas le droit de tout foutre en l'air comme ça.

Jean-Michel a le sentiment qu'on lui raconte une histoire, une belle histoire mais une histoire quand même. Et quelque chose d'irrationnel en lui fait qu'il a envie d'y croire.

— Écoute, Toum, reprend-il. Je ne t'ai rien demandé car je ne m'en sens pas la légitimité. Tu es un adulte, tu es père de famille. Maintenant, tu viens vers nous, je n'ai pas de raison de penser que tu nous mènes en bateau. Mais il y a quelque chose dont je suis certain, c'est qu'on ne sauve pas les gens malgré eux. Il faut qu'ils aient envie de se sauver.

Toumany acquiesce. C'est ce qui est désarmant chez lui, il dit oui en vous regardant au fond des yeux, et vous savez qu'il ne ment pas, sur le moment il est tout à fait d'accord, il va quitter le quartier, se trouver un métier, rentrer dans le rang. Seulement, un type passe après vous, le tire dans l'autre sens, et Toumany lui dit oui avec la même sincérité.

— Je vais me permettre de te donner un conseil, ose Jean-Michel. Si ces mecs te cherchent, il faut que tu partes. Casse-toi. Quitte le quartier. Va-t'en là où ils ne te retrouveront pas.

— J'ai une sœur qui vit dans le 93… dit Toumany.

— Eh bien, vas-y.

Le rendez-vous touche à sa fin. La tension n'est jamais retombée.

— Pourquoi ? demande enfin la présidente. Tu entres en équipe de France, tu as un potentiel incroyable, l'athlé peut te sauver. Alors pourquoi ?

— Tu sais, Anne, c'est compliqué de te dire ça, mais j'ai plus d'adrénaline quand les flics me courent après qu'en remportant un 400 mètres.

Ils sont seuls dans la pièce, il n'y a personne à impressionner et d'ailleurs il ne se vante pas. Il est sincère, et pour la première fois depuis sa rencontre avec ce jeune homme, il y a maintenant quatre ans, Anne prend conscience qu'elle ne le connaît pas.

C'était le moment pour dire la vérité, et parler de cet interdit bancaire qui flotte au-dessus de sa tête comme un nuage d'orage. Anne et Jean-Michel sont des gens intelligents, ils comprennent si vous leur expliquez vos problèmes. Mais Toumany a trop honte. Il préfère s'enfoncer.

Une nuit, il se fait courser par le propriétaire d'un bureau de tabac qui l'a vu s'enfuir avec sa caisse enregistreuse. Repérant un gyrophare sur l'horizon, Toumany cache le butin dans un buisson et joue le type qui se promène à cause d'une insomnie. Sur la radio, les flics ont reçu un appel pour un vol en flagrance, individu de type africain, plus d'un mètre quatre-vingt. Ils l'embarquent, et par chance, au commissariat, le patron du tabac fait la moue en le dévisageant : « Nan, c'est pas lui. »

Nous sommes en juin 2013. Toumany reçoit un appel de la fédération : « Tu peux partir en Norvège demain ? T'es sélectionné pour courir la Diamond League. » La Ligue de Diamant compte parmi les compétitions les plus prestigieuses de la planète. Il y a quatorze étapes sur le globe. Si un athlète parvient à faire le grand chelem, les quatorze victoires, il empoche un million de dollars. C'est rare, mais ça arrive. L'avantage, quand vous êtes en galère, c'est qu'en participant vous gagnez déjà de l'argent. Le vainqueur d'étape prend 10 000 dollars, le dernier, 1000 dollars.

— Alors, Oslo, je leur dis quoi, tu veux y aller ? Yannick Fonsat y est déjà. Si t'es O.K., prends ton billet d'avion. L'organisateur te remboursera.

Toumany n'a même pas de quoi payer le taxi jusqu'à Roissy mais il a envie d'y aller et, pourquoi pas, gagner, alors il dit oui, et toute la journée il vole des jeux de Xbox et de PlayStation dans les magasins, qu'il revend 30 euros chez Cash Converters. À ce rythme, la course sera terminée avant qu'il ait de quoi monter dans l'avion. Il envisage d'arracher des téléphones, mais les revendre sur Le Bon Coin prend un temps fou, et ceux qui sont verrouillés par des codes, on n'en tire jamais plus de 50 euros…

Il appelle Anne.

— Toum, tu veux y aller, vas-y. Mais réfléchis. La perf, tu la feras pas comme ça, sur un plan de dernière minute, avec le stress de l'argent à rembourser.

Ils restent un quart d'heure à peser le pour et le contre. Quand il raccroche, son téléphone sonne à nouveau. C'est la fédé.

— Bon, laisse tomber, c'est mort pour Oslo. Ils ont pris un local. C'est moins d'emmerdes pour eux.

Toumany en a les jambes coupées. Il a volé toute la journée, été à deux doigts d'emprunter de l'argent pour acheter un billet dont le prix avait franchi des sommets indécents, et tout ça pour quoi ? Nick, le jeune Norvégien recruté pour courir à sa place, finira avant-dernier.

Toumany s'est autorisé tardivement à aimer les femmes, et c'est comme s'il avait eu peur, ensuite, de passer à côté de ce qui aurait dû rythmer son adolescence, la séduction, le jeu amoureux. Quand je l'ai rencontré, il m'a appris que sa première petite amie était aussi la femme de sa vie, et qu'ils avaient trois enfants. Ça faisait tellement fleur bleue, tellement ancien temps, que j'ai trouvé ça beau. Qui, de nos jours, construit sa vie avec sa première petite amie ? Dans le détail, le tableau était un peu moins joli. Toumany n'a pas été irréprochable avec Rita. Je ne le juge pas. J'étais pareil à vingt-cinq ans, et la fidélité mérite mieux qu'une distribution de bons points.

À l'été 2013, sa relation avec Aurélie se tend. Elle a été renvoyée du groupe par Patricia et, dans ces conditions, elle ne conçoit pas qu'il puisse rester. Elle le gifle en plein stade, devant tout le monde.

— J'ai l'impression que tu te mets en danger avec cette fille, le prévient Ladji Doucouré, le champion du monde du 110 mètres haies. Je sais de quoi je parle, à une époque j'ai vécu la même chose. Fais attention à toi.

— Oui, merci, répond Toumany, mais il est trop accroché.

Il devient nerveux, irascible. Aux championnats de France, il shoote dans un plot et reçoit un carton jaune. Il est terrible de réaliser que la fille qu'on aime ne nous sourit plus. On se rappelle le début, quand on la faisait rire et que rien n'était grave. On se réveille toujours trop tard. Envoyé à Nice aux Jeux de la Francophonie, Toumany vérifie son téléphone toutes les deux minutes. Pas un texto. Pas un appel. Rien. De retour à Montgeron, il annonce à Patricia qu'il s'en va. « Il est parti parce que j'ai décidé de ne plus entraîner sa petite amie, explique l'ancienne championne aux journalistes. Il a fait un choix qui n'était ni sportif ni personnel par rapport au coach, c'est un choix sentimental. »

Une nuit, une de celles où le moral est si bas que le sommeil semble absurde, Toumany prend le volant et roule jusqu'au bois de Vincennes. Il se gare devant l'INSEP*. Il veut voir Aurélie.

— Il est minuit. À cette heure, les visites, c'est fini, rétorque le gardien.

— Je suis un athlète, se défend Toumany. Regardez, et il tire sur son jogging pour éclairer le mot « France », floqué en lettres blanches.

— Y a que ça, ici, des gens de l'équipe de France, alors soit vous avez une carte d'accès, soit vous revenez demain.

Toumany fait mine de reprendre le volant. Il s'arrête cinquante mètres plus loin et saute la grille. Il court vers le bâtiment des mineurs qu'Aurélie est censée surveiller. Il frappe à sa porte. Il insiste. Il entend du mouvement à l'intérieur.

— Aurélie ! C'est moi. Ouvre, je sais que t'es là !

Elle hésite. Il insiste. Quand elle se décide à ouvrir, Toumany reconnaît Yannick Fonsat au fond de la pièce. Il explose.

— J'en étais sûr, putain. Je le savais.

— Arrête de crier ! répond Aurélie, tu vas réveiller tout le monde.

Les chambres s'allument au-dessus de leurs têtes. Des jeunes athlètes gueulent depuis leurs fenêtres :

* Institut national du sport, de l'expertise et de la performance.

— Nique-le ! Il t'a piqué ta meuf ! Nique-le !

— Yannick, tu sais quoi, je vais même pas te frapper, ça sert à rien, lance Toumany à son rival.

— Oh oh, doucement, dit Aurélie. Déjà, je fais ce que je veux, et en plus on est juste amis.

— C'est ça, prends-moi pour un con, lâche Toumany.

Les gardiens arrivent. Toumany attrape Aurélie par le bras et la sort de sa chambre.

— Lâche-moi, tu me fais mal ! lance-t-elle, mais Toumany n'est plus ce mec sympa qui blague pour cacher son malaise.

Il l'entraîne hors de l'INSEP.

— Je vais perdre mon taf si je rentre pas, dit Aurélie.

— Qu'est-ce qu'il fait chez toi ? lance Toumany.

— On est juste amis, répète-t-elle, mais sa voix a changé.

Elle a peur. Toumany l'assoit à l'arrêt de bus, devant le portail.

— Si vous êtes amis, alors y a pas de problème, tu peux me montrer les messages que vous vous envoyez. Allez, montre-moi. C'est juste des messages sans importance, nan ? Alors vas-y, y a rien de grave.

Elle refuse. Il lui arrache son téléphone. Entre-temps, les gardiens de l'INSEP ont appelé la police. Une patrouille se gare à leur niveau.

— Madame, vous allez bien ? Est-ce qu'il faut qu'on intervienne ?

Elle renifle.

— Madame, est-ce que cet homme vous agresse ?

— C'est bon, c'est juste une embrouille de couple, lâche Toumany.

Le policier lui intime de la boucler.

— Madame ?

Elle pleure et finit par dire :

— Il m'a pris mon portable.

— C'est vrai ? demande le flic en regardant Toumany.

— J'ai rien, dit-il.

Ils le fouillent. Trouvent le téléphone. Et l'embarquent. L'amour meurt ici, sous un arrêt de bus, en lisière de forêt.

Toumany a vingt-six ans le 6 janvier 2014, et il ne va pas bien. Il s'était assagi ces derniers temps, mais comme un alcoolique qui passe devant un bar le mauvais soir, il rechute, et s'attaque au magasin Bouygues Telecom près de chez lui. À l'aube, il explose la vitrine. L'alarme se déclenche. Il pensait avoir de la marge sur la police mais en sortant avec la marchandise, il croise une patrouille. Une course-poursuite s'engage sur la nationale 6, une ligne droite de vingt kilomètres à travers la forêt de Sénart. Il y a toujours un tas de voitures garées le long de cette route. Des mecs qui vont aux putes ou aux champignons, parfois les deux en même temps. Toumany prend de l'avance sur le gyrophare dans son rétroviseur, mais au bout de cet axe il y a un rond-point. Il perd le contrôle, la voiture part en tonneaux et s'immobilise sur le toit. Toujours conscient mais piégé dans l'habitacle, Toumany se fait cueillir comme une fleur. Il a eu de la chance. Il aurait pu y passer.

Des articles paraissent dans la presse. À la fédération, à Montgeron, dans le petit cercle des athlètes de l'équipe de France, on se demande ce qui le pousse à gâcher son talent. Il est incarcéré à Fleury-Mérogis, en maison d'arrêt, avec le tout-venant de la délinquance d'Île-de-France. Sept années ont passé depuis son passage ici. Rien n'a changé. La promenade, les horaires, les visages sont les mêmes. Ici les cités se reforment, comme à l'extérieur, la Grande Borne, les Pyramides, les Tarterêts. « D'où tu viens ? » est la première question qu'on vous pose après vous avoir remis votre linge. Toumany sait que, contrairement à tous ces types qui croupissent en attendant un procès, l'athlétisme peut le sauver, alors, seul sur la piste de 160 mètres qui encercle le terrain de hand, il baisse la tête et enchaîne les tours. Il fait cinq mois à ce rythme, avant de poursuivre en semi-liberté. Un mur d'enceinte, une nef centrale, des cellules sur trois niveaux, un parquet grinçant, des toilettes infâmes, des puces de lit et des matelas imprégnés de pisse, chaque soir après l'entraînement, Toumany rentre au « centre », à Corbeil, un bâtiment de 1883 qui ressemble aux prisons qu'on voit dans les films, précisément parce qu'il sert de lieu de tournage au cinéma français.

À Montgeron, Anne lui propose d'essayer avec un nouvel entraîneur, Farès Megharbi, pour sauver ce qui peut encore l'être. Farès a trente-huit ans. Il est né en Algérie, où il a couru le 400 mètres à un bon niveau, avant de venir en France, passer un master de langues à la Sorbonne. Son premier disciple a été Djabir Saïd-Guerni, l'ami d'enfance. Quand Wilson Kipketer bat le record du monde du 800 mètres avec un train d'avance, ils sont adolescents devant leur petite télé à Alger. « Tu verras, Farès, un jour je le battrai », promet Djabir. Et de fait, quand six ans plus tard il remporte l'or aux championnats du monde avec le maillot vert et blanc, Kipketer est quatrième. Dans la chambre d'appel, une demi-heure avant le départ, l'Algérien était venu le trouver pour lui annoncer d'une voix calme et assurée : « Tu as eu ton heure, aujourd'hui c'est moi qui gagne. »

Farès n'est pas du genre à hurler sur ses athlètes. Il dégage une certaine bienveillance, quelque chose de rassurant. Pour leur première session en forêt, il propose à Toumany de fractionner. « Je sais que tu as du mal avec le lactique, mais il faut qu'on insiste. » Les séances sont laborieuses. Toumany halète de longues minutes avant de revenir au calme. L'envie de vomir. Le souffle court. La cellule l'a esquinté. Pour sa rentrée au meeting de Montgeron, il termine avant-dernier. En bord de piste, il y a les potes, la famille. Certains murmurent déjà : « Il est cramé. »

— Tu crois que je devrais prendre des compléments alimentaires ? demande Toumany.

— Non, répond Farès. T'es puissant, t'en as pas besoin. Fais-toi confiance, le travail va payer.

Mais les courses se succèdent et le chrono ne bouge pas. Des rumeurs courent. On dit que Toumany ne finira pas la saison. Qu'il a les flics au cul. Qu'il va retourner en prison.

— Comment ça se passe ? demande Anne. Il vient ? Il est sérieux ?

— Il m'a jamais mis de plan, répond Farès. Si je lui donne rendez-vous demain à 5 heures du matin, il y sera. Rien à dire.

Fin juin, Toumany remporte les championnats de France de seconde division, s'offrant une chance de courir deux semaines plus tard aux Élites. La fédé rechigne, ça fait tâche un récidiviste qui sort de taule pour concourir à la plus grande compétition nationale, mais le règlement l'y autorise, alors bien qu'il ne figure pas sur la liste officielle, Toumany hérite d'un couloir merdique et termine cinquième de sa série, sous les yeux de Rita, qui, exceptionnellement, a fait le déplacement.

— Sois pas déçu, dit Farès, on est sur la bonne voie. Même pour les Europe, c'est pas mort, t'as fait le plus gros du boulot, on peut aller chercher la qualif.

Toumany acquiesce sans y croire. Pour la forme, il court à La Roche-sur-Yon, où, en effet, il bat son record de la saison, et dit : « Pause, on reprendra après l'été. » Farès n'insiste pas. Vous ne faites pas courir un athlète qui n'a plus envie. Mais il a l'impression que Toumany lui cache quelque chose. Comme si, sachant le retour en prison inéluctable, la routine de l'entraînement, la sueur, la douleur pour des dixièmes de seconde, tout cela lui paraissait soudainement insupportable.

Je n'ai pas de frère. C'était mon rêve d'en avoir un grand, mais je suis arrivé en premier et deux petites sœurs sont nées dans la foulée. Pendant longtemps ça m'a ennuyé. J'aurais voulu quelqu'un pour jouer au foot, pour se battre, pour faire la course, des traces dans lesquelles marcher. Toumany a un petit frère, appelons-le Ismaël. Ismaël a huit ans de moins. Pendant des années, il grandit sans rien demander, et un jour il dit :

— Apprends-moi à voler comme toi.

Toumany aurait dû l'attraper par les épaules et le regarder au fond des yeux. À la place, il répond :

— Le secret dans le vol, c'est le cardio. Il te faut un gros cœur pour courir vite et tenir longtemps. Fais confiance à tes jambes et tu te feras jamais prendre.

Élève appliqué, Ismaël l'accompagne à l'entraînement. Il accepte la douleur du tour de piste, pas pour la victoire mais dans l'espoir de semer la police. Il a presque dix-huit ans quand il braque un épicier. Il était encore temps, pour Toumany, de s'interposer. À la place, il accepte de lui échanger ses pièces contre 250 euros en billets et, quelques jours après avoir annoncé à Farès qu'il mettait un terme à sa saison, Toumany est au volant d'une voiture volée, avec son petit frère et quatre complices sur la banquette arrière. Il est 3 heures du matin. Ils se garent devant le centre commercial, pénètrent dans la galerie et s'acharnent, en vain, sur la vitrine blindée d'une boutique SFR. Ils ressortent, dégoulinants de sueur sous leurs cagoules.

— Et si on volait une masse chez Castorama ? propose Toumany.

Les jeunes acquiescent et, tandis que leur aîné s'affaire à fracturer le magasin de bricolage, ils s'attaquent à la bijouterie. L'alarme se déclenche. La police arrive. Toumany fait sortir tout le monde, se met au volant et, dans la précipitation, percute de plein fouet une voiture de la BAC. L'airbag lui explose au visage. Il est sonné mais parvient à s'enfuir, et une heure plus tard, alors qu'il fixe son reflet dans la salle de bains, il s'ordonne à voix haute :

— Il faut que tu te calmes.

À ce moment-là, Rita est enceinte de leur deuxième enfant, Kylian. Ils partent en vacances quelques jours, histoire de se mettre au calme, et à leur retour, le destin place une dernière chance sur le chemin de Toumany. François Pépin, l'un des plus grands entraîneurs de ce pays, l'homme qui accompagna l'éclosion de Marie-José Pérec en coureuse de 400 mètres, le veut dans son groupe à Joinville. Pour vous poser le personnage, François Pépin est un entraîneur à l'ancienne, un professeur d'EPS qui se pense avant tout comme un éducateur, quelqu'un qui entre dans la vie d'un athlète et l'accompagne pour en faire un adulte capable de s'en sortir, pas seulement une machine à courir vite. C'est un homme franc, qui vous dit les choses. À chaque fois que Toumany l'a croisé, il a eu la même phrase : « T'as rien compris au 400 mètres. T'es un coureur de 400, mais t'as rien compris à cette discipline. »

Dans les années 2000, Pépin entraînait deux joyaux du tour de piste : Marc Raquil, le beau gosse, un grand échalas aux cheveux décolorés, et Leslie Djhone, le prodige, élégant et fin, aux qualités physiques hors du commun. Laissons de côté Raquil pour se concentrer sur l'histoire de Leslie. En primaire, il était parti seul devant au cross de l'école et la maîtresse s'était fâchée parce qu'un élève avait fait de l'asthme en voulant lui coller le train : « Leslie, tu cours plus, tu restes avec moi ! » Puni parce qu'il était le meilleur, voilà son expérience du sport. À seize ans, c'était un feignant qui avait pour projet de comater dans son canapé devant *Beverly Hills*. Sa mère avait insisté pour le mettre à l'athlétisme et, en apprenant qu'il séchait les entraînements, elle a fini par l'envoyer en stage avec François Pépin à Rimini, en Italie. Là-bas, le coach aux yeux bleus lui lança un défi à la longueur et, en sautant n'importe comment, sans technique, sans abdos pour ramener le buste en avant, l'adolescent rachitique avait atterri très loin dans le sable, au-delà des sept mètres. « Si t'es plus assidu, je te prends à l'entraînement une fois par semaine », avait lancé Pépin. Leslie ignorait qu'il s'engageait dans une relation quasi fusionnelle qui allait durer dix-sept ans.

L'éclosion est fulgurante. En trois mois il se retrouve sur un podium des championnats de France. Pépin a décelé chez lui le gène du coureur de 400 mètres, mais pour ne pas l'effrayer, il l'appâte avec du saut en longueur. Comme ce sera le cas plus tard avec Toumany, les séances intègrent du 200, puis du 250 mètres. La douleur s'apprivoise. Bien sûr, pour son premier 400, Leslie se fait avoir comme les autres, il part vite, se retrouve seul devant et se dit, merde, pourquoi ils en font tout un plat, et à cent mètres de l'arrivée, il se prend le mur, se ratatine et s'écroule après la ligne. Il jure qu'on ne l'y reprendra plus mais, en moins d'un an, il passe sous les 46 secondes. Pour ses premiers championnats du monde, la terre tremble. Quatre-vingt mille personnes hurlent son nom et tapent des pieds dans les gradins. Leslie vomit dans les toilettes avant le départ. Il bat le record de France et devient une célébrité, quelqu'un qui passe à la télé et qu'on reconnaît dans la rue. Un jour, il déclenche même une émeute dans son supermarché. La suite est une succession de hauts et de bas jusqu'à la cassure avec Pépin, son mentor, celui qui, dès ses premiers sauts, s'était dit, je suis en présence d'un être rare. Leslie négocie l'un des derniers virages de sa carrière quand Pépin lui propose de reprendre le saut en longueur pour apporter quelques points faciles au club de Joinville. Il refuse. Pendant un mois il tient sa ligne, mais en face on insiste : « Allez juste un saut, tu risques rien », et comme il n'a pas envie de passer pour une diva, il y va, il saute et s'explose le genou. L'amertume vient après. Il vit la blessure comme une trahison et, bien qu'il le souhaite, il n'arrive pas à pardonner. Ses chronos ne lui ressemblent plus. Il claque la porte en clamant : Pépin a été le créateur et il a cassé son jouet.

Quand il rejoint le groupe de Patricia à Montgeron, Toumany est en passe de faire le trajet dans l'autre sens. À Joinville, le président lui offre même un poste de comptable dans son entreprise.

— Le contrat, c'est un CDI à 1 500 euros par mois sans les primes. Cinq semaines de congés payés et cinq semaines de stages pour lesquelles on prend en charge la totalité des frais. Tu bosseras en horaires aménagés, on te laissera partir plus tôt pour l'entraînement et toutes tes absences liées aux compétitions seront rémunérées.

Toumany hésite. Il a peur de trahir les siens.

— Sois égoïste, lui dit Jean-Michel. Fonce, prends le travail et ne pense pas à nous !

Toumany en parle avec Rita. Il appelle Anne. Elles tiennent la même ligne : foncer. Alors il y va.

— J'ai le niveau BTS compta, mais j'ai jamais passé le diplôme, avoue-t-il en arrivant.

— Alors ça, le diplôme, je m'en fous complètement, répond le patron. Ce que je veux, c'est que tu laisses pas d'erreurs dans les chiffres.

Le boulot consiste à vérifier les comptes de petites sociétés. Des bouchers, des coiffeurs, des boulangers… Toumany voit ce qu'il y a dans les caisses et à quelle date le liquide sera livré à la banque, pourtant le vol ne l'intéresse pas. Il tient à prouver qu'il est un bon comptable, le meilleur qu'ils puissent trouver. Mais au bout de trois semaines, le patron lui demande, « Alors, cette licence, tu me la montres ? », et comme Toumany sait au fond de lui qu'il sera incapable de courir sous d'autres couleurs que celles de son club de cœur, il démissionne et rentre à Montgeron, où il rencontre Leslie.

Nous sommes à l'automne 2014. C'est son année, il le sent. Il vise les 45 secondes et, si tout va bien, il battra le record de France aux Jeux de Rio, l'an prochain. Après avoir hésité entre les États-Unis et la Guadeloupe, Patricia organise son stage de présaison au centre olympique de Formia, au nord de Naples. L'équipe d'Italie entraîne ses champions sur cette piste verte coincée entre la mer et les montagnes depuis les années 1950.

— Je peux pas. Mes parents ont pas l'argent, s'excuse Yannis, le benjamin du groupe, un jeune qui s'entraîne très dur, tous les jours.

— Je te l'offre, promet Toumany.

Et soudain il doit payer deux parts. Les semaines passent. Le stage approche. Convoqué par l'équipe de France pour une prise de sang, il note que les patients du laboratoire payent en liquide. Il revient dans la nuit prendre la caisse et faire une pharmacie.

À Formia, le directeur refuse le cash. « Vous m'enverrez un virement à votre retour en France », propose-t-il. Mais à son retour en France, quand Patricia lui demande de payer ce qu'il doit, Toumany a tout claqué dans les restaurants et les cafés du bord de plage. Il sort des excuses bidon pour esquiver l'entraînement – mon fils est malade, je passe des entretiens pour le travail – et retombe dans les combines. Les flics l'arrêtent après avoir trouvé chez lui des tickets de paris sportifs volés dans le braquage d'un bar-tabac.

— C'est vrai, avoue-t-il, je les ai récupérés. Mais j'ai rien à voir avec le vol.

À sa sortie de garde à vue, il appelle Patricia :

— Ils pensaient que j'avais quelque chose à voir avec l'autre là, Coulibaly Amedy, le terroriste de l'Hyper Cacher.

— J'en étais sûre, s'exclame-t-elle.

— J'étais à Fleury en même temps que lui, en 2007. C'est pour ça, ils se sont dits, il sait peut-être quelque chose qu'on sait pas.

— O.K., je vois. Tu peux venir courir là ou pas ?

— Ça va le faire, ouais, j'arrive.

Toumany prend le train de nuit, arrive à Nantes au petit matin, court son 200 mètres et l'emporte facilement. Il est si fort, cette année-là, qu'autour personne ne se doute qu'il s'enfonce, enchaînant des casses qui vont lui péter au visage comme des bombes à retardement.

Le Parisien lui consacre un nouvel article. L'angle, c'est qu'après avoir longtemps brillé par ses cambriolages, Toumany cherche la rédemption.

> « Aujourd'hui, je ne devrais pas être libre. Sans le soutien de mes proches, l'aide de mon club et la clémence de la justice, c'est en prison que je devrais être. » Toumany Coulibaly, 28 ans, athlète du club de l'ES Montgeron (Essonne), est loin d'être un ange. « J'ai fait des conneries et je les paye, c'est logique. J'ai été puni l'an dernier de vingt-deux mois de prison. Je n'en ai fait que trois. J'attends encore un jugement qui pourrait être lourd si je me présente en disant que je n'ai pas d'avenir. Grâce à l'athlétisme, j'en ai un », argumente l'élève de la médaillée olympique Patricia Girard, qui participe samedi aux championnats de France en salle à Aubière (Puy-de-Dôme).
>
> Toumany Coulibaly se présente demain en séries avec le meilleur temps des engagements sur la distance. « On ne me croira pas, mais j'ai fait du ménage dans ma vie. Je suis plus apaisé. J'évite de revoir des gens qui ne me veulent pas que du bien. Il m'a fallu

du temps pour comprendre qu'il vaut mieux courir sur une piste d'athlé que dans la rue pour échapper à la police. C'est le message que je veux transmettre aux gamins qui s'intéressent à mon histoire : ne vous laissez pas influencer par de mauvaises personnes. Sans l'athlé et tous ceux qui m'entourent à travers lui, je ne serais pas là. Ils m'ont sauvé. Pas encore complètement, car j'ai conscience que je peux replonger à tout moment. Je ne suis pas guéri et c'est ma plus grande peur, tous les matins. »

Toumany se rend à Clermont-Ferrand pour courir les championnats de France. Il gagne sa série sans forcer. Le soir, il dîne avec Anne, sa présidente, quand son téléphone sonne dans sa poche. Sur l'écran, il lit « Doums ».

— Y a un plan demain aux Ulis, dit la voix dans le combiné.

— Je peux pas, répond Toumany en soninké. Je suis pas dans le coin.

— La voiture volée, elle est où ?

— Chez un pote. Mais les outils sont chez moi et y a personne, là.

— O.K. Bon. On t'attend, alors.

Toumany raccroche, sourit à sa présidente et range son téléphone.

— Ça va ? demande-t-elle.
— Oui, oui, c'est rien, répond-il, et d'un sourire il écarte la gêne sur son visage.

Le lendemain, Toumany n'a pas de plan de course. Il part vite, prend la tête de la finale et la conserve jusqu'au bout. Il est champion de France du 400 mètres. Anne exulte en bord de piste. Elle se faufile à travers la foule et souffle à l'oreille de son athlète :

— Toum, fais attention aux journalistes, ils vont chercher la petite phrase. Ne dis pas n'importe quoi.

Dans son maillot bleu et jaune, l'écusson « Montgeron Athlétisme » sur le cœur, Toumany grimpe sur la plus haute marche du podium. On lui passe la médaille d'or autour du cou. Il félicite ses dauphins. Et quand les premières notes de *La Marseillaise* résonnent dans le stade, des larmes roulent sur ses joues.

— Je ne sais pas ce que l'avenir me réserve, déclare-t-il à la presse, mais ça restera pour toujours le plus grand moment de mon existence.

— Que va changer ce titre ? demande un journaliste.

— Ma vie, tout simplement. J'ai enfin l'impression de faire partie de la famille des athlètes. Je suis entré dans leur cercle, j'espère pour très longtemps. On ne va plus me regarder comme l'ancien délinquant qui a fait des bêtises mais comme un vrai coureur avec un palmarès.

Il est un peu moins de 23 heures quand son train ralentit en gare de Bercy. Sur le quai, Anne le félicite une dernière fois. Elle sourit en suivant des yeux sa longue silhouette qui s'éloigne vers le RER. Quelque chose la rassure dans l'idée de le savoir champion de France. Une heure plus tard, Toumany dépose sa médaille d'or sur la table de la cuisine, attrape une masse et part rejoindre les six complices qui constituent l'équipe du soir. Au procès, la juge s'étonnera de le voir sur les bandes de vidéosurveillance, déployer une force phénoménale pour briser une vitrine blindée quelques heures après avoir remporté un 400 mètres.

— Vous vous dopez, monsieur Coulibaly ? J'imagine que pour devenir champion de France il faut donner tout ce qu'on a dans le ventre. Comment se fait-il que vous ayez de l'énergie à revendre ?

Quelques jours après sa victoire, Toumany mange seul dans un grec près de chez lui, quand un type le reconnaît. Il s'appelle Leroy. C'est un cambrioleur avec un casier encore plus long que le sien. Il leur est arrivé de se retrouver sur les mêmes coups sans le savoir. Ils en rigolent. Chacun vante ses vieux exploits, et au bout d'un moment Leroy dit :

— J'ai un plan à Brétigny demain soir. Je l'ai fait l'an dernier et la sécurité n'a pas changé. Ça te dit ?

Toumany hausse les épaules.

— Pourquoi pas…

— Rendez-vous devant le Quick de Fleury cette nuit, à une heure. Amène un pote. On fait le truc. On partage. Fin de l'histoire.

Malheureusement le plan parfait ne l'était pas tant que ça. Arrêté en pleine rue par la police, Leroy est incarcéré sur-le-champ. Toumany parvient à s'en tirer et, comme si l'échec de la nuit ne pouvait constituer un avertissement suffisant, il remet ça six jours plus tard. Une boutique SFR. 17 000 euros de marchandise.

En reprenant les dates, celles qui correspondent à ses cambriolages et celles de ses victoires sur la piste, j'ai l'impression de retracer le parcours d'un champion schizophrène : vainqueur le jour, voleur la nuit. C'est une forme de suicide, en fait. Le lendemain de son casse, le maire lui remet la médaille de la ville de Montgeron. Anne est là. Elle monte à la tribune.

— Toum, c'est un garçon qui est arrivé au club il y a cinq-six ans…

Sa gorge se serre.

— Dès que je l'ai vu courir, j'ai remarqué son potentiel. C'est un jeune homme qui a connu beaucoup de galères. Et aujourd'hui, il est champion de France…

Des larmes lui brisent la voix. Tandis que le maire fait applaudir la salle, elle insiste, s'adressant directement à son athlète :

— C'est ta chance. Le sport peut te sortir des ennuis.

— Je ne m'attendais pas à la voir pleurer, confie Toumany aux journalistes, sa médaille lui pesant sur le torse. Je sais qu'elle a confiance en moi, et tout le club avec elle. Ils ont toujours été derrière moi. Je veux leur montrer que j'ai enfin pris le bon chemin. Cette rage qui m'a poussé à mal me conduire, je dois la transformer, en faire un moteur pour encore progresser. Je ne cherche pas la gloire, j'aspire juste à une vie normale. L'athlétisme est en train de me sauver de la délinquance.

Il est gênant de relire ces déclarations en sachant qu'au même moment Toumany s'enfonçait jusqu'au cou dans les sables mouvants. Après cette cérémonie, il reçoit un appel pour attaquer le Bouygues

Telecom du centre commercial Bois-Sénart, à Cesson. Son complice, Adil Gandou, le triple sauteur en longueur, est à Sarcelles, à un anniversaire, mais il insiste, il veut en être.

— Ma copine va me déposer, dit-il. Et cette fois, pas question de faire le guetteur.

Sur place, ils rejoignent une équipe. Il n'y a pas de stress particulier. Toumany se sent bien. Ces types comptent sur lui, il le sent. Adil aussi, il compte sur lui. C'est une fierté, cette confiance, et ça explique en partie pourquoi il se retrouve au beau milieu de la nuit, une masse dans les mains devant la vitrine d'un magasin. Le vol en lui-même dure trois minutes. Deux voitures postées à l'extérieur du parking lui donnent le feu vert pour quitter les lieux, mais il a juste le temps d'engager sa voiture sur la nationale qu'il se retrouve avec un gyrophare dans le dos. Il accélère. Il pense avoir semé ses poursuivants quand il voit un policier lancer une herse en travers de la route. Les pneus explosent. La Mégane dérape dans un horrible bruit d'acier limé. Les portières s'ouvrent. Adil et Toumany s'enfuient à travers une clairière. Ils sautent un talus. Adil prend à gauche, Toumany à droite, et cinq secondes plus tard il entend son pote implorer : « Ne tirez pas ! Ne tirez pas ! » Puis le bruit mat des coups de matraque. Au bout du chemin, Toumany atteint un grillage. Il le franchit et se retrouve dans l'entrepôt d'un supermarché. Pas un bruit. Ses jambes flageolent sous lui, soudain il est extrêmement fatigué. Il cherche une cachette, et à la force des bras, se hisse sur un auvent d'où il peut atteindre le toit. Là-haut, il s'allonge, et perd son regard dans le ciel noir. Les flics se parlent en bas : « Il a sauté le grillage, il est à l'intérieur. » Son cœur bat si fort qu'il se demande s'ils peuvent l'entendre. Une vapeur blanche s'échappe de sa bouche. Il pense à retenir sa respiration mais il a peur de tousser, alors il reste immobile, sur le dos, laissant l'air lui mordre les cuisses. Le grillage a lacéré son jogging. Il saigne à plusieurs endroits.

Il fait jour quand il redescend. Un complice vient le récupérer en bord de route, et lui apprend qu'Adil est en garde à vue. « Association de malfaiteurs. » En fouillant la voiture, les flics ont mis la main sur cinquante et un téléphones sous blister, une masse et deux burins. Sur le siège passager, ils ont trouvé une paire de gants et une lampe torche allumée. Dans le vide-poche, une carte Visa Électron et un RIB, tous deux au nom de « Monsieur Coulibaly Toumany ». Il est recherché.

Toumany appelle un jeune athlète de Montgeron. Il ignore que sa ligne est sur écoute.

— La situation est très grave. Très très grave. Ne m'appelle plus sur les deux autres numéros et n'appelle pas Adil, parce qu'Adil, là, il est au trou.

— Sérieux ?

— Ouais, je te jure. Fallait que je trouve un avocat, j'ai payé et tout, normalement il sort demain mais c'est pas sûr, si ça se trouve, il sortira pas. Si ça se trouve, il sera en prison… C'est compliqué. C'est très compliqué. Moi, j'ai fait un accident. Pff… je suis en miettes.

— Ah ouais ?

— Ouais, c'est que des coupures, ça va. Enfin, je suis coupé de partout, c'est ça le banditisme.

— Vous êtes inconscients.

— Là, sa meuf est au courant. Ils sont venus chez elle et tout. T'as essayé de l'appeler aujourd'hui ?

— Euh, non, pas aujourd'hui, hier. Je lui ai demandé si elle avait des nouvelles, elle m'a dit non. Vous êtes compliqués, pourquoi vous pouvez pas être normaux comme tout le monde ?

— Oh putain, mais les gens de l'athlé, ils vont disjoncter.

— Il va pas supporter la garde à vue, Adil.

— Ouais, je sais, c'est sûr qu'il a dû craquer. J'ai cherché un avocat partout, j'en ai trouvé un sur

Paris, mais pff… il m'a allumé. J'ai pas le choix, j'étais obligé de payer parce que c'est sûr qu'il allait craquer. Demain il sera déferré devant la juge et… tout va se jouer demain.

— À quelle heure il va passer?

— Le soir, vers 18 heures.

Il y a un silence. Puis l'autre souffle:

— Vous pouvez pas seulement vous entraîner? Pourquoi t'étais pas à l'entraînement samedi?

— Parce que… pff, je suis rentré tard, à 5 heures du matin, et j'étais fatigué, très fatigué. Et hier soir… le plan a échoué.

Toumany est pris d'un fou rire.

— Le plan a échoué! Ahahah! Le plan a échoué! Non mais là je rigole mais ça me fait pas rire. Je te jure ça me fait pas rire, juste j'essaye d'oublier, mais ça me fait pas rire. Regarde-moi, j'ai failli perdre mon tendon et là je viens de sortir un bout de verre de mon œil!

— Quoi?

— Un bout de verre, je viens de le sortir de mon œil, là!

— J'en peux plus de vous… Il s'est fait prendre sur place?

— Ouais.

Toumany rit encore:

— Aaah, Adil, il faut qu'il reparte chez papa et maman dans le Sud. Ou qu'il rentre à l'INSEP. Ouais, je crois qu'il devrait rentrer à l'INSEP, c'est mieux pour lui.

— Pourquoi ?

— Au moins il sera encadré. Quand il est arrivé, les gens lui avaient dit « Si tu vas dans ce groupe, surtout tu le côtoies pas, lui ».

— J'arrive pas à comprendre. La chance que vous avez, toi et Adil, c'est que vous êtes doués naturellement mais vous êtes en train de tout foutre en l'air. Tout ce que vous faites là, c'est des conneries qui vous rapportent rien du tout, que des problèmes, alors que si vous réussissez dans l'athlé, vous allez amasser tellement d'argent. Et vous avez des exemples sous le nez en plus. Pascal Martinot-Lagarde, il s'est lancé, il refuse même l'argent de son club, aujourd'hui. Je vous comprends pas. T'étais où déjà, vendredi ? Je t'ai pas vu.

— J'étais en repérage. J'étais loin. Hé, ça fait trois jours que je suis dessus, mais bon, là, c'est fini, je prends ma retraite.

— Patricia m'a dit : « Il est où Toumany ? Mon enfant, il est où ? » J'ai dit : « Je sais pas, je l'ai pas vu. »

Un peu plus tard ce jour-là, Toumany appelle un complice.

— Je suis dans la merde, il dit.

— Quoi ?

— Les flics. Ils sont venus.

— Arrête.

— Je suis dans la merde. Ah là là, je suis dans le caca, ils vont me couper la tête, en plus je sors d'un entretien avec le maire de Montgeron pour un taf, et tout.

— Mais non ?

— Il m'a dit « Tu me donnes ton engagement », et tout et tout, et je lui ai dit « Oui, c'est sûr sûr ! »

— C'est quoi comme taf, un bon taf en plus ?

— Ouais, en compta.

— Non…

— Bon, de toute façon faut que je rappelle l'avocat, là.

— Vas-y, bah passe tout à l'heure, ça permet de se voir.

Au poste, Adil attend la deuxième nuit pour se mettre à table. Il enchaîne quatre-vingt-seize heures avant d'être libéré sous contrôle judiciaire. Toumany va le voir chez lui. Quand il arrive, Adil est sur son balcon. Il le salue d'en bas et, l'espace d'un instant, il se demande si c'est bien lui. Son visage est creusé. Il a maigri. Toumany pense, merde, il a pris cher.

— Alors ?
— J'ai tout balancé.
— En même temps, quatre-vingt-seize heures, c'est un truc de fou… Je peux pas t'en vouloir, même moi, le max c'était quarante-huit heures et j'étais prêt à tout lâcher. T'as dit quoi alors ?
— Tout.
— T'as donné quoi comme noms ?
— Le tien. Les autres, je les connais pas. Je les ai décrits mais c'est tout, j'avais pas leurs noms.
— Pourquoi t'as pas fait pareil pour moi ? Pourquoi t'as pas dit « un mec mais je sais pas comment il s'appelle » ?
— Je sais pas. J'en pouvais plus.

Les heures qui suivent, Toumany reste loin de chez lui. Il ne se montre pas à l'entraînement car la police l'y attend. Il est coincé. À cet instant, l'idée de la fuite le traverse, bien sûr, mais pour aller où ? La cavale, ça ne marche qu'au cinéma. Même les braqueurs n'y arrivent pas. Vous vous pensez libre, vous devenez une bête traquée. « On ressent cette urgence à vivre car c'est peut-être la dernière minute, mais il faut tout border, tout planifier, ne pas boire, ne jamais se relâcher, vingt-quatre heures sur vingt-quatre. Il faut une maîtrise totale. C'est une forme de folie », avait résumé François Besse, dit « François l'Anguille », pour ses six évasions réussies.

Toumany rappelle l'avocat qu'il avait contacté pour épauler Adil, et lui demande de le sortir de là. Au bout d'une longue négociation avec le juge, celui-ci parvient à lui éviter la garde à vue. Toumany sera convoqué dans quelques semaines pour s'expliquer. En attendant, comme s'il devait se dépêcher de prouver au monde qu'il est dans la forme de sa vie, il enchaîne les courses. Invité au meeting de Bamako, il s'envole pour le Mali et l'emporte en 46'13 sur la piste plus que douteuse du stade Modibo-Keïta, signant la meilleure performance de l'année pour un Français. C'est la première fois qu'il remet les pieds au pays. Il ne prend pas le temps de voir le village, mais dans les tribunes il reconnaît l'ami avec lequel il risquait sa peau à quatorze ans, sur des cambriolages. Il a changé. Il s'est marié. Il s'est rangé.

Se sachant en sursis, Toumany améliore son meilleur temps de la saison à Marseille – 45'86 – confirmant ce que tout le monde disait en bord de piste : il est dans la forme de sa vie, il peut viser le record de France. Mais nous sommes le 6 juin 2015 et c'est déjà sa dernière course. Devant le juge, il déclare : « Je veux me laver de ce qui me pend au nez. Je suis prêt à parler, à vous dire ce que j'ai fait. J'aimerais que tout soit réuni en un seul dossier et non pas encore, dans deux mois, qu'on refrappe à ma porte. » Et de fait, il parle. Il détaille le mode opératoire. Qui a fait quoi, et quand. Contrairement à ce qu'ont pu déclarer les différents complices arrêtés dans cette affaire, explique-t-il, il n'est chef de rien du tout, simplement un expert qu'on appelle parce qu'il sait faire. Oui, il est coupable, et oui, c'est lui qui a plongé Adil dans cette galère, mais le cerveau, non.

Il est incarcéré à Fresnes. Son codétenu le toise et balance son sac du lit superposé. « Dégage, je veux pas de balance. » Un surveillant vient le chercher, on lui trouve une autre cellule. Au début, son codétenu est fier de partager sa peine avec un athlète. Il se filme sur Snapchat : « Oh, regardez avec qui on peut se retrouver au placard, un mec de l'équipe de France ! » et, dans la minute, il est assailli de commentaires : « Nique-le ! Nique-lui sa mère à ce fils de pute, c'est lui qui m'a balancé ! » Toumany a beau s'expliquer, le gars ne veut pas de problèmes. « Reste pas là, c'est pas bon pour toi et c'est pas bon pour moi non plus. »

Il y a trois rumeurs que vous n'avez pas envie d'entendre sur votre compte quand vous entrez en prison : c'est un pointeur, un pédophile, une balance. La menace est réelle. « Descends pas en promenade », « On sait où t'habites », « On va rendre visite à ta femme, t'auras personne au parloir. » Toumany angoisse mais il refuse de céder. Après quatre mois de pressions, il est extrait de sa cellule pour être interrogé.

— Comment se passe la détention ? demande la juge d'instruction.

— Bien. Au début, j'avais peur, je suis dans une prison où il y a un complice, j'avais peur des représailles.

— Exercez-vous des activités ? Êtes-vous inscrit à des ateliers ?

— Je vois un psy tous les mois. Je vais à la bibliothèque, j'ai deux séances de sport par semaine et je suis en train de passer mon BTS compta par le CNED*. Je vois aussi deux professeurs, de maths et de français.

— Les faits pour lesquels vous êtes placé en détention ont été commis alors que vous bénéficiiez d'une liberté conditionnelle. Qu'en dites-vous ?

— Comment vous dire… J'étais dans un moment où ça n'allait pas trop au point de vue sportif et, du coup, je me suis laissé aller. Le cercle vicieux a repris le dessus… C'est facile à dire, mais je voulais

* Centre national d'enseignement à distance.

comprendre d'où venait cette addiction, pourquoi commettre ces vols inutiles alors que je ne suis plus un enfant. Avec ma compagne, j'en parlais beaucoup. C'est pour ça que j'ai commencé à voir un psy. Ça marchait super bien, j'avais des réponses à mes questions. Ce n'était pas un besoin financier, ce n'était pas pour me payer des vacances ou pour acheter la super télé, ce n'était rien de tout ça.

— Vous avez trouvé des réponses à vos questions ?

— Ce n'est pas le terme approprié, mais avec ce psy, j'avais des réponses qui venaient de moi-même, car ça durait depuis que j'avais six ans. On a instauré un planning fixe, il me laissait parler, il voulait que ça vienne de moi. Et ce n'était même plus une obligation, c'était une envie, c'était comme l'entraînement, c'est devenu une passion d'y aller tous les mercredis. Ça me permettait de soulager ce côté d'avoir toujours envie de voler. Comme ça, j'avais juste envie de rester avec mes enfants et ma famille, et d'aller le voir le mercredi.

— Vous dites que cela a commencé quand vous aviez six ans ?

— J'étais en CP, ma voisine est venue à l'école avec sa Gameboy, je me suis cru plus malin que tout le monde, j'ai mis mon nom dessus, j'ai dit « Oui c'est à moi ». À partir de là, le but était de ne pas me faire prendre. Dans les supermarchés, je me demandais toujours si la caméra m'avait vu. Mes parents ont voulu m'emmener au pays pour me montrer que la vie, c'était autre chose, mais ça s'est très mal passé... Tout a débuté par cette Gameboy, l'histoire est ressortie avec le psy.

— Où est votre psy?

— Au Val-de-Grâce. J'ai vu la psy de Fresnes, je suis tombé sur quelqu'un de très gentil, elle a contacté le Val-de-Grâce tout en continuant avec moi. Le souci, c'est que la priorité est donnée à ceux qui ont une addiction, pour l'alcool ou sexuelle, et moi j'en ai pas, donc la psy, je l'ai vue que deux fois, une fois en juillet, et une fois hier.

— Comprenez-vous les inquiétudes que l'on peut avoir, puisque vous n'avez pas tenu compte des chances qui vous ont été données auparavant?

— Je comprends entièrement. J'ai eu une chance atypique, j'ai trahi la confiance qu'on avait en moi, que ce soit au niveau de la justice, professionnel ou la famille. Le jour où ça va tomber, c'est le jour où les enfants auront besoin de moi, et ce jour est arrivé puisque je n'ai pas fait leur rentrée en septembre.

— Que fait-on maintenant? demande la juge.

— Même si je suis incarcéré, j'ai une petite victoire, j'ai eu un coup de foudre avec le psy. Le jour où je sortirai, je retournerai le voir, car c'est le seul truc qui a marché avec moi.

— Avez-vous quelque chose à ajouter?

— Pour l'ensemble des juges qui sont impliqués dans mes affaires, je tiens à m'excuser. Par rapport à la confiance qu'ils ont mise en moi.

Il a déjà grillé toutes ses chances, et il le sait. Mais nous sommes à l'aube d'une année olympique. Dans quelques mois les Jeux se tiendront à Rio, au Brésil. S'il parvenait à se qualifier, s'il défilait avec la grande équipe de France derrière le drapeau tricolore, peut-être pourrait-il changer. Se ranger. À Montgeron, Patricia Girard croit encore en lui.

Chère Madame le Juge,

Je soussignée Patricia Girard, championne du monde, double championne d'Europe et médaillée aux JO d'Atlanta sur 100 mètres haies en 1996, certifie entraîner Mr Coulibaly depuis trois ans, et certifie qu'il est licencié à l'ES Montgeron.

Je m'engage, de nouveau, à être le coach de celui-ci pour les futures années sportives, et notamment pour la préparation des prochains Jeux olympiques de Rio en 2016.

Dans le cadre de cette préparation, j'organise un regroupement pour les meilleurs athlètes de mon association, du 1er au 23 décembre 2015, la destination n'est pas encore définie, car j'attends des réponses.

Je ne manquerai pas de transmettre les informations nécessaires à son avocat afin que vous soyez informée de notre position.

Je vous prie de recevoir, Madame le Juge, l'expression de mes meilleures salutations sportives.

Toumany est autorisé à sortir de prison pour aller s'entraîner. Mais il n'a toujours pas de métier, et pas un rond en poche.

— J'emmène le groupe en Algérie, lui dit Patricia. Ça t'intéresse ?

— À fond. Compte sur moi, répond Toumany, et il replonge.

Il fait une pharmacie. 300 euros. Une fois qu'il a payé son vol, il n'a plus rien pour payer les soins sur place, les sorties, les repas. Il se pointe quand même à Roissy, passe les contrôles et se fait arrêter par la police aux frontières.

— Monsieur, vous êtes sous contrôle judiciaire, vous avez interdiction de quitter le pays.

— Justement, j'ai une autorisation de sortie de territoire. Pour motifs sportifs. Regardez.

Avant d'être relâché, Toumany abandonne sa sacoche, vide, sous un siège du commissariat, se disant qu'il tient là une excuse formidable. Il dira à Patricia que sa carte bleue est à l'intérieur. À Alger, la douane arrête un homme devant lui, un Asiatique. En le dépassant, Toumany lui vole son portefeuille. Il a fait ça d'instinct, sans réfléchir. Une seconde avant, il n'y pensait pas. Alors qu'il se dirige vers la sortie, une voix exulte en lui, Toum, t'es millionnaire ! Un Chinois seul en Afrique, c'est forcément un homme d'affaires, il y a une fortune dans ce portefeuille ! Il réfrène son envie de courir, emprunte l'escalator qui mène aux départs et s'autorise à compter la somme. Quatre billets de cent euros et des yuans, des milliers de yuans. Quand il sera passé au bureau de change, il se rendra compte que cela ne fait pas tant que ça, mais sur le moment il pense à un miracle. Il abandonne le portefeuille dans un coin de l'aéroport Houari-Boumédiène et rejoint le groupe en stage. Plus tard, il repensera à ce Chinois qui s'est retrouvé sans argent ni passeport dans un pays étranger, à devoir faire la queue des heures au consulat pour un laissez-passer. Il se dira, je suis un salaud, j'aurais dû prendre le fric et laisser le reste aux objets trouvés.

L'Algérie est une parenthèse agréable. Là-bas, il est seul avec son sport. Seul face à la souffrance, mais une souffrance supportable. Il sait qu'après la douleur viendra le retour au calme. Quand il rentre, les problèmes l'ont attendu. Les menaces qui le minaient à Fresnes le poursuivent à l'extérieur. Les messagers changent de tête d'une fois sur l'autre. Ils se montrent sur le parking devant chez lui. À l'entraînement.

— Tu as parlé. Tu as une dette. Tu payes. Sinon, on t'éclate les genoux.

Toumany leur verse chaque mois les 450 euros de son RSA. Pour s'en sortir, Rita l'embauche dans son centre équestre. Il balaye les écuries, porte des seaux d'eau et des kilos de paille, marche toute la journée dans le crottin de cheval. Il angoisse. Un soir, il appelle Anne et pleure dans le téléphone.

— Toum, elle dit, tu sais, un club, ce n'est pas que le sportif. C'est une famille. On doit pouvoir compter les uns sur les autres.

La dépression s'installe. Il s'y enfonce comme un clown triste, déployant une énergie incroyable pour rester aux yeux des autres ce mec drôle qui ne se prend pas au sérieux. Quand il rechausse les pointes, un homme l'observe en bord de piste. La cinquantaine, de fines lunettes sur le nez, il note des phrases dans un carnet. Il s'appelle Stéfan L'Hermitte. C'est un journaliste de *L'Équipe* qui n'aime pas le football, ce qui en fait un animal tout à fait extraordinaire. Sur son bureau, il entretient une pile de sujets dans laquelle il pioche pour en faire de longs récits : l'histoire d'un boxeur gitan tué sur le ring d'un combat amateur, par exemple, ou celle d'un jockey sorti de taule et fauché sur un rond-point de gilets jaunes. Si ce mot a encore un sens, Stéfan est un « grand reporter ». Il aime les aventuriers, les perdants magnifiques, les gueules cassées. Il aime l'athlétisme parce que le clinquant y est vulgaire, et que même les meilleurs souffrent. Quelques jours après cette course, il rencontre Toumany dans le bureau de son avocat.

Dimanche à Longjumeau, vous avez retrouvé la compétition au premier tour des interclubs, tête haute ou regard bas ?

Au fond de moi j'ai honte, mais j'assume ce qui s'est passé. Je n'avais pas peur des regards. Beaucoup de gens me croyaient encore en prison. J'ai fait deuxième en 47'11 et je suis parti aussitôt car j'ai aperçu des têtes que je ne connaissais pas et j'ai vite compris que des journalistes voulaient m'interviewer et, franchement, je n'ai plus trop confiance. On dit beaucoup de choses fausses sur moi.

Savez-vous dire pourquoi vous passez à l'acte ?

Je ne peux pas donner de réponse.

L'argent ?

Je n'ai pas de grosse voiture, ce n'est pas hi-tech chez moi. Si c'était une question d'argent, je serais passé aux braquages et ça se serait très mal terminé. Mais je ne suis pas violent, je n'aime pas la violence. Les policiers le savent bien. Quand ils m'interpellent, c'est toujours en douceur.

Qu'est-ce qui permet de dire que vous ne récidiverez pas ?

Parce que j'ai parlé. Un délinquant, un voyou, quand il se fait prendre il ne balance pas, il fait sa peine, il ressort et ça repart. Pour casser la spirale, il faut se mettre tout le monde à dos, balancer tout le monde et c'est ce que j'ai fait. Je risque des représailles. On m'a menacé, on sait où j'habite. Plus personne ne voudra faire d'affaires avec moi.

Comment en êtes-vous arrivé à ce choix ?

En garde à vue, l'an passé. Je me suis dit, il faut que j'arrête sinon je ne verrai pas mes enfants grandir. Avouer ne suffisait pas, j'ai balancé. C'est pour ça, aujourd'hui c'est bien fini. Je suis sûr que je ne replongerai pas. Je travaille, je cure des boxes de chevaux. Jamais j'aurais cru que je ramasserais de la merde de cheval mais je le fais, c'est comme une cure. Il faut que mes enfants puissent dire « Papa va au boulot » et pas seulement « Papa va au sport ».

Vous êtes convaincu qu'un jour vous serez champion ?

Je ne sais pas quand, mais je le serai.

Rio, c'est trop tôt ?

Faire Rio, ça changerait beaucoup de choses. Est-ce que je m'y vois ? Je n'ai pas de chrono en tête, je dois encore beaucoup travailler. Mes saisons ont toujours été interrompues par ce qu'on sait. En finir une serait déjà une belle chose.

Quatre affaires ne sont ni jugées ni programmées, vous le vivez comment ?

Si j'y pensais tous les jours, je ne vivrais plus, alors j'avance.

Sous l'article, les lecteurs peuvent laisser des commentaires. Celui qui apparaît en premier est signé d'un certain « Fred » : « J'ose espérer qu'il n'ira pas aux JO, la honte pour la France !!! C'est un peu facile de dire qu'il espère s'en sortir. Pense-t-il aux gens dont il a peut-être bouleversé la vie en les cambriolant ? Au trou, et pour longtemps ! Il y a une loi, tu la respectes ou c'est prison ! »

Malgré les ennuis qui s'amoncellent au-dessus de sa tête, Toumany reste compétitif. Avec un temps de 46'13, il est le troisième meilleur Français de l'année 2016, sélectionné pour courir dans le relais aux championnats d'Europe, à Amsterdam. La veille, les athlètes sont réunis à l'hôtel pour recevoir leurs tenues et un livret qui leur servira quand, devenus grabataires, ils auront à batailler avec leurs petits-enfants pour leur prouver qu'ils ont été jeunes et vifs. Dans ce livret, ils ont leur photo, une courte biographie et quelques lignes de palmarès. Toumany le passe en revue. Deux fois pour être certain. Des soixante-quatre athlètes que compte la délégation française, il est le seul à avoir été oublié. Sur la photo de groupe, il se tient debout, au dernier rang, son survêtement bleu zippé jusqu'au col. Il ne sourit pas.

Pendant trois jours il s'entraîne, et juste avant le relais, le coach annonce qu'il a pris sa décision : « Je reconduis l'équipe qui a perdu aux Bahamas. On va prendre notre revanche. » La défaite en question, c'était le challenge mondial des relais. Toumany n'y était pas. Les Français avaient fini derrière les Américains, les Anglais, les Belges, les Jamaïcains, les Bahaméens, les Brésiliens, les Polonais, les Cubains, les Allemands, les Australiens et les Kényans.

Pourquoi conserver une équipe qui perd ? Un relais, c'est facile, vous prenez les quatre plus rapides et vous leur apprenez à se passer le témoin sans le faire tomber. Apprenant la nouvelle, Toumany observe ses équipiers, et ce qu'il croit lire sur leurs visages, c'est qu'ils savent, eux, depuis bien longtemps. Il enlève ses pointes, se rhabille et s'isole pour pleurer. Puis il monte en tribune et encourage ceux qui vont courir à sa place. La caméra se pose sur lui un instant, à la télévision on le voit crier et taper des mains, bien qu'à l'intérieur il soit en mille morceaux. Le relais bleu termine avant-dernier de sa série derrière la Suède, l'Espagne, les Pays-Bas, l'Allemagne, l'Ukraine et la Belgique, avec un temps indigne, à six secondes du record de France. Six secondes.

Pour la première fois, Toumany comprend ceux qui ont passé vingt ans à tourner dans une cour de promenade et qui, une fois dehors, ont l'impression d'avoir le mot « taulard » tatoué sur le front. C'est très injuste, d'être rejeté par des gens à qui vous n'avez rien fait, simplement parce que vous êtes qui vous êtes. Toumany n'a plus la force de cacher sa tristesse, mais le directeur de la fédération vient le réconforter en tribunes. « Ne baisse pas les bras. Tu verras, tu seras sur la liste pour les Jeux », et, comme un enfant qui passe sans transition du rire aux larmes, Toumany appelle Anne et Patricia : « Je vais à Rio, c'est confirmé ! »

Avec son compère de Montgeron, Pascal Martinot-Lagarde, sélectionné sur 110 mètres haies, il participe à des rencontres avec des élèves. On lui demande s'il est heureux de défendre la France, s'il est stressé de défiler dans une cérémonie qui sera visionnée par trois milliards d'êtres humains.

La liste tombe le 13 juillet. Il n'est pas dedans.

Il y avait six places à prendre, il est troisième et il n'est pas dedans. Pour l'écarter, ils ont retenu un garçon dont le meilleur temps est de trois secondes plus lent. « La fédération n'a plus de respect pour les performances sportives », déclare Patricia.

Avant de s'envoler pour Rio, les Français se retrouvent en Normandie, au meeting de Sotteville-lès-Rouen. Toumany n'est pas invité, mais il manque un couloir, alors il y va. Il ne vient pas faire d'esclandre. Cela fait dix jours qu'il ne s'entraîne plus. Il prend place dans les starts et, quand la détonation retentit, il fait ce qu'il ne fait jamais, il part lentement. Il attend le dernier virage pour se mettre à courir vraiment. Il accélère. Il est devant. Il lève les bras en passant la ligne, et comme s'il le retenait depuis très longtemps, il laisse échapper un cri. Un cri de joie, de fierté, le cri d'un homme qui mérite un peu de respect. Une carrière d'athlète est émaillée de moments rares comme celui-ci, où l'on se dit au fond de soi, ce jour-là, j'aurais pu battre n'importe qui.

À l'heure où j'écris cette phrase, cette course reste la dernière de sa vie.

Le 20 juillet 2016, Rita entre à l'hôpital pour donner naissance à leur troisième enfant. Une fille. Elle doit s'appeler Kayleen. Quand elle naît enfin, Toumany, torse nu en salle d'accouchement, coupe le cordon et la pose à même sa peau.

— Choisis le prénom, souffle Rita, à bout de forces.

— T'es sûre ? Et Kayleen alors ?

— Choisis.

— Tina, murmure-t-il en cherchant à capter le regard de sa fille. J'aimerais qu'elle s'appelle Tina.

— C'est d'accord. Jure-moi d'être toujours là pour elle.

Toumany jure. Il ne sait pas qu'il ment.

Cet été-là, il boycotte les Jeux olympiques à la télévision, et ne voit pas le relais français se faire atomiser. Ses journées sont tout entières dédiées au vol à l'étalage. Des vêtements, des paquets de couches, du dentifrice... Il engueule Rita parce qu'elle *achète* des trucs au supermarché. Un jour il se fait serrer chez Carrefour pour un chargeur à 9,99 euros. Le vigile, un Ivoirien, appelle le directeur, qui appelle la police. Les flics reconnaissent tout de suite Toumany. Ils sont désolés pour lui, et même plutôt gênés de l'inculper pour un délit aussi minable.

— Le produit est comme neuf, remettez-le en rayon, proposent-ils. On se charge de convoquer monsieur au commissariat.

Le patron proteste dans sa barbe, mais l'histoire s'arrête là. Il remonte dans son bureau. Les policiers s'en vont.

— C'est pas cool ce que tu viens de faire, lance Toumany au vigile. Entre Renois, on doit se serrer les coudes.

— Désolé, c'est mon métier.

— En plus, le mec que tu défends, c'est un voleur. Il vous exploite.

— Je sais. Mais qu'est-ce que tu veux, c'est du travail.

— Je l'ai déjà cambriolé, ce magasin, dit Toumany. Il y a deux ans. Je m'étais fait enfermer à l'intérieur.

C'est faux. Le cambrioleur était passé par la fenêtre. Pourquoi mentir là-dessus ? Toumany n'en sait rien. C'est le genre de choses qu'il fait sans y penser.

— Tu serais prêt à recommencer ? demande le vigile.

— Grave.

Ils échangent leurs numéros. Dans la minute qui suit, le vigile rapporte la scène à son directeur.

— Très bien, répond-il, tu vas l'amadouer. Il faut qu'il pense que tu vas l'aider.

Le vigile commence son opération séduction, mais ce n'est pas le moment, Toumany doit se faire opérer des genoux. Jugé pour une vieille affaire, il apparaît à l'audience juché sur des béquilles, la barbe hirsute, sans avocat.

— Je suis fatigué de tout, déclare-t-il à la cour. Je veux qu'on me laisse tranquille. Faire ma peine. Sortir clean. De toute façon, l'athlé c'est fini. Ils m'ont pas pris aux Jeux, jamais ils me sélectionneront.

Le juge Éric Gillet, soixante-quatre ans, dont une vingtaine à la présidence du tribunal d'Évry, hésite à le condamner. Il suspend l'audience, la reprend, et finit par renvoyer le procès.

— Je voudrais que vous considériez le dossier sérieusement, dit-il. Ce n'est pas un jeu. Vous risquez des années de prison.

— Vous pensez que c'est un jeu pour moi ? demande Toumany. Vous n'avez pas idée de ce que je vis.

— La prochaine fois, vous serez jugé avec ou sans avocat. Je suis clair ? On n'est pas dans un tribunal pour enfants.

En claudiquant vers la sortie, Toumany tombe sur Stéfan L'Hermitte, le journaliste de *L'Équipe*. Ils ne sont pas amis, ils ne s'invitent jamais à dîner, mais Stéfan a de l'empathie pour ce garçon, il aimerait qu'il s'en sorte et ça se lit dans ses articles.

— Après ce procès, j'ai encore deux, trois, quatre vieilles affaires de téléphones, sans compter les pharmacies, lui énumère Toumany. C'est de plus en plus compliqué. Les peines vont tomber. Je passe un peu au travers parce que la justice croit que je suis Usain Bolt, mais ça va pas suffire…

Ils descendent les marches du tribunal. Le ciel est bas. Un vent d'automne balaye le trottoir. La vie tout entière semble repeinte en gris. Toumany soupire et, comme s'il réfléchissait à voix haute, il lâche :

— Soit je me charge comme un porc, soit je fais un hyper coup.

Quelques jours plus tard, le vigile le recontacte.

« C'est notre dernière chance, écrit-il par texto. Il faut le faire ce week-end. »

« Comment tu veux t'y prendre ? » demande Toumany.

« Le magasin sera ouvert. On partagera plus tard. »

« Laisse-moi recruter des mecs. Je te rappelle. »

Toumany rentre chez lui. Quand il passe la porte, ses malinois, Gargouille et Livius, se mettent à aboyer. Ils ne le font jamais, et encore moins sur Toumany, qui a nourri Livius au biberon et l'a frotté du plat de la main pendant des jours après que sa mère l'a délaissé. Rita y voit un signe. Elle fait non de la tête.

— N'y va pas. Ça sent le traquenard.

— J'ai 90 % de chances d'aller en prison, dit-il. Mais si ça marche, j'aurai de quoi payer le kiné, l'avocat, on sera tranquilles.

— Donne le bain à ta fille, plutôt, l'implore Rita.

Sur le parking du Carrefour, Toumany décroche un Caddie pour s'en servir comme déambulateur. S'il ne s'y appuie pas, la douleur est insupportable. Comme prévu, le magasin est ouvert. Il entre et se dirige vers la bijouterie.

— Police !

L'équipe se disperse. Toumany prend la fuite mais ses genoux sont durs comme la pierre. Il hurle à l'explosion des points de suture. Il est plaqué au sol. Menotté. Dans la voiture qui le mène au commissariat, il répète « le vigile, c'est le vigile qui m'a vendu » et, bizarrement, alors que la liberté défile de l'autre côté de la vitre, il est soulagé que tout cela s'arrête enfin.

trois.

Votre premier entraîneur est quelqu'un de particulier car il est la raison de votre persévérance : si vous étiez tombé sur un abruti, vous auriez abandonné. J'ai rencontré le mien à l'âge de sept ans, il y avait des mots dans ses phrases que je ne saisissais pas à cause de son accent croate, mais quelque chose me disait que j'étais devant quelqu'un d'extraordinaire et, vingt-cinq ans plus tard, je continue d'être légèrement intimidé quand je lui serre la main. Ce n'est pas de la peur, simplement il est des personnes dans la vie que vous n'avez pas envie de décevoir. Toumany m'a beaucoup parlé de Jean-Michel, son premier entraîneur, et dans sa voix j'ai cru reconnaître ce respect-là, celui qu'on voue à ceux qui ont sincèrement essayé de vous aider. J'aurais pu écrire : de vous aimer.

Parce que l'athlétisme est un microcosme et que tout le monde sait qu'il l'a entraîné pendant quatre ans, chaque fois que Jean-Michel se pointe sur une compétition, on lui demande ce que devient Toumany. Il hausse les épaules, souffle qu'aux dernières nouvelles il était en prison, mais peut-être est-il sorti, il ne sait pas, et ces échanges l'agacent car ils ravivent une blessure.

— Quand tu m'as appelé, je me suis demandé ce que j'allais dire. J'ai toujours refusé les interviews. Je me sentais pas légitime pour parler de Toumany, il lance.

— Pourquoi ?

— Parce que le visage qu'il m'a montré est à des années-lumière de ce que j'ai découvert par la suite. Est-ce que tout était faux ? Est-ce qu'il avait une double personnalité ? Est-ce que, sur le stade, c'était vraiment lui ? C'est aux psychiatres de le dire. Je pense qu'il a caché sa part d'ombre derrière son sourire, sa joie de vivre et une certaine forme de désinvolture…

S'ensuit un long silence, comme s'il hésite à poursuivre. Puis il lâche :

— J'ai du mal à considérer que Toumany m'a arnaqué. Il a maquillé la vérité. Mais qui a envie de dire qu'il a fait de la taule ? Personne.

À force de les ressasser, certaines questions finissent par vous empoisonner. Jean-Michel oscille de l'incompréhension à la culpabilité :

— En tant qu'éducateur, je ne peux pas m'empêcher de me demander : « Est-ce que j'aurais pu changer les choses pour lui ? » Je ne sais pas. On voyait qu'il venait d'un quartier, mais il avait une instruction, des compétences, il réfléchissait bien, il n'y avait rien qui pouvait m'alarmer.

Le monologue s'étire. Il se remémore les rires, les vannes, toutes les fois où Toumany l'a ramené chez lui après l'entraînement. Il n'y a pas de tristesse dans sa voix, de la nostalgie, plutôt, et quelques soupirs entre les sourires, pour rappeler que cette histoire est un immense gâchis. Au bout d'un moment, il demande :

— Quel âge a-t-il, maintenant ?

— Trente-deux ans, je réponds.

— Je lui souhaite de vivre enfin sa vie. Et d'être heureux. Il lui reste du temps.

Avant que je trouve quoi que ce soit d'intelligent à dire, il ajoute :

— Si tu le vois, salue-le de ma part. C'est quelqu'un d'extraordinaire. Il a marqué ma vie.

— En fait, l'homme s'habitue à tout.

Toumany lance cette phrase depuis sa chaise en plastique, jetant le regard autour de nous, cherchant à le poser sur un objet, quelque chose, avant d'y renoncer, réalisant que la pièce est désespérément vide. Il souffle.

— Tu m'aurais dit, « Dans quatre ans tu seras encore en prison », je t'aurais pas cru… C'est passé vite.

Il faisait nuit tout à l'heure quand je suis arrivé. Les lumières des miradors brillaient dans la brume, de loin, on aurait dit les tours de contrôle d'un aéroport. J'ai pris l'habitude d'incliner mon siège dans la voiture, de fermer les yeux et de chercher le sommeil du marin, un quart d'heure avant de rejoindre le vacarme de l'accueil. Ce matin, j'ai retrouvé les habituées devant la table sur laquelle des bénévoles de la Croix-Rouge alignent des Thermos de café et des gâteaux secs. Mme Farène portait un teddy de cuir noir et des baskets assorties. La jeunesse de ses traits m'a d'abord laissé croire qu'elle venait pour son mari, mais c'est pour son fils de vingt ans qu'elle se lève avant l'aube et roule une heure et demie depuis Saint-Denis. Elle discutait avec Veronika, une Moldave aux pommettes anguleuses, dont la chevelure interminable rejoint presque le sommet de ses cuissardes. Veronika est masseuse à Pigalle et fait le ménage dans le Marais, chez un couple richissime. Le médecin lui a prescrit un mois d'arrêt, le temps qu'elle soigne son dos, mais ce n'est pas envisageable, alors elle grimace en attendant de rentrer au pays embrasser la fille de trois ans qu'elle a laissée à ses parents. À quelques mètres, à faire la course avec des adversaires imaginaires, il y a Elijah. Elijah vient d'entrer en maternelle, il a des tresses serrées sur le crâne et assez d'énergie pour alimenter une ville en électricité. Alors qu'il passe toujours la fouille avec ses petites voitures et ses dinosaures en plastique, cette fois le surveillant a refusé : « On te les rendra tout à l'heure. » Les pleurs ont laissé place aux hurlements, puis Elijah s'est mis à taper du pied, à se rouler par terre. J'apprendrai plus tard qu'il a convulsé devant son père, avant d'être évacué à l'hôpital, où il a fait une deuxième crise d'épilepsie.

Cela fait donc quatre ans que Toumany vit ici. Mon inquiétude, c'est qu'il a l'air d'aller bien, or ceux qui sont trop bien entre les murs ne sortent plus. On les libère parce que c'est l'heure mais le monde extérieur est trop lointain, trop hostile, trop complexe pour s'y faire une place, alors ils replongent, ils rentrent *à la maison*, et un matin, après le feu du rasoir, ils réalisent en découvrant tous ces poils blancs dans le lavabo qu'ils ne sont plus si jeunes, que la vie a filé sans eux. Il m'est arrivé de rencontrer des longues peines, comme on dit, des types qui avaient passé tellement d'années au trou qu'ils évoluaient dans une réalité parallèle. Je pense à un homme en particulier, croisé en reportage. J'avais vingt-six ans, lui la cinquantaine, et en faisant connaissance on s'est rendu compte qu'il avait passé plus de temps en cellule que moi sur Terre. Il avait pris perpète pour un crime atroce, le meurtre d'une femme qu'il avait ensuite découpée en petits morceaux pour faire disparaître les preuves. Il disait qu'il allait bientôt sortir, ce n'était qu'une question de semaines, de mois peut-être. Je lui avais demandé s'il se sentait prêt à la liberté, et il avait eu cette réponse terrible pour un père de famille : « Oh oui, je pense que je pourrais. Si on me laissait sortir, je serais capable d'aller à la boulangerie. Je sais qu'il y en a une là-bas, pas loin. » Il désignait une direction, par-delà le mur d'enceinte. « Je m'achèterais un pain au chocolat et je reviendrais le manger devant la prison. » Voilà. Après trente ans de taule, ce dont il se sentait peut-être capable, c'était de s'éloigner d'une centaine de mètres pendant cinq minutes.

Toumany, c'est différent. Pour commencer, il n'a tué personne. Et puis il a sa femme et ses enfants.

— Si tu sortais demain, tu pourrais vivre en famille à nouveau ? je demande.

Il a l'air embêté.

— C'est une vraie bonne question… Je sais pas. J'ai droit aux UVF* ici. C'est comme un petit appartement, y a une cuisine, de vraies chambres, une télé, un canapé… Jusqu'à présent, j'ai toujours demandé vingt-quatre heures. Au-delà, j'en suis pas capable. Trop bruyant. Trop de cris. Trop de bagarres. Les petits qui sautent partout, je suis plus habitué. Ici,

* Les unités de vie familiale sont des appartements de type F2 ou F3 situés à l'intérieur de la prison, qui permettent aux détenus de passer entre six et soixante-douze heures avec leurs proches.

j'ai mes repères, je suis content à 19 heures, quand les gardiens ferment les portes. Enfin seul. Parce que toute la journée, j'ai des mecs qui viennent toquer à ma porte pour me raconter un truc, me demander un service : t'as pas du sucre, du lait… J'ai pas le temps de souffler.

Toumany est éligible aux permissions – des sorties de douze heures, puis, s'il est sage, de vingt-quatre et quarante-huit heures –, mais ses demandes sont refusées. Fin de peine trop lointaine.

— Je suis trop honnête, il dit. En commission, ils me demandent si je suis guéri, si je vais recommencer à voler, je leur dis la vérité : des pulsions, j'en aurai encore, elles sont toujours là.

La semaine dernière, une équipe de basket est venue affronter les détenus sur leur terrain. La prison avait acheté de quoi offrir un goûter, il y en avait pour un régiment. « Pas cap de voler cent cinquante pains au chocolat », a murmuré un détenu à l'oreille de Toumany. Il a haussé les épaules, est allé chercher une assiette, l'a remplie, l'a vidée dans son sac, et ainsi de suite. « Heureusement que tu fais du sport pour brûler tout ça ! », lui a fait remarquer la dame de service.

— La conclusion de cette histoire, dit-il, c'est qu'en effet, j'ai des pulsions, et il faudra que je trouve un subterfuge, un exutoire, comme le sport, les études, la lecture, ça peut être le travail aussi. En tout cas, je dois changer.

Il m'a soudain fait penser à un junkie à la recherche d'un nouveau produit, quelque chose d'assez puissant pour repousser le manque.

La dernière fois, il était persuadé que sa permission serait acceptée. Rita lui avait concocté le programme parfait : restaurant en amoureux, fête foraine avec les enfants, un saut chez les parents et retour pour vingt heures à la prison. La veille, il n'avait pas dormi, se tournant et retournant dans son lit une place, attendant qu'un surveillant lui lance « Coulibaly, à ce soir ! Profite de ta journée ! », mais à 7 heures, la porte s'est ouverte sans annonce particulière, et il a senti un poids sur sa poitrine.

La ventilation ronronne sous le plafond. Un frisson le parcourt. L'été a violemment disparu il y a dix jours, l'obligeant à ressortir les manches longues. Après le parloir, il a prévu de courir vingt fois 500 mètres avec une minute de récupération entre chaque série. A priori cela n'a aucun sens de s'infliger une telle souffrance alors qu'il n'a pas la moindre chance de s'aligner sur une compétition dans les prochains mois, voire les prochaines années. « Tu sais pourquoi tu cours ? », je lui demande, et la fois d'après il me remet une dissertation, comme au lycée, rédigée sur copie double avec une marge et des grands carreaux.

Pourquoi l'athlétisme ?

Généralement les gens suivent la passion d'une idole ou d'un parent, un frère ou une sœur. Ce n'est pas mon cas.

En CE1, mon maître a remarqué que j'étais heureux, épanoui dans les créneaux de sport, comme si je basculais dans un monde virtuel. J'étais, d'après lui, fait pour m'adapter à n'importe quel sport, en particulier la course à pied et le saut en longueur. Il en a parlé à ma mère, qui a refusé de m'inscrire. Selon elle, j'avais un petit cœur et il ne fallait pas l'user. Pourtant je courais vite. Dans le quartier, tout le monde savait que j'étais imbattable.

Bien sûr, j'ai connu la prison avant le sport. Et j'aurais dû me calmer. Mais ce sport qui est si noble, pratiqué depuis l'Antiquité gréco-romaine, ne m'a pas permis de chasser les vieux démons qui étaient en moi. Les entraînements étaient durs et j'aimais ça, mais financièrement c'était intenable.

Ma vie est parsemée de signes. J'ai mis du temps à les comprendre. Aujourd'hui la course évite que la prison me ronge, qu'elle me transforme en vrai taulard. Elle me donne du sens, une direction à suivre. Chaque foulée que je fais me rapproche de la sortie. C'est mon oxygène. Mon espace de liberté.

Et encore, en guise de signature, ce bonhomme étrange avec les cheveux en pics.

Nous sommes en septembre 2019. Les championnats du monde d'athlétisme ont lieu à Doha, au Qatar. C'est un désastre. Le stade est vide et, sans surprise, il fait une chaleur insupportable, plus de quarante-cinq degrés et 80 % d'humidité. L'arrivée du 50 kilomètres marche a rappelé *La Nuit des morts-vivants*, le film. Des zombies aux visages déformés par la douleur, qui titubent, les yeux vitreux, à moitié conscients, vers la ligne d'arrivée. Certains rampent sur le goudron pour ne pas abandonner. Toumany suit l'événement à la télé, depuis sa cellule.

— J'ai trouvé mon idole, s'exclame-t-il en prenant place au parloir. Justin Gatlin !

— Ah, et pourquoi lui ? je demande.

— Parce qu'il est revenu malgré les critiques. Et à trente-sept ans, il décroche encore une médaille d'argent.

Pour vous faire une idée de l'homme dont on va parler un instant, Justin Gatlin a une mâchoire carrée typiquement américaine et un buste musculeux qui peut rappeler celui d'un pitbull. Prodige du sprint, il a tout raflé aux Jeux d'Athènes en 2004, avant d'être contrôlé positif à la testostérone. C'était la deuxième fois de sa carrière – après les amphétamines en 2001 – et il aurait dû être banni à vie, mais parce qu'il accepta de collaborer avec l'Agence américaine antidopage, il écopa d'une suspension de huit ans, commuée en appel à quatre ans ferme.

Pendant quatre longues années, Justin Gatlin disparut des écrans radar. Il traversa la dépression, la solitude, il apprit à baisser les yeux alors que le monde s'émerveillait devant l'aisance d'Usain Bolt, si bien qu'en 2010, quand la suspension fut levée, on avait oublié jusqu'à son existence. Qu'il veuille revenir, ça emmerdait tout le monde. Ne pouvait-il pas avoir la décence de disparaître ? Boycotté par les grands meetings, le pestiféré avait été contraint de se rendre à Rakvere, en Estonie, pour trouver une compétition qui voulait bien de lui. Il avait gagné et, petit à petit, avait retrouvé l'élite. En 2014, il était redescendu à 9'77 sur 100 mètres, puis il était redevenu champion du monde, soulevant alors une question légitime : comment un athlète propre de trente-cinq ans peut-il courir aussi vite que lorsqu'il avait vingt-quatre ans et qu'il se dopait comme un pur-sang?

— Mon rêve, c'est de le rencontrer et de lui dire merci, précise Toumany.

— Tu serais déçu si tu apprenais qu'il se dope toujours?

Il prend son temps, puis il dit:

— Oui, enfin non, je ne sais pas. Disons qu'il y a de grandes chances pour que ce soit le cas, mais j'espère qu'il ne se fera pas prendre.

— Et pourquoi ça?

— Pour que le mythe subsiste.

Je fais la moue. J'aurais préféré qu'il se trouve une autre idole.

— La suspension, la prison, c'est la même chose, on t'envoie aux oubliettes, dit-il. Plus personne ne pense à moi, aujourd'hui. C'est pour ça, quand je vais sortir, je vais pas le crier sur tous les toits, je ferai pas le beau sur Instagram. Non. Mon plan, c'est de sortir discrètement et de me tenir prêt pour 2024. Les Jeux olympiques.

— Alors, tu y crois vraiment?

— Ce sera dur. Il y aura des articles, des commentaires, des gens crieront que c'est une honte, des athlètes diront peut-être même que ça entache la beauté de l'athlétisme. Je m'attends à tout ça.

Avant la prison, déjà, il n'avait pas que des amis. Des adversaires laissaient entendre que ses temps étaient bidon, qu'il se chargeait à mort.

— Qu'est-ce que t'en penses, du dopage ? je demande.

— C'est réel. Quand j'étais en équipe de France, j'entendais des histoires de centres en Allemagne où on te rebooste le sang. On augmente ton taux de plaquettes. Une fille s'est piquée devant moi, une sprinteuse. Je lui ai acheté pour 2 000 euros de testostérone et d'EPO. Le colis a été livré depuis les États-Unis, directement à Vigneux, dans ma boîte aux lettres.

Je suis abasourdi. Il a l'air sérieux.

— J'en suis pas fier, mais j'étais en prison, je voulais revenir, tout péter, gagner de l'argent et dire stop aux conneries derrière.

— C'est ce que t'as fait ?

— Non. Mais ça revient au même. Dans ma tête, c'est comme si je m'étais dopé, parce que j'ai fait la démarche d'en acheter.

— Qu'est-ce qu'il s'est passé ?

— L'AFLD* a fait trois contrôles inopinés, chez moi, à 6 heures du matin, et au stade, en fin de séance, à 15 heures et à 22 heures. J'ai trouvé ça

* Agence française de lutte contre le dopage.

louche. Je me suis dit, c'est trop dangereux et t'as pas besoin de ça, laisse tomber.

Des années plus tard, au cours d'une perquisition, les flics sont tombés sur ces flacons jamais ouverts. Ils étaient surpris, déçus aussi : « Toumany, tu te dopes ? » Il avait honte. D'un air qui se voulait détaché, il a répondu : « Mais non, vous êtes fous, c'est de la B12, ça, des vitamines. » Ils ne l'ont pas cru mais ils n'étaient pas là pour ça.

— Je suis sûr qu'ils sont encore chez moi ces flacons. Ils doivent être périmés maintenant. Je les utiliserai pas, de toute façon, mais ce que j'en retiens, c'est qu'à un moment j'ai été suffisamment tenté pour filer 2000 euros à une meuf et me faire livrer cette merde à la maison. Même moi, j'ai voulu essayer, alors imagine les autres...

— Comment tu les as trouvés, ces 2000 euros ?

— En vendant des téléphones en prison. J'étais à Fresnes. Ça coûtait une fortune là-bas.

Il y a quelques années, j'avais rencontré un bodybuilder, un Suisse. Il m'avait raconté ses cures de testostérone et d'anabolisants. Il se piquait dans les cuisses. Ce qui le faisait planer, c'était recouvrir son corps de crème autobronzante, monter sur le podium, bander ses muscles de toutes ses forces et sourire au photographe. Toumany, c'est différent. Je n'avais encore jamais entendu un athlète avouer qu'il a très sérieusement envisagé le dopage pour se sortir de la merde, payer les factures, repartir de zéro.

Dans les jours qui suivent, il m'envoie son programme d'entraînement. Il y a de la musculation, de la boxe, du foot en salle le mercredi et beaucoup d'endurance. « Il faut que j'avale les kilomètres, écrit-il. La vitesse pure, j'y reviendrai une fois dehors. » Étrangement, ça m'a donné envie. J'ai enfilé une paire de baskets et j'ai marché jusqu'au stade près de chez moi, porte de Bagnolet. Des footballeurs en chasuble occupaient le terrain. J'ai tout de suite repéré l'entraîneur, un type au visage dur, les yeux serrés comme des boulons, qui gueulait à une trentaine de jeunes Noirs de filer sous la douche. Je me suis approché.

— Il reste de la place ? j'ai demandé.

— T'as quel âge, t'es senior ? Faut voir. On est complets mais on accepte la concurrence. Viens mardi à 18 heures. Tu joueras.

Le mardi, j'ai joué et j'ai rejoint l'équipe, devenant le seul Blanc du club. Le vestiaire parle soninké, les trois quarts des joueurs viennent de la région de Kayes, au Mali. Bakary et Dembélé ont même défendu les couleurs du FC Bandiougoula, le village d'où s'est enfui Toumany. Le coach, Houcine, est un Tunisien colérique qui ne jure que par la discipline, capable d'exclure son meilleur joueur parce qu'il a ri pendant le briefing. T'es en retard ? Tu cours. Tu présentes tes excuses au groupe, et tu cours. Ce mardi, on s'affrontait sur une moitié de terrain quand Houcine a soudain eu l'air contrarié. Il a donné un grand coup de sifflet et renvoyé tout le monde au vestiaire. Alors qu'on rangeait les crampons dans nos sacs et que certains étaient déjà à poil, prêts à filer sous la douche, il a dit simplement : « C'est pas l'heure. Il reste quinze minutes. En baskets. Vous allez prendre la piste. »

C'est ainsi que j'ai découvert le 400 mètres.

Houcine nous a alignés, les quarante-huit joueurs, il a brandi son chrono au-dessus de sa tête et lancé : « Le premier, je le veux en 1'30. Si j'en vois un qui traîne, tout le monde prend un tour de plus. » Là-dessus, il a sifflé et on s'est élancés. Je suis parti vite, un peu parce que je savais pas ce que ça valait, 1'30, et pas mal pour montrer ce que j'avais dans le ventre. « Mathieu, 1'10 », a dit Houcine à mon passage sur la ligne. J'ai marché quelques mètres. Quand il nous a rassemblés pour un second tour, j'avais encore le souffle court, ça me semblait prématuré mais j'ai rien dit, j'ai repris ma place et j'ai attendu le top.

Celui-ci, fallait le courir en 1'15, donc j'ai fait pareil sauf que j'étais usé par le premier, et après deux cents mètres je me suis mis à patiner. J'étais lourd. J'ai fini en essayant d'allonger ma foulée, les doigts bien écartés comme ils font à la télé pour gagner en amplitude, mais j'avais plus rien dans le sac. J'ai pensé aux petits qui fumaient de l'herbe en tribune, ils devaient se marrer en voyant ça. Je me suis écroulé. « 1'16. » Une seconde de trop. Le suivant, je l'ai couru plus intelligemment, en partant doucement et en accélérant sur la fin, ce qui m'a prouvé qu'il était possible d'en terminer sans avoir l'estomac au bord des lèvres. On en a fait trois de plus. Houcine nous a demandé de marcher, de ne pas nous arrêter. On s'est étirés et, sans bruit, à part nos souffles qui jetaient de la vapeur dans la nuit froide, on a retrouvé les vestiaires.

En quittant le stade, j'avais du mal à marcher et une douleur aiguë dans la poitrine. Le sang me battait les tempes. Je cherchais une poubelle des yeux, au cas où l'envie de vomir deviendrait irrésistible. Toumany m'a appelé à ce moment-là. Je lui ai raconté. Il a tenté de me rassurer – « Tu te rends pas compte, 1'15 à la série avec une minute de récup, c'est fort déjà ! » Il m'a dit que c'était bon signe, la respiration sifflante, le nœud sous l'œsophage, mais il avait beau y mettre du sien, j'arrivais pas à le croire. J'avais trente et un ans et je me sentais vieux. Pour la première fois je me suis dit, merde, pas déjà…

À Réau, Toumany est vu comme un extraterrestre. Un mec à l'histoire étrange. Un athlète qui programme sa montre chaque matin pour enchaîner les tours de terrain, et qui porte encore ses tenues de l'équipe de France comme s'il s'accrochait à un souvenir que le temps avait entrepris de délaver. C'est le champion de la prison. Il y a pire, comme réputation.

Un jour, il arrive inquiet au parloir.

— Il y a un nouveau, il dit. Un marathonien. Il a pris vingt-deux mois. Il dit qu'il me connaît, il a demandé à rejoindre mon bâtiment, mais je vois pas qui c'est.

— Pourquoi ça t'inquiète ?

— J'ai vu sa foulée. Il est impressionnant. Faut que je m'entraîne, sinon il va me détrôner.

Quand ce fameux marathonien a enfin quitté le quartier arrivants, il a reconnu Toumany en promenade et l'a enlacé comme un frère.

— Oh, Toum Toum, comment tu vas ?

Toumany s'est laissé faire, mais même de près, et il n'était pas possible d'être plus près, il n'arrivait pas à mettre un nom sur ce trentenaire au visage anguleux, marqué, un visage qu'on n'est pas censé oublier. Cet homme s'appelle Jean-Paul Balasse. Il est là parce qu'il s'est fait passer pour un survivant du Bataclan, et qu'à ce titre il a reçu 77 000 euros du fonds de garantie pour les victimes du terrorisme. Dans son dossier d'indemnisation, il avait glissé des photos de la fosse ensanglantée trouvées sur le dark web et une fausse place pour le concert des Eagles of Death Metal, qui jouaient ce soir-là avant que les terroristes se mettent à tirer dans la foule.

— J'ai fait tout ça sur un coup de tête, déclara Jean-Paul Balasse à son procès. Je ne voulais pas en arriver là. J'étais dans un mal-être général. Ma copine venait de me quitter, mes entraîneurs aussi, je n'allais pas bien.

— Comment passe-t-on d'une déception amoureuse à une escroquerie ? demanda la juge.

— J'ai rien demandé moi, c'est les associations qui ont fait les démarches, osa-t-il, provoquant l'indignation des parties civiles.

— Ce sont les associations qui ont relancé le fonds de garantie des victimes du terrorisme à douze reprises pour obtenir une indemnisation ? insista la juge.

Jean-Paul Balasse se tut. Faute d'une ligne de défense acceptable, il se contenta de baisser la tête.

— Vous avez enchaîné les arrêts maladie en vous prévalant de votre statut de victime. Vous avez fait des démarches pour obtenir la médaille de reconnaissance des victimes du terrorisme. Comment ne pas voir un rôle actif de votre part ?

Silence.

— Et les 77 000 euros ?

— Je m'en suis servi pour mes addictions. L'alcool et les drogues.

— Ce ne serait pas plutôt Dubaï et Londres, vos addictions ? demanda la juge, avant d'énumérer les voyages effectués par le jeune homme. Vous avez utilisé la douleur, l'argent, l'énergie et le temps des associations pour servir vos intérêts.

Embarrassé, son avocat plaida la pitié :

— Vous avez devant vous un menteur invétéré, qui souffre de mythomanie et qui doit se soigner.

En arrivant à Réau, Balasse déclare qu'il est champion de France du marathon et qu'il a une

VMA* calculée à 23 kilomètres/heure, ce qui n'a pas manqué d'étonner parce qu'une VMA à 23, c'est celle d'un Kényan de classe mondiale. Pour en avoir le cœur net, Toumany l'emmène sur le synthétique de la prison. Le tour fait exactement 240 mètres. Au début, ça va, mais alors qu'ils tournent à 12 kilomètres/heure, Balasse lui demande de ralentir.

— Hein ? Mais on n'avance pas, là !

Toumany accélère pour atteindre un rythme de croisière. Balasse s'accroche mais reste un mètre derrière, incapable de prendre le relais. De retour en cellule, Toumany googlise son nom et trouve, au fond d'une page Internet, sa meilleure performance sur marathon. Elle date de 2011 : 3 h 07. Pour info, le record de France est à 2 h 06. Sur sa page Facebook, Balasse se présente comme un athlète olympique, double champion du monde, membre de l'équipe nationale du Canada… La mythomanie est une maladie.

Toumany a voulu me le présenter. Je l'ai reconnu tout de suite sans l'avoir jamais vu. Un front plat, une tête de boxeur qui a pris trop de coups. Il porte un pull-over rouge sur une chemise à col pelle à

* Vitesse maximale aérobie. Un athlète est censé tenir six minutes à sa VMA.

tarte. Il me sourit de l'autre côté de la vitre, avant de rejoindre ses parents au fond du couloir.

— Il est fou, je te jure. Il ne s'entraîne pas du tout, et là, pendant les vingt minutes qu'on a passées à attendre qu'ils vous attribuent les cabines, il n'a pas arrêté de parler d'athlé. Il y croit à mort, mais il vit pas dans la réalité. Je lui donne des rendez-vous auxquels il vient pas et après je le croise dans les couloirs, en claquettes, à me sortir des « Oh, Toum Toum, la forme ? » J'ai été cash avec lui : « Ne me parle plus d'athlétisme. C'est fini pour toi. Si t'arrives pas à te motiver ici alors que t'as rien d'autre, comment tu feras dehors avec ta femme, si t'en as une, avec le boulot, avec les tentations ? »

Sa voix résonne dans la pièce froide. Ils n'ont pas rallumé le chauffage. L'humidité glace les murs, on le sent au parloir, on le sent dans les cellules. Toumany dit qu'il aime l'été parce que c'est une saison pour lui, une saison qui donne le sourire, mais la plupart des mecs ici préfèrent l'hiver car il leur offre une excuse pour rester au lit. Jouer à la console. Regarder la télé. Fumer, aussi. Le shit, beaucoup de détenus y passent, même ceux qui ont traversé leur adolescence sans toucher à la cigarette, parce qu'au bout d'un moment tu te relâches, la fin de peine est si lointaine que tu ne voies plus l'intérêt de t'entretenir, alors tu oublies le sport, tu fumes, tu prends du bide, tout te fatigue, tu descends une heure en promenade et il te faut une sieste pour t'en remettre.

— Qu'est-ce qui te rendrait la prison insupportable ? je demande.

— Qu'on me change de cellule. Ça oui, ça m'affecterait. Parce que c'est la mienne, je m'y suis habitué. J'ai collé plus de mille photos de mes enfants sur les murs, j'ai refait le sol moi-même, j'ai passé un CAP peinture, c'est quand même pas pour rien…

Le footballeur qui vit en face, Pedro, a offert de lui filer sa chambre quand il sortirait. Elle est plus grande, 13 mètres carrés, agencée comme un petit studio. Toumany a dit merci, c'est gentil mais je suis bien ici. De toute façon, c'était avant que Pedro se fasse choper avec une conseillère d'insertion et de probation. L'amour est interdit en détention, le sexe aussi d'ailleurs, s'il n'est pas solitaire. Pedro a fait un peu de garde à vue et quand il est revenu, il n'a rien dit à personne. C'est resté une histoire sans détails, un ragot chuchoté dans son dos.

— Ah, au fait, j'ai une bonne nouvelle, s'exclame Toumany comme s'il venait de s'en souvenir. Iris a obtenu une date pour le jugement. Le 10 juin.

Iris est une amie avocate. Elle a repris le dossier. C'est arrivé à cause d'une fête d'anniversaire en Dordogne, au milieu de l'été. Les trente ans d'un ami commun. Le hasard nous avait placés côte à côte le long d'une de ces tables de banquet où il n'est possible de discuter qu'avec ceux qui vous entourent. Elle m'a demandé ce que je faisais ces temps-ci, et j'en suis venu à parler de Toumany. Je lui ai raconté son parcours, ses années au Mali, ses frères et sœurs qui, eux, s'en étaient sortis. Je lui ai décrit les parloirs qui s'enchaînaient, effaçant peu à peu la distance réglementaire entre l'auteur et son sujet. Je lui ai avoué que je me sentais glisser vers quelque chose d'autre, quelque chose qui sortait du cadre. Que je le veuille ou non, chaque fois que je levais la main quand un surveillant appelait la « Famille Coulibaly », je mettais un coup de canif dans ma carte de presse.

— Il aurait pas besoin d'un avocat ? avait demandé Iris.

J'avais souri et répondu « Je pense pas, il en a un déjà », mais quelques semaines après cet anniversaire copieusement arrosé à la gnôle de prune, Toumany m'a dit qu'il réfléchissait à en changer. On lui envoyait toujours des petits jeunes à qui il fallait tout expliquer en repartant de zéro, ça le fatiguait. La dernière fois, la collaboratrice lui avait dit « On m'a briefé sur votre cas mais racontez-moi tout depuis le début », et au bout de cinq minutes, elle l'avait interrompu : « Attendez, vous êtes sportif de haut niveau ? »

J'ai déposé Iris à Réau, ils se sont vus et en deux heures c'était réglé. Toumany m'a ensuite écrit :

« C'est fou, pile au moment où j'en ai besoin tu me proposes de rencontrer cette fille. C'est un signe. Maintenant les choses vont changer. Tout ce que je veux, c'est qu'elle soit motivée, parce que c'est infernal d'attendre un jugement qui ne vient pas. »

Sa femme, Rita, n'a pas sauté de joie. Elle n'aime pas ce prénom, Iris. Elle n'aime pas que son avocat soit une femme, qu'elle soit jeune et encore moins qu'elle soit jolie. Rita n'est pas dupe, c'est une courageuse qui connaît son homme. Un jour, à la presse, elle avait déclaré : « Je lui pardonne. C'est le prince charmant. Il est très beau, très gentil, très menteur aussi… Je n'arrive pas à le faire changer, mais tant que j'y crois, je serai là. » Quand Toumany s'est fait arrêter pour de bon, il y a quatre ans, les genoux éclatés sur le carrelage du Carrefour, elle a exigé la vérité et, au téléphone, il a raconté Laurène, Aurélie, d'autres aussi. Elle l'a prévenu : « Si tu recommences, je te donne à manger à mes cochons. » Elle était sérieuse.

— Comment tu le sens, ce procès ? je demande.

Il grimace.

— J'ai hâte, et en même temps je redoute.

À Melun, il sera jugé pour des faits de 2015, les cambriolages avec Adil Gandou, le triple sauteur en longueur. Il a avoué, il sait qu'il sera condamné, qu'on ajoutera une peine sur la pile de celles qu'il a déjà encaissées, mais ça le stresse de retrouver ceux dont il a donné les noms. Ces mecs qui faisaient pression sur lui quand, à Fresnes, en promenade, on lui criait des « Poucave ! » depuis les étages.

— C'est dans longtemps, juin. J'ai le temps de voir venir, dit-il à voix haute, comme pour se rassurer.

Puis il ajoute :

— Tu sais, jusqu'à présent, ma détention se passe bien, mais ça peut changer du jour au lendemain. Il suffit qu'un de ces mecs débarque ici. Un seul. Et tout bascule.

Au 15 décembre, j'avais noté bien sûr que les boulangers s'étaient remis à badigeonner leurs vitrines de neige artificielle, mais je n'avais pas réalisé que Noël nous avait rattrapés. À l'accueil, des mères se prêtent des ciseaux, ficellent les cadeaux, vérifient que leurs Tupperware sont bien fermés. Ils ne contiennent que des merguez précuites et des sucreries – des cornes de gazelle, des gâteaux, des fruits secs – car le « colis de Noël » répond à des règles strictes : pas de saumon, pas de foie gras, pas de bijoux, pas de parfum, pas d'alcool, pas d'électronique, pas de vêtements sombres, pas de sweat à capuche… en réalité, pas grand-chose. Vous avez droit aux livres, aux stylos, aux timbres, aux serviettes de toilette, aux gâteaux secs, et c'est à peu près tout.

Toumany a les cheveux longs, un petit peigne est planté en travers comme une épée dans une enclume.

C'est toujours ce que je remarque en premier. À cause des fêtes, je lui demande s'il a des nouvelles de ses proches. Est-ce qu'il reçoit des lettres ? Il fait non de la tête.

— Le seul colis que j'ai reçu, c'est ton livre.

Je lui avais envoyé *L'Attrape-cœurs*, de Salinger.

— T'as aimé ?

— Ouais, beaucoup. Et c'est hyper vieux, en plus, ça a été écrit en 1945.

Au lycée, une fille de ma classe, Claire, une blonde, lisait sur ses genoux en cours d'histoire. Claire était une fille sérieuse, pas du genre à sécher ni à répondre aux profs. Je lui avais demandé ce qu'elle pouvait bien lire pour se désintéresser de la carte du Japon, et furtivement elle m'avait montré ce livre fin à la couverture pourpre. J'avais dû la mépriser à l'époque. *L'Attrape-cœurs* ? Tout ce cirque pour un livre à l'eau de rose ? Mais après ça, j'ai pas arrêté de voir cette couverture sur des tables de chevet, des étagères, et un jour j'ai acheté le bouquin. J'avais vingt-quatre ans, je ne lisais pas de romans à l'époque – à vrai dire je ne lisais pas grand-chose – et d'un coup je me suis mis à lire des pages entières à voix haute. Celle-ci notamment, quand Holden, le héros, s'embrouille avec sa copine : « Ouah, elle était vraiment dans tous ses états. Je lui ai fait mille excuses mais elle en avait rien à foutre. Même elle chialait. Ça m'a donné un peu les jetons parce que j'avais pas trop envie qu'elle rentre chez elle et raconte à son père que j'avais dit que j'en avais plein le cul, de sa fillette. Son père, c'était un de ces grands types qu'ouvrent jamais la bouche, et j'avais pas la cote avec lui. » J'aimais bien sa voix, à ce gamin, Holden. Il n'avait rien de flamboyant, rien d'héroïque non plus, mais il est rare, dans la vraie vie, de rencontrer des gens qui vous parlent vraiment. « Je suis le plus fieffé menteur que vous ayez jamais rencontré. C'est affreux. Si je sors même simplement pour acheter un magazine et que quelqu'un me demande où je vais je suis capable de dire que je vais à l'Opéra. C'est terrible. »

Je voulais que Toumany le lise parce qu'il est question, mine de rien, d'un incompris qui cherche sa place dans le monde. Holden passe son temps à faire de l'œil à des filles qui ne l'intéressent pas, mais voilà, « les filles, c'est comme ça, même si elles sont plutôt moches, même si elles sont plutôt connes, chaque fois qu'elles font quelque chose de chouette, on tombe à moitié amoureux d'elles et alors on sait plus où on en est. Les filles. Bordel. Elles peuvent vous rendre dingue. Comme rien. Vraiment ».

Le lendemain, Toumany m'envoie une vidéo de son lit enseveli sous une montagne de boîtes rouges, jaunes, vertes…

— C'est quoi ? je demande.

— Les cadeaux de Noël pour mes enfants. Je viens de les recevoir. Ça me fait tellement plaisir, tu peux pas imaginer.

Sur la vidéo, j'identifie une dînette Minnie, de la pâte à modeler, des jeux de construction, des toupies, des Lego, des jeux de société…

— Ça me rend fier de me dire que tous les mois j'ai mis de côté pour me les payer. Je voulais pas que Rita m'envoie des sous pour ça. Et ce qui me rend encore plus fier, c'est qu'en remontant en cellule, un détenu m'a dit : « Faut que tu sortes d'ici. T'as pas ta place parmi nous », parce qu'ils ont des gosses eux aussi mais jamais ça leur viendrait à l'idée de sacrifier leurs cantines pour acheter des jouets.

— Ton plus grand fils, tu lui as pris quoi ?

— Le jeu qu'il voulait vraiment, je le reçois la semaine prochaine, mais le problème avec lui, c'est qu'il a déjà tout ce qu'un enfant pourri-gâté peut avoir. Un cheval, un poney, une Nintendo Switch, une motocross, un quad à essence, une voiture téléguidée thermique, un vélo, une trottinette électrique, un perroquet, un chien, un chat, un lapin, un poisson… la totale !

Le 24 décembre, je suis à 900 kilomètres de là, chez Andde, un ami d'enfance qui aurait pu ressembler à Toumany, à moi et à n'importe quel jeune de banlieue, comme ils disent, s'il n'était pas né basque dans un village de trois cents habitants. Il est 19 heures et cela fait cinq heures qu'on mange. Chaque année, c'est le même rituel, l'apéro déborde sur un déjeuner qui s'étire jusqu'au crépuscule, puis quelqu'un sort une guitare d'un coffre de voiture, un autre remplit de rhum les tasses à café et ça chante en basque, de plus en plus fort, pour se sentir être ensemble. Mes sœurs et moi ne parlons pas l'*euskara,* alors on suit les paroles sur des petits livrets aux pages cartonnées par l'alcool.

Araban bagare
Gipuzkun bagera
Xiberun bagire
Ta bizkaian bagara

Baita Ere
Lapurdi da Nafarra

Guztiok gara euskaldun
Guztiok anaiak gara
Nahiz eta hitz ezberdinez
Bat bera dugu hizkera

Mon téléphone vibre sur la table.

Toumany.

« Tu vas bien ? Bon repas de Noël », avec un émoji sapin.

Je l'imaginais dans sa cellule. Même si vous n'avez rien à fêter, que vous êtes musulman, que vous refusez les cadeaux, que vous êtes seul sur Terre sans personne à embrasser, Noël reste un jour particulier parce que le monde entier vous le rappelle. Vous ne pouvez ignorer qu'à quelques mètres de votre solitude, là, tout près, on pose des plateaux d'huîtres et du saumon fumé sur une table nappée, on s'asperge de parfum, on enfile une chemise, un haut à paillettes, on met un disque, on ouvre une bonne bouteille. Il est impossible d'ignorer que pour les gens « normaux », ce jour-là n'est pas normal.

« Dans une semaine, tu remets un pied dehors, je réponds. Tu dois avoir hâte. »

Je savais qu'il avait enfin décroché une permission. Le 1er janvier.

« La journée est planifiée au millimètre, dont un passage sur piste avec les pointes. Je pense faire un test sur 200 mètres. Toute la famille ira faire une séance sur le petit stade à Sainte-Geneviève avant d'aller manger chez mes parents.»

«Je suis content que ça se débloque. C'est le début de ta nouvelle vie», je réponds, essayant malgré l'ivresse et les éclats de la fête de me concentrer sur ce que j'écris.

«Jusqu'à présent, j'ai plutôt bien géré ma peine. Je veux dire, je suis patient. Mais là, avec des permes, je vais pouvoir avancer. Et me fixer des challenges sportifs tout en restant dans l'ombre.»

«Il faut que tu tiennes encore. T'as fait le plus dur.»

«Ah oui, totalement. Le plus dur est derrière. Maintenant, mon souhait pour 2020, c'est de remettre la machine du 400 mètres en route.»

On a encore échangé quelques messages et le téléphone s'est tu. J'ai pensé qu'un surveillant s'était montré à la porte pour lui souhaiter Joyeux Noël, ou autre chose, je ne sais pas ce qu'on peut souhaiter à un détenu au moment de l'enfermer pour douze heures dans une pièce exiguë. J'ai reposé mon portable près de ma tasse de rhum et demandé où on en était. Ortzi, un colosse à la barbe longue, m'a indiqué la page. Mes sœurs s'égosillaient.

Un soleil froid dans un ciel rose, voilà à quoi ressemble la liberté. Les rayons d'hiver rasent le givre, faisant scintiller l'herbe devant le centre de détention. Il est 7 heures, ce 1er janvier, et il fait zéro degré. Toumany n'a pas dormi. L'excitation a tué le sommeil et il est resté le regard collé au plafond, incapable de fermer les yeux. Il a patienté, car s'il y a bien une chose que vous apprenez en taule, c'est la patience, et comme prévu le jour s'est levé. Devant la lourde porte blindée, il repousse les tresses qui lui tombent sur le front et, posant son regard sur l'horizon, se rappelle qu'il est possible de voir plus loin que le mur d'enceinte, jusqu'à ce flou où le ciel et la terre se confondent. Adama est là. Quand il l'a appelé pour lui demander de venir le chercher, Toumany a insisté : « C'est le 1er janvier, hein, pas de blague sur le 31, faudra que tu mettes un réveil ! », et Lass a presque eu l'air vexé : « Attends, le 31, mais de quoi tu me parles ? C'est plus de mon âge, ça, le Nouvel An jusqu'à pas d'heure. On va se faire un petit dîner posé à la maison et basta. T'inquiète pas, je serai là. »

Adama a quatre ans de moins que Toumany, mais c'est lui le grand frère, le mec carré, sans casier, en couple depuis une éternité, qui se lève chaque matin pour enfiler un costume, serrer une cravate à son cou et rejoindre son bureau dans une grosse entreprise. Adama attend d'avoir *profité*, d'avoir voyagé et grimpé les échelons de la carrière avant de faire des enfants. Ils sont frères, ils ont nagé dans le même bain, mais ils sont très différents.

— C'est quoi ça ? demande-t-il en désignant sa coupe de cheveux. Toumany, t'as pas grandi ou quoi ? Les tresses, faut arrêter, t'as trente et un ans.

Adama se fait la boule au rasoir au-dessus du lavabo.

— Faut plus que tu penses à l'athlétisme, lance-t-il en gardant les yeux sur la route. Faut que tu te trouves un boulot et que t'arrêtes les conneries, ça c'est sûr, mais me parle plus de sport. C'est fini le sport, c'est sans avenir et ça va te faire replonger. Faut que tu tires une croix là-dessus.

— T'as raison, souffle le grand frère et, bien qu'il ne soit pas d'accord, il ne lui en veut pas.

Il sait que Adama porte en lui cette force extraordinaire qui fait les hommes intègres. S'il tombait en forêt sur un sac de billets, Adama n'y réfléchirait pas à deux fois avant de faire le 17.

Il dépose Toumany à Sainte-Geneviève, devant la résidence où vivent Rita et les enfants. C'est une petite cité conçue pour y circuler à pied. Les bâtiments n'excèdent pas trois étages et il y a des jeux, avec un toboggan. Toumany passe la porte en redoutant les chiens. En 2016, Livius lui faisait la guerre, il refusait la laisse, montrait les crocs, pissait et chiait partout comme s'il le faisait exprès, Toumany répétait « Je vais le tuer, je vais l'étrangler », et il le pensait. Quand Rita avait le dos tourné, il lui filait des carrés de chocolat pour l'intoxiquer. Et puis un matin, à 6 heures, la police a déboulé et Livius s'est interposé. Il aboyait comme un enragé, prêt à leur sauter à la gorge, et ils flippaient, les flics, ils gueulaient en agitant leur taser : « Retiens ton chien ou je lui tire dessus ! »

En reconnaissant son maître dans l'entrée, Livius frétille et se pisse dessus. Il lui lèche la main et suit en silence dans toutes les pièces de l'appartement, comme s'il le visitait avant de l'acheter. Le salon, la cuisine, la chambre, le lit, ça fait si longtemps. À

10 heures, Toumany réveille les enfants. Ils partent en balade dans le quartier, courent sur les trottoirs sans raison, juste pour courir, puis ils préparent le déjeuner tous ensemble avant l'arrivée des parents de Rita. Son père, qui connaît l'athlé pour avoir couru à un bon niveau dans les années 1980, ose demander à Toumany s'il a un plan pour sa sortie.

— Je vais d'abord me trouver un boulot. Il faut que je sois indépendant financièrement, que je m'en sorte seul, sans l'aide de votre fille, et dans un deuxième temps, quand j'aurai la voiture et le travail, je pourrai mettre les bouchées doubles à l'entraînement.

— Tu me rassures, souffle le beau-père en lui tapotant l'épaule.

Après le dessert, Toumany roule jusqu'à Vigneux, où l'attend sa famille. Il redoute ce moment, car, en quatre ans, aucun d'entre eux n'a fait l'effort de venir à Réau pour le voir, le toucher, l'embrasser. Pas de courrier. Pas de colis. Toumany pensait ne plus réussir à faire semblant, mais en découvrant tous ces visages familiers dans la maison qui l'a vu grandir, il redevient le Toumany d'avant, l'enfant qui sourit tout le temps. Les frères, les sœurs, les conjoints, les gamins et même deux potes du quartier sont là. Sa grand-mère l'appelle depuis le village. Elle est émue, elle lui fait promettre de tenir bon et, en soninké, il lui demande de ne pas s'inquiéter. Sa mère pleure. Elle le prend dans ses bras, le serre fort et lui dit « Je t'aime », ce qui, en soi, est extraordinaire. Chez les Coulibaly, on s'aime sans le dire. Je connais cette pudeur, je n'ai pas souvenir d'avoir jamais dit je t'aime à ma mère, à mon père ou à mes sœurs, ou alors quand j'étais tout petit. Ce n'est ni bien ni mal, c'est comme ça. Le jour où ça arrivera, on saura tous que c'est réel.

En 2016, Toumany était le seul oncle à ne pas avoir de boulot. Il passait son temps avec ses neveux et nièces. Il les entassait dans sa 308 et les emmenait au parc, au stade, au McDo. Ils ont tellement changé.

— Tu sais qui je suis ? demande-t-il en se tournant vers les uns et les autres.

— Nan.

— Et toi, tu sais qui je suis ?

— Nan.

Ils ne bluffent pas. Quatre ans dans la vie d'un enfant, c'est une éternité.

En fin d'après-midi, Toumany lance :

— On va faire un tour avec Rita, on sera là pour le dîner !

Il ferme la porte derrière lui et sait qu'il ne reviendra pas. Un saut au restaurant. Il est déjà 20 heures. Il passe les portes blindées dans l'autre sens et redevient un détenu, « un méchant », comme disent les surveillants. Un homme captif dans une cellule aux mille visages.

La Bible* raconte l'histoire de Zachée, un collecteur des impôts de la ville de Jéricho, en Palestine, un homme très riche, très corrompu et, de fait, détesté. Zachée n'est pas grand, alors quand il entend que Jésus arrive en ville, il grimpe dans un sycomore pour le distinguer parmi la foule. Jésus lève les yeux, le remarque et le fait descendre : « Il faut que j'aille demeurer dans ta maison. » Zachée s'exécute, tout heureux d'avoir Jésus à sa table, mais autour la foule s'indigne : comment Jésus peut-il loger chez un tel pécheur ? La Bible raconte que Zachée fut changé par cette rencontre : « Debout, il s'adressa au Seigneur : "Je fais don aux pauvres de la moitié de mes biens, et si j'ai fait du tort à quelqu'un, je vais lui rendre quatre fois plus." »

* Évangile selon Luc, chapitre 19.

Bien.

L'histoire du voleur qui rend au quadruple tout ce qu'il a mis à gauche, on a le droit de ne pas y croire, mais c'est elle qui a inspiré le programme Sycomore, un projet né aux États-Unis en 1996, qui vise à confronter des détenus et des victimes. L'idée, c'est que des personnes de chair et d'os viennent raconter à des auteurs ce que ça fait de se trouver de l'autre côté du canon. Le traumatisme qui débarque dans votre vie. Les relations sociales qui s'effritent. Le sommeil qui disparaît. À la fin des six semaines, on espère que ces échanges auront provoqué une prise de conscience chez les détenus, des regrets sincères, quelque chose d'un peu zacchéen : « Si j'ai fait du tort à quelqu'un, je vais lui rendre quatre fois plus. »

Toumany a tout de suite été emballé.

— Il y a des bénévoles qui viennent de Londres. Un aller-retour en Eurostar, juste pour nous rencontrer, tu te rends compte ? Les autres se sont moqués de moi parce que je posais trop de questions : « Fais pas genre le premier de la classe », et tout. Mais c'était pas de la comédie, j'étais sérieux.

— C'est quoi le concept ? je demande.

— J'ai pas tous les détails, mais c'est ce qu'ils appellent « la justice réparatrice ». En gros, ils sont là pour te redonner confiance en toi. La prochaine fois, les victimes seront là.

La semaine suivante, une femme aux cheveux blancs et à l'allure bourgeoise, très élégante, se présente à la prison. Elle vient raconter l'histoire de son fils de dix-neuf ans, tué en Corse d'une balle en plein cœur à la sortie d'une boîte de nuit. C'était le 15 juillet 2009, Martin avait débarqué du ferry le matin même. Avec une vingtaine de cousins et d'amis, il devait passer une semaine sur le terrain de son grand-père. Après avoir récupéré les clés de la bergerie chez le voisin, débroussaillé et tendu les hamacs, la bande était allée faire des courses au supermarché, beaucoup d'alcool et des poulets pour le déjeuner. Puis ils avaient profité de la plage et, la nuit venue, avaient entamé les bouteilles. Un peu après minuit, Martin et Adrien, son cousin de vingt-deux ans, avaient insisté pour faire un saut au Paradi's, la discothèque un peu ringarde à trois cents mètres en contrebas. Il n'y avait pas foule, c'était une soirée « années 80 ». Le groupe s'était éloigné de la piste pour en finir avec un cubi de rosé qu'à l'entrée ils avaient dissimulé sous un pantalon. Sur la terrasse du Paradi's, le petit robinet en plastique passait de bouche en bouche jusqu'à ce que le videur, Dominique, le remarque. Dominique n'était pas un videur de profession, disons qu'il filait un coup de main au propriétaire pour arrondir ses fins de mois. Il avait trente ans. Il habitait Sollacaro, le village d'à côté, et mises à part des opérations au Congo, au Gabon et au Kosovo en tant que para dans la marine, il n'avait jamais quitté l'île.

— Soit vous prenez une bouteille, soit vous dégagez. C'est pas la colonie ici, lança-t-il avant de shooter dans le cubi de rosé.

— T'es pas le patron, rétorqua Martin. Le patron, je le connais, ça fait vingt ans que je viens.

— Tu veux faire ton chaud ?

Ensuite, ça va très vite. Dominique sort un Colt 45 de son bermuda, intime à l'étudiant de reculer et, à bout touchant, lui tire une balle dans le cœur. Martin laisse échapper un cri atroce, titube sur quelques mètres et s'effondre sur le bitume. Adrien, qui étudie la médecine, lui procure un massage cardiaque inutile. « Garde-nous une place au paradis », murmure-t-il. Jusqu'à la fin de ses jours, Adrien se souviendra du sourire de Martin alors que la vie le quittait.

Dominique jette son pistolet, saute dans sa Clio et prend la fuite. Il passe chez lui, se rase la tête, aspire ses cheveux sur le sol en pensant effacer des preuves compromettantes, et s'enfuit dans le maquis. Il y passe la nuit, à réfléchir à ce qu'il a fait, à se maudire, à envisager la cavale, le suicide, chacune des options qui traversent l'esprit d'un homme apeuré. Puis il se rend à la gendarmerie de Propriano pour raconter qu'il ne l'a pas fait exprès. Il y a eu une bousculade, le coup est parti tout seul.

Trois ans plus tard, à la barre de la cour d'assises d'Ajaccio, les parents de Martin diront qu'ils prient chaque jour pour Dominique, et qu'ils sont prêts à lui accorder le pardon s'il consent à la vérité. « Vous vous êtes rendu proche de nous par la force. Peut-être qu'un jour vous le serez autrement. » Embourbé dans son mensonge, le meurtrier persiste à dire qu'il a été bousculé, que c'est un accident. Il risque la perpétuité. Les jurés lui mettent dix ans. Il sort après en avoir fait la moitié. Il vit toujours en Corse. Il fait de l'huile d'olive.

Pour son mari et ses enfants, et parce que Martin adorait cet endroit, Martine prend sur elle pour revenir en Corse chaque année, mais c'est compliqué. Devant les détenus, elle décrit une peine que le temps n'érode pas. Elle s'accroche à sa foi, au souvenir de son fils et à l'espoir d'être soulagée, un jour, par le repentir de son meurtrier. En l'écoutant, Toumany pense à sa mère. Puis il pense à ce qu'il ferait en tant que père si, demain, on l'appelait en cellule pour lui annoncer : « Coulibaly, j'ai une mauvaise nouvelle.

Ton fils est à l'hôpital. Il a pris une balle. » Ou autre chose. « Ta fille a été renversée par un chauffard. »

Il semble y réfléchir à nouveau. Et comme si cette perspective devenait soudain tout à fait probable, il a l'air de culpabiliser.

— C'est ça qui t'inquiète ? je lui demande. Qu'il arrive malheur à tes enfants ?

— J'y avais pas pensé avant de rencontrer cette femme, mais tes gamins, tu peux pas les protéger. À chaque instant de leur vie, il peut leur arriver quelque chose. Là, tu vois, des vacances, une belle soirée, une boîte de nuit et c'est fini. Regarde-moi, ici, en prison. Qu'est-ce que je peux faire pour mes enfants ? Rien. Rien du tout.

— Y a que cette femme qui vous a parlé ?

— Il y avait un homme aussi, Bernard. On a une histoire en miroir. C'est typiquement le mec à qui j'ai fait du mal.

— Comment ça ?

— Il était employé de banque. Il s'est fait braquer une première fois en 1974. Puis en 1976, en 2001 et encore en 2004. Quatre braquages. Et pas des petits, le fusil à pompe sur le front : « Remplis le sac, fais pas le con ou je te fais un trou dans le crâne. » Ça l'a détruit.

— C'est ce qu'il a raconté ?

— Il a passé sa vie dans la même agence de la BNP et, dès le premier braquage, il n'a pas compris pourquoi ses collègues reprenaient comme si de rien n'était. Se lever pour aller au travail est devenu insupportable. Il bouffait des cachets, des anxiolytiques, et les uns après les autres il a vu ses amis s'évaporer. La nuit, il faisait des cauchemars : il se retournait sur les trottoirs, incapable de semer les braqueurs. Puis sa femme l'a quitté et il s'est retrouvé seul avec ses angoisses. À force, on l'a soupçonné de complicité. Quatre braquages au même endroit avec le même employé, c'était suspect. On l'a déplacé d'un bureau à un autre, d'un poste à un autre et, au bout de ce tunnel, la retraite est arrivée. Il n'est pas sauvé. Il est incapable de dire s'il le sera un jour. La seule chose qui l'aide, c'est de faire ce qu'il a fait hier : aller dans les prisons, raconter son histoire, échanger avec ceux qui veulent bien l'écouter.

— Pourquoi tu dis que t'as une histoire en miroir ? Ça t'est arrivé de braquer des banques ?

— Non, il répond.

Et comme s'il s'en souvenait subitement, il se corrige :

— Ah si, une fois… C'était avec des mecs que je connaissais à peine. Ils voulaient attaquer une agence de la Poste, de nuit, au C-4. C'était idiot, mais j'ai dit O.K.

— Il s'est passé quoi ?

— La salle des coffres m'intéressait pas, je voulais le distributeur de billets. Je me suis acharné dessus pendant un quart d'heure. On avait un type en scooter à l'extérieur, quand les flics se sont pointés, il a klaxonné et je me suis tiré en courant. Les autres se sont fait serrer. C'était des amateurs, le C-4 avait pas explosé, échec total. Remarque, tant mieux. Y avait des habitations autour, des appartements, ça aurait pu mal tourner.

Qu'un garçon intelligent comme lui accepte des plans aussi foireux, ça m'échappe. C'est comme s'il débranchait son cerveau le temps de prendre la mauvaise décision.

— Tous ces risques que tu as pris, c'était pour l'argent ?

Il hausse les épaules.

— Je crois pas, non. L'argent, je l'ai distribué. J'ai payé le permis à mes frères et sœurs, par exemple. D'autres trucs aussi. J'en ai pas vraiment profité.

— Qu'est-ce que tu t'es offert de plus cher ?

— Ma 308. Elle m'a coûté 15 000 euros. Sur Le Bon Coin. Je l'ai payée cash à un type qui venait de l'acheter. Je saurais pas te dire pourquoi j'ai pris celle-là. Les potes étaient fous : « Mais putain ! pourquoi une Peugeot ? T'avais qu'à traverser la frontière pour t'acheter une allemande, une Audi ou une Mercedes, te faire un peu kiffer. » Mais je l'aimais bien cette voiture. Les flics me l'ont rendue après les cambriolages de pharmacies, et je l'ai revendue à un petit de mon quartier. 8 000 euros. Il m'a sorti que des petits billets froissés, des billets de drogue.

Un an après que Toumany m'a raconté cette histoire, le petit en question a été retrouvé par sa copine étendu sur son lit avec un trou dans le cou. Une balle dans son sommeil. Il s'appelait Djibril. Il avait vingt-six ans, deux enfants. Il avait son terrain à Vigneux, près du collège. Quand la nouvelle s'est répandue, trois cents personnes sont venues pleurer devant sa porte.

— Quand tu te retournes sur ton parcours et que tu regardes ce que tu as fait, qu'est-ce qui te fait honte ? je demande.

Il rit nerveusement.

— Ça, j'en ai honte. C'était à l'époque d'Aurélie. On voulait partir en vacances, et j'avais fait le bonhomme, en mode : « Je te les offre, tu veux aller où ? » J'avais pas un centime mais je connaissais un mec de Grigny qui avait des plans sur les voyages, des séjours payés avec de fausses cartes bancaires qu'il revendait pour pas grand-chose.

Je connaissais le truc. À dix-huit ans, j'étais parti en Turquie avec des potes d'Évry, un aller-retour en avion et pension complète Marmara pour 242 euros la semaine, raki compris. Sur place, on avait fait tout ce que font les mecs quand ils quittent leur quartier pour la première fois : des buffets à volonté, des boîtes de nuit, du quad, du jet-ski. Gabi, le pote par lequel on avait eu ce plan, s'était ouvert le genou en plein désert, ça lui avait coûté un billet de 500 pour se faire recoudre en urgence par un généraliste qui avait insisté pour passer au distributeur avant de désinfecter sa plaie. Le voyage pas cher s'était révélé hors de prix, mais il avait fait beau, on s'était amusés, on avait rencontré des Turques aux seins refaits. À l'époque, on s'en était contentés.

— Mon pote, poursuit Toumany, me propose le Maroc pour deux à 400 euros. Avec l'avion, l'hôtel, c'était rien du tout, je lui dis « Je te les prends ». Mais j'étais sec. À l'époque, le cours de l'or avait doublé. Nous, les Maliens, on épargne pas trop, on met l'argent dans les bijoux de nos mères, les boucles d'oreilles, les bagues, les broches, les dents aussi. Bref, je fais un cambriolage qui me rapporte que des pièces en cuivre, et je vois le départ se rapprocher, le mec veut pas me lâcher le voyage à crédit, alors je me dis, faut que j'arrache un collier. Je connais une bijouterie à Paris, à côté d'un grec de la gare du Nord, où le mec t'achète l'or même quand le fermoir du collier est abîmé. Il s'en fout, il paye cash. Donc je mets un pote sur le coup, je lui dis « Emmène-moi à la gare de Villeneuve-Saint-Georges, il y a tout le temps du monde là-bas ». Je cherchais des Pakistanais, parce qu'ils sont comme nous, ils mettent tout dans les bijoux. Et l'or vient de chez eux en plus, c'est du 24 carats. Je repère trois Indiens avec des colliers qui ont l'air de peser une tonne, je dis à mon pote « C'est bon, lâche-moi là ». Je me dirige vers eux, et au dernier moment je vois qu'une femme les accompagne. Elle porte un collier qui semble encore plus gros que les leurs. Elle avait dû mal le visser, le fermoir a cédé tout de suite. Les types me sont tombés dessus, mais l'effet de surprise t'offre toujours une seconde d'avance. J'ai dû sprinter sur un kilomètre et je me suis arrêté dans une ruelle, à bout de souffle. Mon pote m'a récupéré, on a roulé direct chez le bijoutier. Il m'a filé 8 000 euros en billets.

— Et t'es parti en vacances.

— On est partis au Maroc, ouais. Je peux même pas te dire où, mais c'était pas dingue, y avait pas la mer et l'hôtel était plutôt naze.

Après avoir revécu la scène exactement comme si elle se jouait sous nos yeux, Toumany semble réaliser quelque chose.

— J'ai super honte de te raconter cette histoire. Alors que sur le moment, je m'en foutais. La nuit qui a suivi, j'ai très bien dormi. Aucun remords. J'avais pas d'argent, c'était mon problème, j'ai cherché à le résoudre, j'ai trouvé une solution, elle a marché, tant mieux. Dans mon cerveau, ça fonctionnait comme ça. Mais la vérité, c'est que j'aurais très bien pu m'en passer. J'aurais dit à Aurélie « J'ai pas les thunes, désolé mais les vacances, ce sera pour plus tard », elle m'en aurait pas voulu. Elle aurait dit « T'inquiète, on fera ça une autre fois ».

La veille de la séance finale du programme Sycomore, alors que je suis coincé en pleine voie sur la ligne Bayonne-Paris à cause d'une caténaire arrachée par une tempête, Toumany m'écrit : « Je prépare le discours et j'essaye de ne pas trop écrire, sinon je vais faire dix pages. Si t'as une idée, n'hésite pas. »

Il m'envoie son texte en photo. Encore ces copies doubles à grands carreaux, et le titre en rouge, toujours le même.

Qui suis-je ?

Jusqu'à mes 21 ans, ma vie a été un méli-mélo de bonnes et de mauvaises choses. Les études, le travail, mon premier enfant, voilà pour les bonnes. Les mauvaises, elles se sont souvent terminées en prison.

Comme dans les contes, il y a un élément déclencheur à mon histoire. Le sport m'a apporté un sentiment de liberté, des voyages, la découverte d'autres cultures, la fierté de ma famille, un revenu et même la clémence de la justice. Mais je continuais à voler et enchaîner les allers-retours en prison. J'étais comme dans un monde parallèle. La vie continuait. J'avais quatre enfants, trois garçons et une fille, mais je n'avais pas pris une ride de maturité.

Qui suis-je ?

Un monstre qui fait du mal aux gens et qui s'autodétruit.

Plus loin, il raconte la dépression, le temps qui s'étire : « Il devient mon compagnon de route. » Puis il s'adresse à Bernard et Martine, les deux intervenants.

Cette rencontre a été un révélateur. Quelque chose a été profondément transformé en moi. Deux jours après, lors de mon rendez-vous avec la psy, je me suis totalement livré. J'ai beaucoup parlé et mes larmes ont coulé. Ce n'était pas des larmes de faiblesse, c'était des larmes de culpabilité.

Merci à vous, Bernard et Martine, de m'avoir permis de prendre conscience de mes actes. Vous, Bernard, parce que votre histoire me renvoie à mon passé de voleur. Martine, parce que j'ai vu en vous une mère, une femme, une sœur, une amie, que votre peine infinie a touché mon cœur de père.

J'ai réalisé que je pouvais agir. Je n'ai pas le pouvoir de soulager votre douleur, Martine, ni d'éviter que cette douleur me touche à mon tour, mais j'ai le pouvoir de ne plus faire souffrir. J'ai le choix de mettre un terme à la souffrance que j'ai engendrée. Et même si j'ai encore besoin de ce fameux temps, j'ai cette volonté en moi. Merci à vous deux, infiniment, d'avoir pris le temps de venir nous rencontrer.

Alors qui suis-je ?

Je m'appelle Coulibaly Toumany. J'ai commis des erreurs dans le passé. Je n'ai pas mon point de départ mais je choisis ma ligne d'arrivée. Je veux être responsable de mon bonheur. Je suis quelqu'un de bien.

Je dois le dire, la fluidité de son écriture m'impressionne.

— Tu as pleuré devant la psy ? je demande.

— Elle a pleuré elle aussi. On a pleuré ensemble.

— Pourquoi ?

— Je lui ai raconté des choses qui me pèsent. L'énorme culpabilité qui me ronge. Et puis, tu vois, j'ai dix-sept frères et sœurs, au moins 60 % de mes vols, c'était pour eux. Je leur ai toujours tout donné, même à l'heure actuelle, j'ai reçu une amende pour un feu rouge grillé par un de mes frères, j'ai rien dit, je vais la payer et basta. Mais voilà, zéro courrier, zéro parloir, rien de rien, fallait que ça sorte.

— Pourquoi ils ne viennent pas te voir ?

— Ils savent pas que la prison me pèse. Je leur en parle pas. Je suis toujours souriant. Ils se demandent ce que je fais encore ici. Ils n'ont pas idée de la complexité de mon dossier.

Le dimanche suivant, au parloir, je retrouve ceux qui n'ont pas le choix, ceux qui n'ont que ce jour-là. Une femme, vingt-cinq ans peut-être, se réjouit à l'idée de venir ici pour la dernière fois. « Mon mari va être libéré. On a un enfant ensemble, alors pas pour moi mais pour lui, je sais qu'il ne rechutera pas. » En face, une dame très ronde lui dit, avec dans les yeux la tristesse de celles qui ont été trahies, qu'il n'y a pas de place pour les Arabes dans ce pays. « Il faut déménager. Quand mon mari sortira, on ira au Canada, parce qu'ici, y a trop de racisme. Les Français, ils ne nous aiment pas. » Sur ces mots, elle verse du lait en poudre au fond d'un gobelet en plastique et le noie sous le café.

Quand la porte s'ouvre, ce matin-là, c'est un jeune Noir avec de longues tresses et un polo rouge qui me rejoint dans la pièce.

— Tinder, hein ? rigole-t-il avant de me serrer la main. Enchanté, Marco.

— Mathieu, je réponds, sans comprendre.

Toumany apparaît dans son dos. Il se marre.

— Je lui ai dit que j'avais rencontré une femme sur Tinder et qu'elle avait accepté un rendez-vous au parloir. Il me croyait pas !

Le surveillant rigole en faisant tressaillir ses épaules, puis lance « Bon allez, t'es attendu à la 13 », et Marco s'en va rejoindre une Tunisienne à la peau sombre, avec des petits cheveux qui bouclent aux tempes.

— Marco, je l'ai rencontré à Évry en 2004, se souvient Toumany. Je l'avais battu dans une course de rue. On est devenus potes comme ça.

C'était le lycée. L'insouciance. Marco était accro aux jeux vidéo. Toumany l'a emmené sur un cambriolage. Il a pris 200 euros. Il s'est plaint.

— Ça vaut pas le coup, ton truc.

Mais au lieu d'abandonner, il est monté sur des braquages, et Toumany l'a vu changer : recruter des guetteurs, acheter des voitures, devenir un professionnel. Marco aurait pu se faire descendre par un vigile, un flic, la concurrence. À la place, il est tombé sur une bijoutière au cœur fragile. Une crise cardiaque. Il a pris dix-sept ans pour « association de malfaiteurs » et « mort sans intention de la donner ».

— Il doit sortir bientôt, dit Toumany. La taule l'a ramolli. Il se couche tard, il joue à la console. J'ai le double des clés de sa chambre, parfois je viens le voir, il dort en pleine journée.

— La fille que j'ai croisée à l'accueil, c'est sa femme ?

Il fait non de la tête.

— Il a plus de femme. Elle l'a pas attendu. Elle venait ici au début et, avec la prison, les parloirs, elle s'était rapprochée de sa belle-famille. Elle a rencontré la sœur de Marco, puis son mec. Ils se sont plu, et Marco et sa sœur se sont retrouvés célibataires. Tu vois, c'est ce que les mecs de Sycomore nous ont expliqué : tes actes ont des conséquences sur tes proches. Ça arrive comme dans un tremblement de terre, par vagues. Cette fois, c'est la sœur qui est touchée.

Je lui demande ce qu'il en est de son tremblement de terre à lui. Ses parents ont-ils souffert des secousses ?

— Mon père est mort.

— Désolé, je savais pas.

— T'inquiète… Mais pour répondre à ta question, non, il m'a jamais dit qu'il avait souffert de mes affaires. Il parlait pas aux enfants, mon père. Il m'a jamais pris dans ses bras, jamais dit je t'aime. Il m'a adressé trois fois la parole : en 2001, avant de m'envoyer au pays, en 2007, quand je suis entré à Fleury, et en 2011, quand il a lu un article qui parlait de moi dans le journal.

— Il est décédé il y a longtemps ?

— En 2011.

— Il devait être jeune.

— Il venait de prendre sa retraite.

— Merde… Une maladie ?

— C'est une longue histoire, il dit. C'est compliqué. Il a été maraboutė… En fait, ça a commencé avec son petit frère, qui s'appelle Toumany, comme moi. Toumany avait deux femmes et une vingtaine de gamins au village quand il a tout plaqué pour se marier avec une gamine de seize ans, ce qui a choqué, même là-bas. Certaines de ses filles étaient plus âgées que sa nouvelle femme. Enfin, il voulait célébrer sa nuit de noces dans la maison de mon père, et lui, il a dit non, tu te maries avec qui tu veux, mais trouve un hôtel pour faire tes conneries. Mon oncle n'a pas apprécié. Il l'a maraboute et mon père s'est retrouvé avec des pieds énormes, éléphantesques. On aurait dit Shrek, je te jure, c'était impressionnant. Il pouvait plus mettre de claquettes, il pouvait plus marcher, ça lui faisait un mal de chien. Il a vu je sais pas combien de médecins, il a passé des tests dans tous les hôpitaux d'Île-de-France, il a même eu la jambe attachée en l'air pour que le sang remonte vers le bassin, mais y avait rien à faire, alors mon père a dit: «Faut que je rentre au pays.» Il a cessé les soins, il a pris un billet sans retour et il nous a réunis, tous les enfants, dans le salon.

À l'époque, Mamadou marche avec une canne. Il ne quitte plus le fauteuil sans l'aide d'un de ses fils. De sa voix rauque et fatiguée, il annonce qu'il s'en va, et tous comprennent qu'il ne reviendra pas. «Prenez soin de vos mères. Protégez vos sœurs. Ne soyez pas en colère. N'en voulez à personne. N'essayez pas de me venger.» Mina l'accompagne au village. Un imam lui fait boire une potion. Ses pieds dégonflent comme par magie. À 4 heures du matin, il se lève, fait sa prière, puis se recouche et réveille Mina pour qu'elle prie à son tour.

— Quand ma mère l'a rejoint, il ne respirait plus. Il est mort dans son sommeil, raconte Toumany.

— Comment tu l'as appris ?

— J'étais en Grèce. Je me souviens exactement du moment, j'étais allongé sur un transat, la tête dans l'ombre du parasol, à lire des trucs sur mon téléphone. J'étais en train de me dire que ça allait me coûter une fortune parce que les données Internet n'étaient pas encore gratuites dans l'Union européenne. Et j'ai reçu un message de ma sœur : « Papa est décédé. »

— Tu as réagi comment ?

— C'est bizarre, je me suis senti un peu soulagé pour lui. Il ne souffrait plus. Je suis rentré par le premier vol pour Paris, mais ça servait à rien, son corps était au Mali. À Vigneux, j'ai trouvé des dizaines d'inconnus devant notre porte. La rue était noire de monde. Je me suis dit, c'est en voyant le nombre de gens qui viennent te dire au revoir que tu sais si tu as été un homme bon.

Mamadou a été enterré au village. Ses enfants ont tous fait le voyage. Sauf Toumany.

— On m'a dit qu'il valait mieux pas. Compte tenu des vols et des histoires que j'avais laissées derrière moi en partant, c'était pas une bonne idée de me montrer.

— Tu n'as pas pu dire au revoir à ton père ?

— J'ai jamais vu son corps. Je me suis même jamais recueilli sur sa tombe.

Le deuil a duré quarante jours. Au quarante et unième jour, il a été dit par les anciens que les veuves devaient se remarier. Il y a eu un débat, cette fois. Les enfants étaient contre. C'était trop tôt. Le cadavre de leur père tiédissait à peine qu'on cherchait déjà à le remplacer.

— Mes frères pleuraient, se souvient Toumany. Ils étaient en colère.

— Pas toi ?

— J'avais une position différente. Je disais : « Elles sont mères mais elles restent femmes. Elles sont libres de faire ce qu'elles veulent. » Et alors qu'on me disait : « T'es pas dans l'islam toi, t'as rien à dire sur le sujet », les anciens, les oncles qui me tapaient au village, qui me déchiquetaient même, avaient soudain beaucoup de respect pour ce que je disais. J'étais devenu le sage de la famille. Le seul fils sensé qu'avait eu Mamadou.

À cet instant, je pense à mon père, qui a bossé toute sa vie – pas comme éboueur, comme éducateur – et s'est découvert un cancer de la peau deux ans après la retraite.

— Moi aussi, mon père est malade, je dis.

— Désolé… Il a quoi ?

— Cancer.

— Merde.

— Non, mais ça va. C'est juste que… t'arrives à soixante ans, tu crois que t'as fait le plus dur, que le reste sera une succession de voyages et de moments partagés avec tes petits-enfants, alors que la maladie est déjà là, à te guetter, se demandant si elle te laisse dans l'insouciance encore un an ou deux avant de frapper.

Là-dessus, le surveillant ouvre la porte. Toumany se lève pour me serrer la main.

— La semaine prochaine, je pourrai pas, je serai chez mes parents, je dis.

— C'est normal, t'inquiète. De la force pour ton père.

Les mois passaient. Chaque mercredi, en quittant la prison, je prenais rendez-vous pour le mercredi d'après et, entre-temps, on s'appelait, on s'écrivait. Il me demandait toujours comment j'allais, et je trouvais ça gênant parce que, forcément, à côté de la cellule, ça allait super. Mais c'est le jeu de répondre aux questions de temps en temps quand on passe sa vie à en poser, alors je lui dévoilais des bouts de ma vie. Les rencontres en librairies. La saison de foot avec Houcine et les gars de la porte de Bagnolet, qui me donnait l'occasion de retrouver l'esprit d'équipe, la solidarité d'une bande de mecs qui ne savent pas grand-chose les uns sur les autres, mais qui s'aiment sur le terrain parce qu'ils portent le même maillot. Lui, de son côté, de temps en temps, un mec venait le voir et lui lançait un défi sur 50 mètres. Toumany l'emportait facilement et, en général, le mec demandait à l'accompagner sur quelques séances, histoire de retrouver la forme, perdre un peu de ventre. Entre nous, on parlait beaucoup d'athlétisme, mais je le voyais jamais courir. Je savais qu'il lui restait des réflexes de champion – il refusait la baguette distribuée la veille au soir pour le petit déjeuner et cantinait du pain complet, pour les fibres – mais je savais pas où il en était *vraiment*. Est-ce qu'il avait encore dans les tripes de quoi courir vite ?

J'avais besoin de savoir si c'était du flan, ses rêves de Jeux olympiques. J'en avais touché deux mots à un journaliste sportif. Il m'avait ri au visage : « Il est foutu ton pote. Jamais il reviendra. Jamais. » C'était pas ce que je voulais entendre. Je suis plutôt têtu, dans mon genre, alors je suis allé trouver le meilleur coureur de 400 mètres que ce pays ait jamais compté.

Leslie Djhone n'était pas aimé quand il était athlète. Par le public, encore, ça allait, mais en compétition, il parlait pas, il avait son casque sur la tête, ses lunettes de soleil, le message c'était : je viens écraser tout le monde, venez pas me taper la discute. Les autres athlètes le disaient froid et brutal parce qu'il avait pas de rétroviseur et qu'il regardait que les trois ou quatre mecs au monde qui couraient plus vite que lui, mais il en a pas souffert. Ses vrais amis, il les connaît depuis la maternelle et il les a gardés.

Avec Toumany, au départ, le courant ne passait pas. Trop différents. Le plus et le moins d'une même pile. Leslie n'arrivait pas à se dire qu'un jour il pourrait s'entraîner avec un type comme lui.

— Moi, je suis très discipline, très dans le respect, dans la loi, il dit. Toumany m'a appris à ne pas juger les gens sur leur apparence, parce qu'en le côtoyant je me suis rendu compte que c'était un garçon formidable. Un mec débordé par sa gentillesse, jusqu'à en devenir bête. J'emploie ce mot volontairement parce qu'il faut être bête pour se faire opérer des genoux et monter sur un braquage. Je peux pas me dire qu'une personne sensée est capable de faire un truc pareil. Cambrioler trente pharmacies avec ta voiture ? Je comprends pas. Rien n'est construit. Si tu réfléchis deux minutes, tu fais tout différemment. Gagner les France et braquer le soir même, ça veut dire que t'étais pas à fond, il t'en restait sous le pied parce que, moi, après les courses, on me proposait d'aller fêter la victoire en soirée, je disais non, je suis crevé, je vais me coucher. Toumany, il ne sait pas dire non, et ceux qui l'ont entraîné là-dedans savent qu'il ne sait pas dire non.

— Il était vraiment bon ? je demande.

— S'il avait été patient, il aurait pu aller chercher mes records. Ce que j'ai vu de lui, c'était très fort.

— Il aurait pu courir en 44 secondes ?

— Bien sûr. Toumany, la première fois que je l'ai vu à l'entraînement, je me suis dit, il y a beaucoup de boulot, il est brut, il faut le polir, et c'est ce qui est intéressant chez un athlète, la marge de progression. Et peu de temps après, je l'ai vu faire une séance dans des conditions pas possibles, sous la pluie, avec cinq degrés dans l'air, des 200 mètres en moins de 20'80 avec très peu de récupération, et il enchaînait, ça tenait.

— Qu'est-ce qui lui a manqué ?

— Je pense qu'il aurait dû quitter l'Île-de-France. Même demain, s'il sort, il doit fuir la région parisienne, parce qu'il croisera toujours un mec dans la rue, au supermarché, qui aura la bonne idée de lui remettre le pied à l'étrier. Je connais ça, moi aussi j'ai grandi dans un quartier.

Leslie a pris sa retraite quand Toumany entrait en prison. Ça a été un soulagement.

— Aujourd'hui, on me paierait pour un footing, je refuserais.

Un jour, Leslie est arrivé à l'entraînement, il a fait la séance, il est rentré chez lui, il a fait ses bagages, il est monté en voiture, il a roulé droit vers le sud, et une fois lancé sur l'autoroute, il a appelé Patricia pour lui dire: «C'est fini, j'ai plus envie.»

— Il n'a pas abandonné, vous savez, je dis. Toumany. Il s'entraîne en prison. Seul.

— C'est ce qu'on m'a dit, oui, répond Leslie.

— Vous pensez qu'il a encore une chance au très haut niveau? je demande.

— Son corps a vieilli, bien sûr, à son âge je prenais ma retraite, mais sa chance c'est que le niveau n'a pas explosé. S'il recourt en 46'5, il est quasiment certain d'être dans un relais. Après, est-ce que l'équipe de France le laissera revenir? En tant qu'éducateur, je pense qu'il a payé et qu'il ne mérite pas une condamnation à vie. Mais s'il était en face de moi, je lui dirais de laisser tomber. Trouve un boulot. Prends soin de ta famille. Tu dois du temps à tes enfants et vivre ces moments-là sera toujours plus intéressant que de se tuer sur la piste, parce que tu gagneras pas ta vie avec l'athlétisme. Ton passé va te desservir. Les partenaires, les équipementiers, ils investissent sur la jeunesse, pas sur un mec de trente-trois ans qui sort de taule. C'est dur à entendre, mais c'est la vérité. Et pourtant, j'aimerais le voir courir.

Ça faisait quatre ans que Toumany s'entraînait seul. À l'instinct. C'était mieux que rien mais s'il voulait vraiment revenir, il lui faudrait un entraîneur. Je suis allé voir Patricia Girard. Après tout, c'est avec elle qu'il courait avant la prison. Quand j'ai prononcé le nom de Toumany, une tristesse implacable s'est abattue sur son visage.

— Je me suis trop impliquée pour lui, elle dit. Je suis épuisée.

— Ah… Vous voudrez pas le reprendre, alors.

— Je peux pas revivre cette expérience. C'est trop de stress. Quand je le voyais pas à l'entraînement, je paniquais. Et pourtant, c'est pas mon fils.

— Vous aviez accepté d'être sa tutrice, à un moment.

— Deux fois. Deux fois je lui ai dit « Toum, tu as des enfants, on va s'en sortir tous les deux ». La troisième fois, c'était un enterrement, on était à l'église, il y avait les gens du club, et Toumany, je le voyais, il pleurait. Le lendemain, j'apprends qu'il s'est fait arrêter. J'ai pleuré toutes les larmes de mon corps. Ça m'a anéantie. Et les autres aussi, les athlètes, ça a bousillé tout le monde.

Un temps de silence. Patricia Girard renifle. Elle pleure un peu. Ravale ses larmes.

— Excuse-moi… Ah, Seigneur… Je te tutoie mais c'est parce que t'es plus jeune, j'ai l'habitude de tutoyer les plus jeunes.

— Pas de problème.

— C'est que, tu vois, rien que d'y penser, ça m'émeut. Quand je l'ai vu arriver, c'était un jeune très soigné, très poli, il était toujours là : « PG, t'as besoin de quelque chose ? », toujours à faire attention aux autres. Et puis il était hors normes, des qualités physiques incroyables. Ne pas le reconnaître, c'est de la jalousie.

— Vous avez l'air nostalgique, je dis.

— Un peu, oui. Je me rappelle ses yeux, ses bras, son visage quand il a couru en 45 secondes. J'ai envie d'avoir que ça comme souvenir.

Kyle, le fils de Patricia, avait neuf ans quand Toumany est entré à Fresnes. Avec des copains, il chantait une petite comptine : « Toumany Coulibaly est en prison »… Ils ne pensaient pas à mal. L'air était joyeux. Quand Patricia les a entendus, elle est restée pétrifiée. Puis elle s'est mise à pleurer.

— Il n'y a pas longtemps, j'ai vu son fils, Ethan, elle dit.

— Comment ça ?

— Par hasard. Je poussais mon caddie chez Carrefour, je faisais mes courses, et Kyle a reconnu Ethan dans les rayons. Il était avec son grand-père. Je me suis arrêtée. Le grand-père m'a demandé qui j'étais. J'ai juste réussi à dire « Je suis Patricia », et je suis partie en sanglots. Voilà, quand je pense à mon petit Toum, maintenant, c'est toujours comme ça.

Si j'avais listé des noms d'entraîneurs de haut niveau sur un Post-it, à ce moment-là, j'aurais pu rayer celui de Patricia. Qui allait bien vouloir de lui ? Quel entraîneur serait suffisamment humain et fou pour accepter de lui faire confiance ? J'ai fini par lui poser directement la question.

— Farès. Farès Megharbi. J'ai fait qu'une année avec lui, mais j'aimais bien. Il me comprenait.

De retour chez moi, j'ai tapé « Farès Megharbi » dans la barre de recherche, et sa photo, son adresse mail et son numéro de portable sont apparus sur l'écran. Je l'ai appelé et la discussion a débuté avec un naturel désarmant, comme si on s'était parlé la veille et que j'avais oublié de lui dire un truc important. Je l'imaginais en survêtement, le portable à l'oreille, au bord d'une piste orange, donnant des instructions à ses athlètes par de légers mouvements de tête.

— Toum, c'est un mec extra, il dit. J'ai rarement vu un garçon comme lui. Sportivement, il a tout pour dominer la discipline.

C'est idiot mais c'est une phrase qui me rassure.

— Il est à Réau, c'est ça ? il demande.

— Oui, il s'entraîne là-bas.

— Je pense souvent à lui.

— À l'époque où vous l'entraîniez, vous saviez qu'il vivait entre deux mondes ? je demande.

— Ça sautait aux yeux. C'était un gars sérieux, il faisait ses séances de kiné, ses massages. Mais à côté, c'était un chantier.

— À cause de quoi ? De l'argent ?

— Je savais qu'il galérait. Mais il a aussi fait un tas de conneries à un moment où il n'avait pas besoin d'argent. C'est quelque chose qu'il a en lui, et qui est plus fort que lui. Il devrait engager un travail psy pour comprendre d'où ça vient.

Farès a quitté la région parisienne après s'être occupé de Toumany, pour fonder une famille, et parce qu'il en avait assez de sacrifier sa vie pour des athlètes qui vous plaquent pour n'importe quel coach avec des mots fleuris dans la bouche. De temps en temps, il revient à l'INSEP pour une formation. C'est le cas aujourd'hui. Je le retrouve devant le château de Vincennes. Il a le sourire. Il porte un survêtement et des baskets, comme n'importe quel prof d'EPS. Il commande un café, ce que je trouve étrange à 19 heures, pile au moment où je fais un geste vers le magnétophone en disant « Ça ne vous dérange pas que j'enregistre ? » En général, les gens répondent « Non, non, bien sûr, allez-y », et ce qui suit immédiatement est souvent sans intérêt, des phrases d'échauffement censées recréer les conditions d'une vraie conversation.

— Qu'est-ce que tu comptes en faire ? demande Farès en désignant le magnéto. À la fin, il y aura un résultat ? Un livre, ou autre chose ?

— Je sais pas encore. Un livre oui, j'aimerais bien…

— Et Toum, tu le connais comment ?

Je sens un brin de suspicion, alors je déballe tout d'un coup, la lettre, sa réponse un an plus tard et les parloirs qui s'enchaînent sans qu'on y pense. Farès hoche la tête, puis dit :

— Tu sais, je lui en veux pas. Il déconne mais il faut trouver pourquoi il souffre. Il y a forcément une raison.

— Quand vous bossiez ensemble, tu l'as déjà vu s'effondrer ?

— Oui. Et les gens autour me disaient : « Fais attention, c'est un comédien, te laisse pas embobiner, il fait semblant. » Mais le mec, il craque pas pour rien.

— J'aimerais comprendre, je dis.

— Faut creuser, creuser et creuser encore. Il a besoin qu'on lui tende la main.

— S'il sortait demain, tu pourrais l'entraîner ?

De la tête, il fait signe que oui.

— Je m'en fous de ce qu'il a fait, il dit. Si je l'entraîne, c'est pour le voir progresser. Je sais que je prendrais beaucoup de plaisir, parce que j'en ai vu des athlètes, et Toum il est différent. Il est plus fort. S'il est sérieux, il courra en moins de 45 secondes. J'en mets ma main au feu.

— Mais avec des chronos pareils, il ira aux Jeux. Peut-être même ceux de Tokyo…

Il fait la moue.

— La fédération n'en voudra pas. Ni dans le relais ni en individuel. Il peut battre le record de France, le record d'Europe, c'est niet, ils le prendront pas. Pourtant, ça ne leur pose pas de problème de pardonner à d'anciens dopés. Regarde Bigot.

En 2014, Quentin Bigot, lanceur de marteau, est contrôlé positif aux stéroïdes anabolisants. « C'était un moment de faiblesse, déclare-t-il. J'avais cette blessure qui m'embêtait, et la saison commençait à m'échapper. Je n'ai trouvé que cette solution. » Condamné à quatre ans de suspension, dont deux avec sursis, Bigot est revenu en équipe de France et a remporté une médaille d'argent aux championnats du monde. Son marteau s'était écrasé dans l'herbe à 78 mètres de la cage de lancer.

— Mais alors, c'est fini pour Toumany ? Ce qu'il fait là, en prison, souffrir, transpirer, ça va servir à rien ?

— Je ne peux pas te répondre. Le cas Coulibaly s'est refroidi, on ne parle plus de lui. Attendons qu'il sorte. On verra à ce moment-là.

Farès enseigne la course à pied à la maison d'arrêt de Blois. C'est une petite prison à 150 % d'occupation. Tous les jeudis, un peu avant 8 heures, les mecs s'arrachent à la chaleur de leurs cellules pour le rejoindre sur le terrain de hand, s'enquiller du fractionné et des tests sur trente mètres lancé. Certains attendent un jugement, d'autres ont pris cher et seront bientôt transférés au centre de détention de Châteaudun pour y encaisser une peine de plusieurs années. Farès les a inscrits aux dix kilomètres de Blois. Il fallait une permission de sortir, la juge a barré ceux qu'elle ne sentait pas, ceux qui risquaient de s'évader, mais les autres se sont retrouvés place de la République avec un dossard sur le ventre, au milieu des *normaux*, des libres. Farès pense à un mec en particulier, jugé pour une grosse affaire. Il s'est échauffé, a tout donné sur le parcours et, après les médailles et la chute d'adrénaline, s'est offert un grec avec sa copine. Juste un grec, près de l'arrivée, avant de rentrer à la prison. Après la gamelle, il s'étirait au pied de son lit, heureux d'avoir senti le vent sur son visage et revu les bords de Loire.

Il fait nuit noire quand on se dit au revoir. Une heure plus tard, Farès me transfère un mail qu'il a envoyé à une psychologue, une certaine Virginie Sternbach.

Madame,

Suite à votre dernière intervention à l'INSEP, je me permets de revenir vers vous par rapport à un athlète de haut niveau que j'ai entraîné par le passé.

Il se trouve que cet athlète est incarcéré depuis maintenant plus de 36 mois au centre pénitentiaire de Réau, en Seine-et-Marne (77), pour plusieurs affaires de vol. Âgé de 32 ans, il est Malien d'origine et père de quatre enfants. Issu d'une famille nombreuse, il a grandi dans une cité populaire près de Montgeron. Dès son plus jeune âge, il a été confronté au vol. Il affirmera qu'il y prenait du plaisir…

Il commença assez tard l'athlétisme, et réussit à obtenir des résultats de très haut niveau lui permettant d'intégrer l'équipe de France. Il mena ainsi une double vie d'athlète le jour et voleur la nuit jusqu'à ce que la justice le rattrape et le condamne à plusieurs reprises.

Il affirme aujourd'hui être un autre homme, et vouloir reprendre le sport. Le problème, c'est qu'il dit tout le temps la même chose…

Je voulais avoir votre avis sur la question. J'imagine que cela ne doit pas être simple, mais du moins, si vous pouviez me donner quelques éléments d'orientation…

La psy répond le lendemain.

Monsieur,

Merci pour votre sollicitation, le cas est intéressant. C'est vrai qu'il est difficile de donner un avis car je manque d'éléments, biographiques notamment, mais il y a des structures psychiques clivées : je suis un champion, j'ai du talent, et par ailleurs je suis un délinquant…

Le passage à l'acte qui consiste à voler n'est que le symptôme d'une souffrance dans sa propre histoire : maltraitance, abandon, je ne sais pas… Mais la posture de prendre du plaisir à voler est à mon avis une forme de déni de l'interdit (il sait qu'il n'a pas le droit de voler). C'est une piste à explorer pour comprendre les lacunes d'une éducation trop laxiste.

Peut-être pourriez-vous aussi réfléchir à l'effet que cela produit sur vous, d'être en face d'un talent qui n'arrive pas à se concrétiser dans le temps. Cela doit être très décourageant. Et il doit être difficile de lui faire confiance. On m'a souvent raconté des histoires de coachs qui allaient chercher leur athlète au commissariat.

Deux possibilités : soit cet athlète se remettra en question dans le travail avec un psy, soit il recommencera. J'espère qu'il parviendra à modifier son parcours. Il a des enfants et doit être un père absent. À mon avis, il répète un schéma (mais encore une fois je peux me tromper, je manque d'éléments).

Bon courage à vous.

Bien cordialement,

Virginie Sternbach

Virginie Sternbach reçoit rue Saint-Lazare, à Paris. Escalier D, cinquième étage sans ascenseur. J'arrive là-haut le cœur battant et les joues sans doute rosies par l'effort, car la première phrase qu'elle prononce après m'avoir indiqué son bureau, c'est : « Voulez-vous un verre d'eau ? »

J'avais peur du sofa. J'avais peur de m'y allonger et devoir attendre l'inspiration en détaillant le plafond. Elle me présente un vieux fauteuil au cuir craquelé, le genre de fauteuil que je mettrais dans une maison de campagne si j'avais une maison de campagne. Ou dans une maison si j'avais une maison. Virginie Sternbach a la quarantaine, c'est une femme brune, très classe, qui a été journaliste avant la psychanalyse. Elle se tient de l'autre côté d'un bureau en bois massif, de style scandinave, mais pas le faux vintage qu'on trouve partout. C'est un bureau sur lequel des enfants de Malmö ont peut-être mangé des spaghettis dans les années 1970. On discute de rien pendant deux minutes et je bascule violemment sur Toumany, réalisant que dans ce genre d'endroit, le temps c'est de l'argent. Elle me coupe pour me demander si je suis sportif de haut niveau.

— Non.

— Mais vous avez voulu le devenir ?

— Euh… oui.

— Dans quel sport ?

— Plutôt le foot.

Elle sourit. Un homme sur deux qui a posé ses fesses dans ce fauteuil a dû, en faisant l'effort de raviver ses souvenirs d'enfance, déterrer ce vieux rêve du joueur de foot professionnel. Pour dédramatiser, j'ajoute :

— Comme beaucoup de gamins, j'y ai cru, et j'ai échoué. Je n'avais pas le talent.

Elle sourit toujours. Je gigote dans le fauteuil. Triture l'accoudoir. Croise et décroise les jambes.

— Racontez-moi, finit-elle par dire, racontez-moi comment vous l'avez rencontré.

Je réponds qu'on a le même âge et qu'on a grandi dans le même coin. Elle hoche la tête d'un air entendu, comme si je venais de prononcer la solution, et me laisse dérouler le reste. Je ne sais comment lui résumer l'histoire, alors je la prends par petits bouts, jusqu'à ce qu'elle dise :

— Ça me fait penser à ce que dit Winnicott du vrai self et du faux self. En l'occurrence, ce Toumany m'a l'air d'être un faux self.

Je n'ai aucune idée de ce que ça peut vouloir dire, mais faux self, ça ne sonne pas comme une qualité, alors je prends sa défense, à Toumany, je raconte qu'il est engagé dans une démarche de sincérité, il m'avoue des choses qui lui font honte, comme cette fois où il a arraché le téléphone d'une fille sur le quai du RER.

— Il ne me semble pas si narcissique que cela, je dis, il n'est ni dans la complainte ni dans l'affabulation.

— Il se met à voler très jeune, vous disiez ?

— Vers cinq ou six ans.

— Il se fait prendre ?

— Rarement. Il compte sur ses jambes. Il vole des consoles de jeu, des vêtements, et parfois on l'attrape pour un pack d'eau ou un tube de dentifrice.

— En tout cas, il passe à l'acte.

— Il se moque de la marchandise. Il volait des CD, par exemple, mais sans jamais les écouter. La dernière fois, il m'a dit : « Si on me demande de citer cinq chanteurs pour être libéré, je reste en prison. J'en suis incapable. » C'est vrai, il ne m'a cité que Diam's et elle ne chante plus depuis 2012.

— Mais il passe à l'acte. Vous voyez, le passage à l'acte, c'est le truc flippant dans le monde d'aujourd'hui. Normalement, si je vois le téléphone de cette fille sur le quai du RER, même si j'ai une échéance grave, je dois avoir une structure psychique qui s'appelle le surmoi, qui fait que je ne passe pas à l'acte. J'en ai très très envie, mais je n'y vais pas car je sais que c'est mal. Le passage à l'acte implique un conflit intérieur qui fait qu'à un moment, c'est plus fort que soi, on ne peut pas se freiner. Le passage à l'acte, c'est le type qui frappe sa femme pour se défouler, dans le sens de calmer ses angoisses intérieures. C'est le suicidaire qui se jette par la fenêtre. Deux secondes plus tôt, il n'y pensait pas, et il y a un retournement, d'un coup la vie est insupportable, il saute.

— Toumany parle plutôt de pulsions. Certains ont parlé de kleptomanie mais je ne crois pas que…

— Ah non, coupe-t-elle, la kleptomanie, c'est un symptôme. Ça s'est posé sur le vol mais ça pourrait se déplacer sur autre chose. Sur la nourriture, par exemple. Le boulimique, vous pouvez lui apprendre à moins manger, il ne va pas s'arrêter. C'est l'angoisse qu'il faut cibler. D'où vient cette angoisse ? Peut-être que la réponse se trouve dans son histoire. S'il venait me voir, je lui poserais la question : Comment on a choisi votre prénom ? Qui l'a choisi ? Et pour quelle raison ?

Ça commençait à me gêner, de parler de lui en son absence.

— Égoïstement, en tant qu'écrivain, ce que je cherche, moi, c'est une fin. J'aimerais qu'il sorte de prison et qu'il reprenne sa vie en main. Je ne suis ni son frère ni son père, mais quand même, ça me ferait chier qu'il rechute.

— Je comprends, dit-elle en hochant la tête.

— Donc j'aimerais que ça s'arrête. Qu'il revienne auprès de sa femme et de ses enfants et que sa libération n'ouvre pas sur un énième cycle de récidive.

— L'insécurité, c'est la vie dehors. Les règles de la prison, même si elles sont ultra-rigides, elles le contiennent. On voit ça souvent à l'adolescence. Si vous volez dix balles dans le porte-monnaie de votre mère, il y a deux attitudes : elle le voit, elle vous engueule et vous punit, privé de sortie, pas de console pendant un mois, etc. L'ado va être rassuré par la punition, il va même être d'accord pour être privé de sortie parce qu'il sait qu'il a fait une connerie. Ça le contient. Mais si la mère s'aperçoit qu'il lui manque dix balles et dit « Oh allez, c'est pas grave, garde-les, mon chéri », en fait c'est pas cool du tout, parce que l'ado s'attendait à la sanction. S'il n'y a pas de sanction, son interprétation c'est « On n'en a rien à foutre de moi, je n'existe pas ».

Je pense à sa mère, qui a toujours dit « Toumany, il a la main qui vole ».

— Voyez, ça, c'est barjot. Une pensée un peu magique, une excuse qui lui permet de ne pas engueuler son fils. C'est vrai, pourquoi aurait-il à répondre des actes commis par sa main ?

Cette question n'appelant pas de réponse, un silence s'installe. Puis elle dit :

— Ce qui est intéressant, en tout cas, c'est cette relation en miroir avec vous.

— On ne se ressemble pas.

— Non, mais vous devriez vous interroger sur les raisons pour lesquelles vous faites ça. Parce que c'est un vrai travail d'accompagnant. Vous aidez l'autre à accoucher de lui-même. C'est presque un travail de psy.

Je hausse les épaules, façon de dire oui, peut-être, si vous voulez.

— Je pense que vous utilisez cette casquette journalistique pour garder de la distance, mais ça doit beaucoup vous remuer, non ? elle demande.

C'est inconfortable de se trouver face à quelqu'un qui donne l'impression de lire en vous avec clairvoyance. À chaque réponse, je m'attends à voir s'étirer un rictus sur son visage tandis qu'elle se dit en elle-même, ah, tiens, vous croyez ça ? ce n'est pas ce que je vois.

— En fait… En fait, il y a un gâchis énorme, je dis.

— Qui vous met en colère ?

— Qui m'interpelle. Ce qui m'a d'abord intéressé chez lui, ce n'est pas qu'il soit champion de France…

— J'avais bien compris.

— … mais c'est ce talent incroyable qu'il a, un talent qui touche une personne sur dix millions peut-être, et encore… et qu'il le gâche pour des conneries. C'est comme s'il avait gagné au Loto et qu'il refusait de valider son ticket. Voyez, si vous êtes championne de France, de n'importe quoi, d'échecs, de curling, de fléchettes, le soir même vous allez au restaurant, vous buvez un coup, vous fêtez l'événement. Lui, il cambriole une boutique de téléphones portables. Il doit y avoir une raison. Je la cherche. J'aimerais comprendre. Si je comprends, il comprendra aussi, et peut-être qu'il évitera la rechute.

— Le problème, c'est que vous plaquez sur l'autre des éléments qui n'ont rien à voir, elle dit. Champion de France et cambriolage, vous pouvez chercher une logique, vous n'en trouverez aucune, parce que vous raisonnez avec votre psychisme à vous. Les gens font parfois des choses qui nous échappent. J'ai un patient très précoce qui a réussi médecine et qui, malgré les espoirs de ses parents, ne s'est jamais présenté en deuxième année. Aujourd'hui il est garçon de café et il est très heureux. Ce n'est pas parce que vous avez du talent que vous allez au bout de ce talent.

Cela me paraît soudain très vrai, et je pense à Ayoub, un ami avec un talent incroyable. Ayoub habitait Les Aunettes, une cité d'Évry, et sans effort il avait eu 20 en maths au bac S. C'était en 2007. Il avait été accepté en maths sup dans l'une des meilleures prépas de Paris, une école du 16ᵉ, et je serais bien incapable d'expliquer pourquoi ça n'a pas marché mais il a indéniablement glissé, empilant les premières années de différents cursus comme si cela n'avait pas d'importance. Quand on commençait à gagner nos vies, il naviguait encore dans ce qu'on appelle « les études », et pour éviter de le coincer quand on le croisait pour un foot ou un anniversaire, on le questionnait sur ce qu'il aimait le plus au monde, l'escalade. Ayoub pouvait passer une semaine les mains dans la magnésie, à s'abîmer les ongles sur une paroi. C'était son truc, il était doué là-dedans. Quand je pense à lui, je me souviens d'un bar irlandais à Paris, le soir de la demi-finale de l'Euro 2016, France-Allemagne. Ayoub est du genre injoignable, s'il n'a pas perdu son portable c'est qu'il n'a plus de batterie. Ce soir-là, par miracle, il était venu, avec sa coupe afro et son grand sourire, et, comme tout le monde dans ce bar, il avait bu pinte sur pinte jusqu'à ce que les Bleus l'emportent. Les tee-shirts imbibés de bière, on s'était laissés porter par la foule qui remplissait le boulevard. On chantait, on s'embrassait, on arrêtait les voitures. Il devait bien y avoir mille personnes à cet endroit quand Ayoub, complètement bourré, eut l'idée d'escalader un candélabre. Il atteignit le sommet avec une agilité parfaite, animale, sans jamais donner l'impression de forcer, et une fois là-haut il se laissa pendre à une main pour, de l'autre, lancer la ola. Les gens le filmaient. « Putain, s'il glisse, il est mort », a dit un mec à côté de moi. Mais Ayoub savait qu'il ne glisserait pas. Il riait. C'est la dernière fois que je l'ai vu.

— Vous savez, je finis par dire, la première question que je lui ai posée, c'était de savoir s'il s'entraînait toujours. C'est ce qui m'a séduit : la belle histoire de l'athlète au fond du trou, qui cravache dans l'ombre et revient prendre sa revanche sur le monde. Si je suis honnête, je crois que c'est ce que j'étais venu chercher.

— Vous lui avez demandé pourquoi il court?

— Oui, il m'a rendu une dissertation qu'il a intitulée « Qui suis-je? »

Elle s'exclame :

— C'est ça ! Qui suis-je ? Il doit trouver une réponse. Parce qu'il n'a pas été regardé, il cherche, et s'il trouve qui il est, il saura qui il veut devenir.

À ce stade de l'entretien, je n'arrivais plus à penser à rien. Je me suis demandé si elle allait me faire payer.

— Je la trouve très intéressante, cette relation que vous avez, elle dit. Toumany a une sincérité, et il chemine, comme avec un psy.

— La différence, c'est que le psy n'a pas vocation à écrire l'histoire.

— C'est vrai. Le psy garde l'histoire pour lui. Écoutez, j'ai un patient qui arrive, je vous laisse ma carte.

J'avais acheté mon livre, *Sale Gosse*, à la Fnac, cinq minutes avant le rendez-vous, je l'ai laissé en cadeau sur le bureau et elle m'a raccompagné. Alors qu'on s'était dit au revoir et que j'étais déjà dans les escaliers, elle m'a lancé :

— Et surtout, protégez-vous !

Je me suis retourné.

— Qu'est-ce que ça veut dire, « protégez-vous » ?

— Demandez-vous pourquoi vous faites tout ça.

J'ai dit merci et je suis parti.

Le soir même, je suis monté dans la ligne 4 et j'ai attendu le terminus pour ensuite marcher un kilomètre sous la pluie jusqu'à l'école de Léa, ma petite sœur. C'était sa remise de diplôme. On s'est retrouvés dans un bar portugais avec Juliette, mon autre petite sœur, pour tous les trois boire une coupe de champagne, puis on a rejoint un amphi où des jeunes en costume et des filles trop maquillées se serraient en attendant que ça commence, écrasés par une techno assourdissante. Là, mon téléphone a sonné, et sur l'écran s'est affiché le nom de la psy de Toumany, celle qui le reçoit de temps en temps à Réau. J'avais retenu son nom au milieu d'une conversation, j'avais trouvé son cabinet, j'avais composé le numéro par réflexe, et alors que ça sonnait dans le vide, je m'étais dit, t'es con, elle est soumise au secret professionnel, elle pourra rien te dire. J'avais raccroché sans laisser de message.

Je me suis levé, abandonnant mes sœurs, et me suis isolé dans le hall de l'école.

— Vous m'avez appelée ? a demandé la voix.

J'ai l'habitude d'embobiner les gens au téléphone. J'avais à peine commencé qu'elle m'a coupé :

— C'est vous qui voyez Toumany au parloir ?

Y avait pas lieu de mentir.

— Oui, c'est moi.

— Vous tombez bien. Je me demandais ce que vous faisiez avec lui. Vous êtes journaliste, c'est ça? Pourquoi vous allez le voir? À quoi ça vous sert?

J'étais en mauvaise posture.

— Vous êtes journaliste pour qui d'ailleurs? Vous avez fini vos études? Vous êtes salarié? Pigiste?

Je me suis senti légèrement insulté quand elle émit l'idée que j'allais peut-être encore à l'école. J'ai répondu sur un ton un peu trop défensif, comme quoi ça faisait quand même dix ans que je travaillais, que j'étais un gars sérieux et qu'il était pas bien compliqué de le vérifier, il suffisait de taper mon nom sur Internet. Je crois avoir employé la formule «journaliste indépendant», qui faisait un peu plus chevaleresque que romancier ascendant chômeur. Elle s'en foutait royalement.

— Vous allez faire quoi de tout ça? Toumany, il est au courant?

La meilleure défense étant de dire la vérité, j'ai répondu:

— Je ne sais pas ce que je vais en faire, de tout ça. Je n'écrirai pas d'article dans la presse, cela ne m'intéresse pas. Cela ne peut être qu'un livre, fondé sur un principe de sincérité vis-à-vis du lecteur, un livre dans lequel le narrateur poserait ses tripes sur la table, un narrateur qui dirait je et qui raconterait une relation, pas une histoire en surplomb.

Elle se détendit un peu.

— Qu'est-ce qui vous intéresse là-dedans ?

Je lui avouai que j'étais arrivé en journaliste, mais la relation était maintenant plus forte que celle qui lie d'ordinaire un reporter à son sujet.

— Je ne joue pas de jeu avec lui, je dis. C'est sincère. Je sais qu'on restera amis bien après la prison.

Ça me semblait évident. Elle acquiesça, posa d'autres questions, et plus cet entretien s'éternisait, plus je regrettais d'avoir cherché à savoir qui était cette femme. Après trente minutes à tourner en rond au milieu des étudiants et de leurs cravates affreuses, je me disais qu'il ne menait nulle part, ce coup de fil, que je devrais raccrocher, mais elle était lancée :

— Je vais demander à Toumany s'il est d'accord pour que je vous parle. Moi, ça me pose un problème de confidentialité, je ne dois pas parler à un tiers de ce qu'on me confie dans le secret de la consultation, et encore moins aux familles. Là, vous êtes une famille qui me parle, vous avez un parloir famille donc, depuis tout à l'heure, j'enfreins le règlement.

J'aurais pu lui rétorquer que c'était elle qui m'appelait, que je m'étais contenté de composer son numéro et d'écouter les bips, mais le truc m'échappait. Au bout d'un moment, elle m'a lancé :

— Si je peux me permettre, protégez-vous.

J'ai pensé très fort, merde, j'avais jamais reçu autant de conseils en une seule journée ! mais à la place j'ai soufflé :

— Vous avez peut-être raison, après tout, c'est vous la psy, je devrais me protéger.

J'ai raccroché en lui disant merci et j'ai rejoint la salle, qui baignait toujours dans une musique atroce. Il fallait se crier à l'oreille pour s'entendre. Ma sœur n'allait pas tarder à monter sur scène avec sa promo, mais avant ça le directeur prononça un discours dans lequel il rendit hommage à une élève qui s'était pendue au cours de l'année. J'étais gêné. Elle m'avait perturbé, cette psy, et ça devait se voir. Ma sœur m'a demandé si ça allait, j'ai répondu « Oui, oui », et j'ai souri en me forçant. Je me sentais coupable mais je ne savais pas de quoi.

C'était un vendredi, il était 10 heures, j'ai composé le numéro de la prison pour réserver le parloir du mercredi suivant et une voix m'a dit :

— Vous en avez déjà un demain, n'oubliez pas.

— Oui, oui, j'y serai.

— Très bien, c'est noté pour mercredi alors, bonne journée.

Cette voix, je la reconnaissais, c'était celle d'une Antillaise très apprêtée, perchée sur des talons de quinze centimètres, avec de longues tresses qui lui tombent au milieu du dos. Elle porte un maquillage soigné et, même le dimanche, quand vous arrivez dans l'aube encore noire, elle sautille sur ses escarpins, les yeux agrandis par des cils interminables, vous donnant l'impression qu'elle est à fond depuis des heures.

Après ce coup de fil, je suis allé déjeuner avec un ami d'enfance, un mec de Ris-Orangis qui, à cause de son boulot dans le 16e arrondissement, m'avait donné rendez-vous dans un bistrot près de la tour Eiffel. Sans surprise, nos voisins de table étaient des quinquagénaires aux pommettes rendues saillantes par l'abus de chirurgie et des vieillards qui serrent la main du patron, posent leur chapeau à l'entrée et sont accompagnés à une table absolument quelconque mais qui, à force d'habitude, est devenue la leur. La serveuse s'est avancée près de mon voisin et lui a hurlé : « Aujourd'hui, monsieur Guignard, en suggestion on a une souris d'agneau ! » Le vieil homme a marmonné quelque chose d'inintelligible et, en revenant vers le comptoir, la fille a lancé au barman : « Une souris et l'apéritif de monsieur Guignard, Martini rouge comme d'habitude. » Pour vous donner une idée du quartier, l'entrée la moins chère était à 12 euros. En quittant cet endroit, j'ai repris mon téléphone et découvert que j'avais reçu un mail inquiétant.

Objet : permis de visite de M. Coulibaly Toumany

Vous le sentez, quand un courrier charrie une mauvaise nouvelle. En général sur l'enveloppe il y a le tampon des impôts, de la banque ou de votre assurance après un accident de voiture. J'ai ouvert le mail.

Monsieur,

Je vous informe que votre permis de visite en faveur de Monsieur COULIBALY Toumany est suspendu ce jour.

Par conséquent, votre rendez-vous parloir est annulé. Un courrier vous expliquant les raisons suivra par la Poste.

Bien cordialement.

Bureau de liaison interne et externe (BLIE)
CP Sud-Francilien
Le Plessis-Picard
77558 MOISSY-CRAMAYEL Cedex

J'ai rappelé la prison sur-le-champ. Une dame m'a dit :

— Ah, la suspension de permis, c'est qu'il y a eu un incident. On ne suspend par un permis pour le plaisir, hein, c'est pas la loterie !

J'ai demandé à parler à un responsable. Qui avait rédigé ce mail ? Y avait qui, bordel, derrière ce « Bureau de liaison interne et externe » ? On m'a redirigé vers un homme très agacé, qui m'a lancé d'une voix de militaire :

— Le collègue est occupé, rappelez plus tard !

Au bout d'une demi-heure, je suis parvenu à joindre une femme à la voix sûre, une voix qui avait de l'aplomb, une voix qui connaissait le dossier.

— Votre cas a été tranché ce jour à midi pile, elle dit. Le courrier vous expliquant les raisons sera posté lundi, vous le recevrez dans la foulée. Un courrier recommandé, oui. À la troisième page, vous aurez de la place pour le contradictoire.

— Mais quand même, vous avez bien une idée de la raison…

— Madame la directrice a décidé de suspendre votre permis après avoir pris connaissance d'une information. Vous avez dix jours pour contester.

Merde. La psy. Je voyais personne d'autre. J'avais joué cartes sur table et elle m'avait balancé. Elle a fini par me le confirmer elle-même. Par texto.

« Bonjour Mathieu, Ayant fait part de notre échange téléphonique à ma direction au regard de mes obligations éthiques de loyauté et de transparence, la décision a été prise de suspendre votre PV. J'en ai tenu informé M. Coulibaly de vive voix. J'ai bien reçu votre ouvrage, je vous en remercie et vous lirai avec attention. »

Je me suis senti très con de lui avoir envoyé mon livre.

Heureusement, Toumany avait son portable.

« Ils auraient pu me demander mon avis avant de suspendre, écrit-il. Mais si tu expliques bien à la directrice, elle revalidera ton permis. J'ai aucun doute sur toi, vraiment zéro doute, au contraire, ça m'aide à devenir meilleur, à évacuer les choses en moi. »

Quand même, tout ça me mettait super mal. Je pouvais pas jouer le naïf, je savais depuis le début que je prenais un risque. J'ai reçu le courrier de la directrice, je l'ai renvoyé avec une tartine de contestations, et j'ai attendu.

Quelques jours plus tard, alors qu'on était dans le tram à regarder en silence les embouteillages sur les maréchaux, un ami m'a questionné sur Nico Walker, un auteur américain dont j'avais rédigé le portrait dans la presse. Walker est un enfant paumé de l'Ohio qui s'engage dans l'armée parce qu'il a dix-huit ans et qu'il ne sait pas quoi faire. On l'envoie en Irak, il sert onze mois comme *medic*, le soldat en première ligne qui file de la morphine aux blessés et regarde une dernière fois dans les yeux ceux qui ne seront pas sauvés. Après deux cent cinquante missions de combat, Walker rentre chez lui, à Cleveland. Il a sept médailles sur le torse et un stress post-traumatique qui lui file des hallucinations. Au début, les fantômes viennent la nuit. Puis il les voit en plein jour, alors plutôt que de se tirer une balle dans la bouche, il se vautre dans la came. Des opiacés antidouleur, d'abord, puis de la meth et, très vite, de l'héroïne. Walker est tombé si bas qu'il lui fallait chaque jour jeter 200 dollars de came dans une petite cuillère pour repousser le manque. Du coup, il s'est mis à braquer des banques. Il en a fait dix en quatre mois avant d'être arrêté. Son livre, *Cherry*, est un chef-d'œuvre, je n'ai pas d'autre mot pour le décrire. Quand je lui parlais au téléphone, il était encore au fond d'un pénitencier de l'État du Kentucky. Je racontais tout ça, la lucidité de Walker et sa fragilité qui transpirait derrière chaque mot des mails à rallonge qu'il m'envoyait tous les deux jours, quand mon pote m'a rétorqué : « Encore une histoire de prison… Mais quand est-ce que tu vas te décider à te faire coffrer ? Pour de bon, je veux dire. »

C'était une boutade mais j'ai quand même été touché. Je n'ai pas su quoi répondre. J'ai repensé à ce que m'avaient dit les psys, chacune de son côté : « Protégez-vous. Et demandez-vous pourquoi vous faites tout ça. »

Pourquoi je fais tout ça ?

En tant que journaliste, on évite de se poser la question. Pourquoi on décide de partir sur tel sujet plutôt que tel autre ? Demandez à un confrère, il y a toutes les chances pour qu'il ait un geste d'épaules, genre « Tu m'emmerdes avec tes questions, je bosse là-dessus parce que c'est l'actu ». Mais la vérité, c'est qu'en dehors de l'actu, qui s'impose à nous, qui nous tombe dessus avec autorité, on retravaille toujours le même sujet. Moi, c'est la prison, c'est vrai. Et je crois savoir pourquoi.

Ça commence en 2001. J'ai douze ans, je suis en vacances avec mes parents à Grand-Brassac, un village dans le Périgord, et j'ai pris l'habitude au réveil d'aller chercher le pain et les croissants à la boulangerie, qui fait aussi bistrot et magasin général. C'est le seul commerce à la ronde. On peut y acheter en même temps cinq litres d'huile de moteur, des piles, des bonbons, du pain de seigle, une tarte aux prunes, un Ricard, du jambon à la coupe, et donc, les croissants et le seul journal qui arrive jusqu'ici : *Sud Ouest*.

Je ne le lis pas car les pages sport ne parlent que des Girondins de Bordeaux, mais mon père prend plaisir à s'énerver sur l'édito avant de poursuivre en silence vers les pages politiques. Au bout d'une demi-heure, il le laisse traîner sur la table, ouvert aux pages locales, celles qui sont pleines de photos d'enfants aux sourires édentés qui se tiennent gauchement devant l'objectif, une coupe dans les mains après avoir remporté un tournoi de ping-pong ou le concours de la dictée de Montagrier.

Je préfère la télé.

On ne capte que trois chaînes à Grand-Brassac : TF1, France 2 et France 3. Avec un décodeur, vous pouvez choper Canal, mais le reste, vous oubliez. Ce matin-là, j'étais concentré sur les dessins animés quand mon père s'est levé de sa chaise et m'a planté son journal devant les yeux.

— Oh ! Je regarde un truc là ! j'ai gueulé, mais il n'a pas bronché.

— Qu'est-ce que tu vois ? il a demandé.

Le titre disait « Arrêtés », ou « Coup de filet », quelque chose comme ça. Le sujet, c'était l'interpellation dans le Gers de membres de l'organisation basque ETA. Les photos des militants s'étalaient comme les vignettes Panini des joueurs de foot. Elles étaient en noir et blanc. Mauvaise définition de l'image, encre qui bave, on voyait assez mal les traits du visage.

— Tu reconnais quelqu'un ? a insisté mon père.

Il y avait un ton dans sa voix, comme s'il était arrivé quelque chose de grave. J'ai su d'instinct que ce journal, c'était pas une bonne nouvelle. J'ai détaillé les visages à nouveau, et je l'ai vue. Je l'ai reconnue. En légende, il y avait son nom : « Lorentxa Beyrie, 25 ans ». J'ai posé mon doigt sur sa photo.

— Elle, oui, je la reconnais.

Il a acquiescé en silence et m'a dit :

— Voilà. Elle a été arrêtée.

J'ai treize ans d'écart avec Lorentxa. Elle est née en 1975 à Bayonne et moi en 1988 à Évry. Nos chemins n'auraient jamais dû se croiser, mais il arrive que des amitiés naissent entre des gens qui n'ont a priori aucune chance de s'aimer. C'est ce qui est arrivé à mes parents avec une famille basque militant pour la réunification de son pays : les sept provinces, sans distinction de frontière française ou espagnole. C'était les années 1980. Mon père préparait un long périple en voiture qui devait passer par tous les pays d'Afrique, sauf ceux qui semblaient déjà trop dangereux, comme le Nigeria et la Somalie, et, pour endurer la rudesse du voyage – l'objectif principal était la traversée du Sahara –, il avait organisé avec des amis une sorte de stage dans les Pyrénées. De la marche en autonomie, avec ce qu'il faut dans les sacs pour survivre : tente, réchaud, alcool, pâté, sardines, saucisson… C'est ainsi qu'il fit la rencontre d'un couple de montagnards, Roger et Hélène, des Basques qui, après plusieurs jours en altitude, lui proposèrent de passer à la maison boire un verre. De ce que j'en sais, mon père devait reprendre l'A10 en direction de Paris le surlendemain, et trois semaines plus tard il était encore chez eux, à boire, manger, chanter et jouer de la guitare. Il m'arrive de me demander ce qu'ont bien pu se dire pendant tout ce temps un couple de Basques et un mec de banlieue qui ne savait rien de leur lutte. L'alcool a dû aider. Quoi qu'il en soit, ils ne se sont plus quittés.

Après les années d'Afrique, mon père a repris son poste d'éducateur au ministère de la Justice. Ma mère était institutrice. Ils avaient de petits salaires mais l'intégralité des vacances scolaires, et chaque fois c'était la même chose, on s'entassait dans la R21 Nevada et on traçait vers Bayonne pour retrouver ces gens qui ne nous ressemblaient pas, mais étaient devenus si proches qu'un jour ma mère nous annonça, à mes sœurs et à moi : « S'il nous arrive quelque chose, un accident de la route, n'importe quoi, c'est chez eux que vous irez. » À la retraite, mes parents ont fait ce qu'ils avaient dit qu'ils feraient. Seulement propriétaires de leur voiture, ils louent une maison à cinq kilomètres de celle de Roger et Hélène, dans ce Pays basque intérieur où l'on peut lire sur la pierre des cris de colère appelant à l'amnistie et au rapatriement des prisonniers.

La mémoire choisit ce qu'elle garde du passé. J'ai du mal à me souvenir de Lorentxa avant la prison. J'ai des flashs, une sortie en montagne, un sourire à table. Son histoire est celle d'une fille née dans une famille tout à fait normale, qui va à l'ikastola, l'école basque, apprend l'euskara, la langue, et grandit dans les années 1980 au rythme des attentats du GAL. À l'époque, le groupe d'extrême droite multiplie les assassinats de militants : Ciboure, Bayonne, Hendaye, Saint-Jean-de-Luz... une trentaine de meurtres en moins de quatre ans. Quand ETA décide d'une trêve unilatérale, en 1998, Lorentxa a vingt-trois ans. C'est une étudiante brillante, diplômée en ethnologie, qui passe une maîtrise d'anthropologie à la fac de Bordeaux. C'est une femme de gauche. Je veux dire, *réellement* de gauche, qui souffre de voir son peuple méprisé et admire ceux qui savent qu'il existe des causes plus grandes que soi. Elle s'implique dans le processus de paix, elle est de toutes les manifestations. Mais après l'échec des négociations et la reprise des attentats, elle réunit Beñat et Janine, ses parents, dans la cuisine et, en cinq minutes, leur annonce qu'elle s'en va.

Ensuite, c'est le silence. Aux questions – « Et Lorentxa, ça fait longtemps, elle devient quoi ? » – Janine répond « Elle est partie ». Son petit frère, Xan, a dix ans, le sourire facile et des mèches décolorées dans les cheveux. À la maison, il dit « Ma sœur, c'est un renard, ils ne l'attraperont pas ». Avec Andde, son cousin, dont j'ai parlé un peu plus haut, on passe l'été tous les trois, à jouer au foot, à la pelote, à faire des bombes dans le bassin de la piscine municipale, à s'endormir devant le Tour de France, et quand un adulte accepte de nous trimballer en voiture, on pousse jusqu'au Baztan, le torrent plein de truites qui descend de la frontière. J'ai un an de plus qu'eux mais ils sont politiquement très en avance sur moi. J'en prends conscience une nuit d'anniversaire passée autour d'un feu, à les écouter, eux et une quinzaine d'autres gamins sur le point d'entrer en sixième, débattre de la torture pratiquée *de l'autre côté* par la Guardia Civil. Chaque fois qu'un garçon ou une fille prend la parole en euskara, Andde intervient : « *Frantsesez hitz egin mathieu-rentzat* – Parle français pour Mathieu. » Je suis envoyé là-bas chaque année en juillet, seul, « chez les Basques », comme en colonie de vacances. Puis ce sont eux, Xan et Andde, qui viennent en pension complète chez mes parents. On vit en short à Grand-Brassac, on se fait peur dans les cimetières, on saute dans la Dronne, on avale des kilos de Snickers glacés, on joue au tennis, on apprend à griller des saucisses, on transpire en forêt sur des VTT, on envisage des filles qu'on n'aborde jamais. On grandit.

Le 12 décembre 2001, à Cambo, il fait moins deux degrés, une pellicule de neige glacée recouvre les champs devant la maison. Le téléphone sonne. Janine est soulagée car elle pense, elle est vivante, je vais la revoir, je vais pouvoir l'embrasser, et de son côté Lorentxa pense la même chose, dans quelques heures, quelques jours peut-être, après la garde à vue et les interrogatoires, je pourrai les voir, les serrer dans mes bras. Le lendemain, Janine a rendez-vous chez le coiffeur. Le journal, celui que mon père m'a collé sous le nez, est ouvert sur la table basse. Le titre s'étale en lettres grasses: « Une Française dans l'ETA ». Un murmure parcourt le salon. La tête haute, Janine s'exclame: « D'abord elle n'est pas française. Ensuite, c'est ma fille. » Puis, s'adressant à la patronne, elle ajoute:

— Patricia, je comprendrais si vous me demandiez de ne plus fréquenter votre établissement.

— Janine, je serais fière, et honorée, de vous compter parmi mes clientes, répond la coiffeuse.

Lorentxa a été incarcérée au quartier des femmes de Fleury-Mérogis, juste à côté de chez moi, et notre appartement est devenu un pied-à-terre pour les proches qui se succédaient au parloir. Ils s'y arrêtaient après les 900 kilomètres d'autoroute pour manger un morceau, boire un café, souffler une heure sur le canapé avant de repartir dans le stress, vais-je être à l'heure à la fouille, pour mon bus, mon train, mon avion. J'ai vécu ça en tant que témoin, tout à la fois proche et extrêmement loin, sans jamais entendre sa voix, à Lorentxa, sans savoir si ce qu'elle vivait était supportable, si elle tenait le coup, si elle avait le moral. Les années ont passé. Les procès se sont succédé. Pour avoir compté dans les rangs d'une organisation considérée comme terroriste, elle a été condamnée par la France à trente-deux ans de réclusion. Une peine ramenée plus tard à vingt-sept ans.

Dehors, la vie a continué, et à l'été 2009, alors que je venais d'être admis en école de journalisme, j'ai appris que Xan avait été arrêté avec les trois colocataires de son appartement à Bilbao. « Association de malfaiteurs en lien avec une entreprise terroriste. » Incarcéré lui aussi à Fleury, il a fait dix mois là-bas.

J'aimerais imaginer ce que cela implique comme souffrance de passer ses vingt ans en captivité, mais je ne peux pas car cette année-là je suis parti en vacances, j'ai couru, j'ai nagé, j'ai fait la fête, j'ai rencontré des filles, j'ai pris des cuites, j'ai joué au foot, j'ai ri, j'ai chanté. Il m'est impossible d'imaginer.

En dernière année d'école, les profs nous avaient donné deux semaines pour réaliser une enquête sur le secteur de l'agriculture. J'avais entendu parler d'une vague histoire d'Ukrainiens qui se faisaient embaucher à des salaires de misère pour ramasser nos asperges landaises. J'ai lancé l'idée à un ami, Franck, il m'a dit banco sans poser trop de questions, et ensemble on a roulé droit vers le Sud-Ouest en se disant qu'au pire, si ça faisait un bide, on profiterait de ce temps pour prendre des vacances. Sur place, on s'est vite rendu compte qu'il n'y avait pas l'ombre d'un Ukrainien mais toute une diaspora d'Équatoriens livrés clés en main dans les champs par des sociétés espagnoles qui leur confisquaient leurs passeports et les réduisaient, à peu de choses près, en esclavage. Ça nous a vachement excités d'être les premiers sur le coup. On passait nos journées sur la route, à courir d'une exploitation à une autre, à multiplier les entretiens, je crois que c'est la première fois qu'on s'est vraiment sentis journalistes. Un soir, après une longue interview chez une agricultrice qui nous avait dit tout le bien qu'elle pensait de sa main-d'œuvre étrangère, je me suis arrêté au milieu de nulle part, entre Mont-de-Marsan et Biscarrosse. Je suis descendu de voiture, j'ai pissé dans le fossé, et au moment de remettre le contact, j'ai remarqué un machin noir, comme une toute petite enceinte coincée au niveau du pare-soleil. J'ai d'abord pensé, tiens, un haut-parleur.

— T'as vu ce truc ? Y a le même de ton côté ? j'ai demandé à Franck qui somnolait sur le siège passager.

— Hum... nan, rien ici, il a dit.

Puis, en regardant de plus près, il s'est rendu compte qu'un cache en plastique avait été déboîté. À force de le triturer, le petit haut-parleur s'est décroché du pare-soleil. Il était relié à un fil qui disparaissait dans le toit. J'ai tiré le fil. Il courait en longeant le pare-brise, passait au-dessus du rétroviseur central et descendait vers la boîte à gants pour continuer sa route sous nos pieds, quelque part entre le châssis et le moteur. J'ai tiré tout ce que je pouvais. On s'est regardés. On était seuls dans la nuit au bord d'une langue de bitume qui fendait la forêt de pins. J'avais trois mètres de fil dans la main et ce qui était de toute évidence un micro. On a ouvert le capot à la recherche de l'émetteur, ou du récepteur, en tout cas de ce qui devait ressembler à un boîtier. On n'a rien trouvé. J'ai coupé le fil à sa base avec un petit couteau et on a roulé droit au Pays basque, chez Roger, Hélène et Andde. Franck ne les connaissait pas. J'ai trouvé la maison ouverte, comme d'habitude. On a attendu dans le salon qu'ils rentrent du boulot et, au dîner, après quelques verres, je me suis décidé à leur montrer le micro. Ils l'ont jaugé un instant, et Roger a dit en haussant les épaules : « Je ne suis pas surpris. Ils ne se gênent pas pour entrer dans les bagnoles. »

Les mois qui ont suivi, j'ai souvent parlé tout haut, seul au volant, en m'adressant à ceux que j'imaginais comme dans *The Wire*, des flics avec un casque sur les oreilles et un carnet devant les yeux, en train de gratter des kilomètres de notes. Je leur lançais : « Oh ! les RG, vous perdez votre temps, tout ce que vous entendrez ici, c'est du rap français ! » Je n'ai jamais eu de réponse, et un jour j'ai revendu la voiture. Je n'ai rien dit à l'acheteur et il est fort probable que ce vieux break Mercedes roule encore avec son corps étranger. Je n'ai jamais su pourquoi j'avais été mis sur écoute. Personne ne m'a convoqué pour me dire « Bon, voilà, le micro que tu as coupé, c'était nous, on cherchait un truc, on s'est trompés, désolé». J'imagine que je dois continuer de faire comme s'il ne s'était rien passé.

Ensuite, je suis entré à *Libération*, comme stagiaire, puis en CDD, et comme le journal tirait déjà bien la langue, on m'a fait comprendre que j'allais devenir pigiste. J'avais encore le droit de traîner dans les couloirs mais, pour être publié, il fallait que je vende mes articles au plus offrant – en réalité à celui qui disait oui –, et je passais donc mon temps à harceler tel ou tel chef de service pour qu'il accepte de me prendre une page sur un sujet qui m'avait demandé des semaines d'enquête. C'était épuisant. Pas d'enquêter, mais j'avais l'impression de faire la pute au bureau, toujours à quémander à ceux qui avaient le pouvoir de dire si une idée valait le coup, et tout ça pour quoi ? Quelques centaines d'euros à la fin du mois. C'était à la fois hyper formateur et totalement désespérant. J'ai compris que *Libé* n'allait pas suffire à payer mon loyer et je me suis mis en quête de « nouvelles collaborations », comme on dit. J'avais vingt-trois ans. Lorentxa, trente-six. Je savais qu'elle voulait devenir maman. Son compagnon étant incarcéré en Espagne, à des milliers de kilomètres, elle demandait à bénéficier d'une assistance médicale à la procréation, ce qui suscita suffisamment de remous dans l'administration pénitentiaire pour qu'on saisisse l'Académie de médecine. La question était presque philosophique : en tant que femme incarcérée, a-t-elle le droit de faire un enfant ? Depuis leurs jolis appartements de la rue Bonaparte, dans le 6e arrondissement de Paris, les membres de l'académie s'écharpaient sur le sens de la peine.

— C'est d'abord une sanction ! Accorder la fécondation in vitro à des prisonniers va choquer l'opinion publique.

— C'est une préparation à la réinsertion. La prison doit imposer une limitation de mouvement, pas l'interdiction de bâtir sa vie future ni de fonder une famille. Un prisonnier a bien le droit de se marier…

J'appris alors qu'une femme pouvait donner la vie en prison et rester en cellule avec son bébé jusqu'à ses dix-huit mois. Je fis une demande de reportage et, quelques mois plus tard, j'étais à Rennes, devant le plus grand centre de détention pour femmes. C'était ma première fois en prison et ça ne collait pas avec l'image que je m'en faisais. Il n'y avait pas de mirador, et le bâtiment en hexagone me faisait penser à un couvent, ou à un hôpital psychiatrique : il y avait un jardin dans la cour intérieure, très fleuri, avec une fontaine en son cœur et une rangée d'arbres, des pommiers, je crois, en guise d'encadrement. La nurserie se trouvait dans une aile spéciale. Ses cinq cellules étaient occupées par de très jeunes femmes – la plus âgée n'avait pas vingt-cinq ans – et leurs enfants. Il y en avait un qui ne savait pas se retourner, il gigotait sur la table à langer, inconscient des lieux, des barreaux et de ce qu'avait bien pu faire sa mère pour se retrouver dans cet endroit qui restait sinistre, malgré les fleurs et les efforts de décoration. Un autre se traînait à quatre pattes pour fuir les bras d'une puéricultrice, et un autre encore, peut-être était-ce une petite fille, venait d'apprendre à marcher. Je me souviens avoir pensé, ces mères doivent redouter de voir leurs enfants grandir car chaque progrès est un pas de plus vers la séparation. Au bout d'un an et demi, les mômes s'en vont découvrir *la vraie vie*.

Je n'avais pas conscience de ce que je faisais. La prison me fascinait parce que j'en ignorais tout et, naïf comme on l'est quand on commence dans ce métier, j'imaginais qu'à force de creuser, j'allais finir par me trouver une injustice à dénoncer. Je rêvais du détenu parfait, celui qui a été condamné à tort. Je devais le chercher, je suppose, car, juste après ce reportage en nurserie, j'ai entendu parler d'un boxeur américain, Dewey Bozella, qui venait d'être libéré après avoir passé vingt-six ans dans une cellule de la prison de Sing Sing, au nord de New York, pour un meurtre qu'il n'avait pas commis. *Libération* a refusé de m'envoyer – « Trop cher. Tu peux pas faire son portrait au téléphone ? » –, alors je suis allé voir la revue *XXI*, née sur la promesse d'envoyer des journalistes sur le terrain et de leur laisser le temps suffisant pour avoir des histoires à raconter. Le rédacteur en chef, Patrick de Saint-Exupéry, m'a donné rendez-vous dans un petit bureau qui puait le tabac froid et, pendant plus d'une heure, m'a cuisiné en fumant clope sur clope, se demandant à haute voix si c'était une bonne idée de faire confiance à un gamin comme moi. À la fin, il m'a dit « Vas-y, prends les billets, je m'engage à te les rembourser », et comme ça, je suis monté dans un avion pour New York.

Dewey, son histoire est celle d'un enfant né noir à Brooklyn en 1960, dans une famille rongée par la misère et la violence. Quand il a neuf ans, son père tue sa mère à coups de poing, et les onze mômes sont dispersés par les services sociaux. Dewey atterrit dans le Queens. Il se met à fumer, à boire, à s'embrouiller avec les caïds du quartier. À quinze ans, il porte la moustache et la coupe afro, vole des voitures, deale de l'herbe et ne va plus à l'école. Pas de parents, pas d'attaches. Un jour, il colle une droite à un mec. Le soir, le type revient et, à défaut de trouver Dewey, plante une lame dans l'estomac de son frère, Ernie. Nous sommes en 1975. Dewey grimpe dans un train et s'enfuit dans le nord de l'État, chez son grand frère Tony, parti vivre dans un patelin sans charme au nom étrange et un peu indien : Poughkeepsie. En le trouvant devant sa porte, Tony le prévient : « Tu retournes à l'école ou tu te trouves un job. »

À ce moment-là, une femme blanche de quatre-vingt-douze ans est assassinée. Le meurtrier a pris son temps. Emma Crapser a été frappée, saucissonnée et torturée. Des chaussettes obstruaient le fond de sa gorge. Sans piste et acculée par la presse, la police se hâte de rafler les petites frappes qu'elle reconnaît dans la rue. Dewey fait vingt-huit jours de garde à vue – contre les soixante-douze heures légales – et, à sa sortie, le procureur clame qu'il tient son homme : « Nous avons juste besoin de plus de preuves. »

Le mois de cellule l'a marqué. Il s'inscrit en remise à niveau dans un *community college* et pousse les portes d'une salle de boxe. Il ne sait pas se battre, il se contente de mouliner comme un enragé, mais il a un champion olympique comme professeur. Floyd Patterson lui enseigne la discipline, le respect des horaires et lui montre comment tenir un round malgré la cigarette qui serre les poumons après trois crochets. Patterson sait ce que c'est que d'avoir manqué de chance. Il vient lui-même d'une fratrie de onze et ne savait pas lire à son entrée au collège. Dewey progresse. Les anciens, ces vieux boxeurs qui traînent jusqu'à leur dernier souffle autour des rings avec leurs pattes folles et leurs cicatrices en carte de visite, pensent qu'il a dans les tripes de quoi faire une carrière. Malheureusement, le procureur a négocié avec un suspect : « Si tu nous dis que tu as vu Dewey Bozella chez la victime ce soir-là, j'abandonne les charges contre toi. »

Dewey comparaît menotté devant ce qu'on appelle un *all white jury*. Sept hommes et cinq femmes, tous blancs, le condamnent à passer le restant de ses jours en prison. Il hurle son innocence alors qu'à Sing Sing on lui remet son linge et un numéro d'écrou : 8 480 172. Pendant deux ans il ne fait rien. Il erre en zombie dans les couloirs. Après un long séjour au mitard, il taxe une cigarette en promenade.

— J'ai rien, lui répond un détenu.

— Tu me fais quoi là ? Je le vois dans ta poche, ton paquet de clopes.

Le mec cède et, avec tout le mépris du monde, lui tend unc cigarette. Dewey s'arrête un instant pour observer ce qu'est devenu son monde. Les gardiens.

Les barreaux. Les barbelés. Les mecs en uniforme qui tournent dans leur cage comme des possédés. Il pense, putain, regarde-toi. Et tu racontes encore que tu es un boxeur ?

Cette année-là, le surveillant Bob Jackson monte une salle de boxe dans l'ancienne *death house*, une vaste pièce où plus de six cents condamnés sont morts électrocutés. Dewey retrouve le bruit mat des coups au sac. Les adversaires se succèdent, on lui remet une large ceinture gravée de son statut : « Sing Sing Champion. Light-heavyweight ». Une rumeur monte dans le petit monde des prisons : il aurait le niveau pour dominer les pros.

Pour taire ces conneries, un chien fou de vingt et un ans nommé Lou Del Valle accepte de l'affronter sur son terrain. Del Valle vient de remporter les Golden Gloves de New York, il n'a peur de personne et surtout pas d'un taulard entraîné par son maton. Le combat est âpre, violent, l'arbitre est contraint de l'arrêter sur saignements. Sept ans plus tard, devenu champion du monde, Del Valle se souvient au micro de la chaîne ESPN du jour où il a vacillé devant un prisonnier : « Bozella fait partie de ces mecs qui ne cessent jamais de cogner. Plus le combat dure et plus il frappe fort. J'ai été chanceux, sans cette coupure à l'œil, il aurait gagné. »

Les années passent, et avec elles les espoirs de carrière. Dewey écrit une pièce de théâtre, passe son bac, un master de théologie, un brevet d'arbitre officiel de basket, il décroche une cinquantaine de diplômes en se disant, le moment venu je serai prêt. En 2001, il décide d'écrire chaque semaine une lettre à Innocence Project, une association qui utilise l'ADN pour blanchir des détenus qui ont épuisé leurs droits à un procès. Une lettre par semaine, mais Innocence Project reçoit tellement de courrier qu'il faut attendre 2007 pour qu'Olga, une militante, saisisse sa première lettre sur le haut de la pile. Intriguée, elle demande à lire le dossier Bozella et découvre que l'État de New York l'a passé à la broyeuse en 2003.

La suite ressemble à un scénario pour Disney : Shauna et Ross, deux avocats tout frais sortis de l'école de droit et habitués à défendre des banques d'investissement depuis leur bureau au trente et unième étage d'une tour avec vue sur les joggeurs de Central Park, acceptent de reprendre l'enquête. Ils retrouvent les flics de l'époque, les pourris et les autres, et mettent la main sur Arthur Regula, un enquêteur de la police de Poughkeepsie qui, désormais retraité, habite une grande bâtisse en lisière de forêt.

— J'espère que vous ne m'en voudrez pas, j'ai pris la liberté de me replonger dans le dossier, lance le vieux flic depuis la table de sa cuisine.

— Le dossier ? Mais quel dossier ? demande Ross.

— Bozella, son dossier, je m'en étais fait une copie. Il y avait des trucs pas nets. Je savais qu'un jour un type comme vous débarquerait pour que je lui montre ce qu'il y a dedans.

Ross découvre les procès-verbaux écartés par le procureur. Il apprend que la porte d'entrée de la vieille dame n'a pas été fracturée, que personne n'a vu Dewey dans les parages, mais qu'on a relevé sur une vitre à l'étage l'empreinte d'un certain Donald Wise, condamné à perpétuité pour une série de cambriolages qui avaient tourné à la torture. Dans ce carton, il y a même un enregistrement, celui de l'interrogatoire d'un complice de Wise qui décrit le meurtre, « un soir de juin 1977 à Poughkeepsie », et parle d'un « mec qui s'est fait choper à notre place ». Ross et Shauna déposent une motion de soixante-dix pages d'arguments sur le bureau du juge. Dewey a essuyé tellement de refus, la justice l'a tellement déçu qu'il redoute une réaction de vieille dame trop fière pour se détromper. En costume sombre et cravate rouge, il entend enfin la vérité, et sort un jour de pluie, le 28 octobre 2009.

La nouvelle fait le tour du pays. Barack Obama l'appelle sur son portable. Il entend des gens le comparer à Muhammad Ali, à Nelson Mandela. Quand un journaliste lui demande s'il lui reste des rêves, il répond : « J'aurais aimé un combat. » Et à cinquante-deux ans, Dewey se retrouve torse nu dans les vestiaires du Staples Center de Los Angeles, à observer Danny, son coach, lui bander les mains. Un peignoir satiné l'attend sur un cintre près de la porte. Il devine, de l'autre côté, le bourdonnement inquiétant des milliers de personnes massées dans les gradins.

Quand je suis arrivé chez lui, ça faisait huit mois qu'il avait remporté ce combat. Son premier chez les pros. Le dernier, aussi. Le tumulte autour de sa libération était retombé. Il m'attendait devant son immeuble et insista pour me faire visiter pièce par pièce le petit appartement avec balcon qu'il partageait avec sa femme, Trena. Je trouvais la décoration étrange, épurée par endroits, surchargée à d'autres. Des gants de boxe dédicacés cohabitaient avec une collection de sabres japonais, des posters sous verre, de la peinture africaine, sa licence de sciences délivrée par le Mercy College et un poème imprimé sur une sorte de parchemin. Sur une étagère, je remarquai deux biographies de Malcolm X et un ouvrage dédicacé par l'auteur: «Nègres et noirs, à la poursuite du rêve américain.»

Au soir de son arrestation, il avait fait jurer à sa petite amie de refaire sa vie sans se retourner, et c'est ce qu'elle fit. Il traversa ensuite treize années de désert amoureux avant de rencontrer Trena au parloir. «J'y allais pour le photo-club de la prison, il raconte. Je prenais les détenus en photo avec leurs familles. Trena venait voir son frère. Je l'ai abordée. Elle m'a parlé de son travail d'institutrice, je lui ai avoué que je n'avais pas beaucoup été à l'école mais que j'essayais de me rattraper.»

Ça faisait un moment qu'on parlait dans la cuisine et ça allait être l'heure de l'entraînement, quand Trena a cessé d'épousseter les coussins et de ranger des bibelots déjà rangés. Elle a tenu à vérifier une dernière fois son maquillage et s'est assise, nerveuse, sur le canapé. Elle avait quarante-cinq ans, de beaux cheveux bruns coiffés vers l'arrière et deux fossettes creusées autour d'un vrai sourire. «Un jour, dit-elle, Dewey m'a grondée: "Trena, ici je n'ai pas besoin d'une petite amie. Épouse-moi." Ma famille pensait que j'étais stupide. Ils se disaient, il faut l'empêcher de faire une bêtise avec ce criminel.» Condamné à la prison à vie, Dewey n'avait aucune possibilité de sortie. Elle pleura pendant des mois, priant Dieu de lui envoyer un signe, et elle en vit un, au parloir, en 1995, quand Dewey se leva au milieu d'une phrase pour ramasser un gilet tombé d'une chaise et le poser sur les épaules d'une vieille dame venue voir son petit-fils. Ils se marièrent, et il fallut encore attendre treize ans pour qu'elle puisse se réveiller à ses côtés. Ils s'aimaient, tout simplement. C'était beau à voir. J'ai voulu les prendre en photo.

Quelques jours plus tard, j'accompagne Dewey à l'entraînement. Il est au volant d'une berline grise, une Honda d'occasion, il porte un long short rouge et un t-shirt blanc. J'ai retrouvé une vidéo de ce moment. L'image n'est pas dingue, c'est filmé à l'iPhone 3, mais à la faveur d'un virage à droite, on voit que l'après-midi touche à sa fin, le soleil commence à décliner. Je me souviens avoir posé mon stylo pour me mettre à filmer, que je garde une trace. C'est idiot, mais je le voyais conduire et je ne pouvais m'empêcher de penser qu'il n'avait pas touché un volant depuis trente ans, et que cet instant de rien du tout qui consiste à regarder à gauche puis à droite avant de s'engager sur la chaussée devait en soi constituer une victoire, un plaisir comme on en trouve dans les livres de Philippe Delerm. Sur la vidéo, il écoute « Why », une chanson de Mary J. Blige, la fenêtre ouverte, et malgré la vitesse il m'est impossible de ne pas reconnaître les âmes en errance sur les trottoirs, les fantômes, SDF ou prostituées, de toute évidence défoncés. Les maisons tombent en ruine, leurs terrasses s'équilibrent sur des parpaings, leur bois pleure sa peinture. Dewey me dit que, bien sûr, Internet, les téléphones portables, Obama à la Maison-Blanche, tout ça est très neuf pour lui, mais, sous certains aspects, il ne voit pas de différence avec la fin des années 1970, dans cette ville qui était déjà pauvre, déjà violente, déjà noire. Il sourit, me raconte un truc inaudible, sa voix caverneuse étant couverte par la musique, et se gare devant le Newburgh Boxing Gym. Son ami Ray Rivera est là. C'est une boule de nerfs à l'avant-bras tatoué d'une date sous un boxeur en garde, le jour où Junior, son fils de seize ans, s'est effondré sur le bitume avec quatre balles dans le dos.

Dewey boxe une heure face aux miroirs et s'accorde une pause pour s'acheter une bouteille d'eau à l'épicerie du coin. Une femme obèse l'interpelle sur le trottoir. « Dewey ! Je suis retournée à l'école, tu sais. Et j'ai arrêté la dope. Je tiens bon. Ça fait trois mois que je touche à rien. » Il la félicite, la serre dans ses bras, et une fois dans le magasin, demande pour trois dollars de jeux à gratter au vendeur pakistanais. Il perd deux fois et me tend le dernier carton : trois sacs d'or marqués de 6 dollars. « Regarde, je double les gains, dit-il, le début de la fortune ! »

Il remonte sur le ring, boxe l'air sous l'œil des légendes en poster – Ali, Tyson, Holyfield – avant de me raccompagner à la gare de Poughkeepsie. Il interroge le contrôleur pour vérifier que le train pour New York s'arrêtera bien sur ce quai et, alors que le soleil a maintenant disparu, laissant des traînées rose pastel dans le ciel, il me serre la main, me dit « Merci, c'est incroyable que tu aies fait tout ce chemin depuis la France pour me voir moi », et il s'en va. Je revois la scène car je l'ai filmée, elle aussi. Ce n'est pas mon style, de filmer à tout-va, mais il m'impressionnait, et c'était un moment à la Lucky Luke : lui, de dos, qui s'éloigne lentement vers la fin du quai. Il claudique, comme s'il avait une jambe plus courte que l'autre, la faute à une hanche capricieuse. Il a l'air fatigué. Il se demande peut-être ce que je vais faire de tout ça, si je vais bien écrire quelque chose, si je ne suis pas un imposteur. Peut-être pense-t-il aux courses que Trena lui a demandé de faire avant de rentrer, au repas de ce soir, à la douche qu'il n'a pas eu le temps de prendre. Il emprunte les escaliers, et bientôt il ne reste plus sur l'image qu'un quai de gare vide et un peu triste. Invisible à l'écran, un oiseau se met à chanter. C'était il y a dix ans.

Après ma rencontre avec un innocent, j'ai accepté d'affronter la réalité. J'ai passé un an en immersion à l'hôpital pénitentiaire de Fresnes, où Lorentxa et Toumany ont été soignés, et je suis allé à la rencontre de ceux qui me semblaient être les pires des criminels, les violeurs et les pédophiles.

J'ai pris le train pour Caen, où 80 % des trois cent soixante détenus que compte la prison sont des AICS, comme on dit, des « auteurs d'infractions à caractère sexuel ». Karine Vernière, une femme de quarante-quatre ans qui, ce jour-là, porte des collants verts sur des Converse rouges, dirige la prison. Aux murs de son bureau, elle a des photos de Robert Doisneau. Elle me fait penser à une directrice d'école sympa, du genre à vous envoyer jouer dans la cour après vous avoir regardé au fond des yeux. Elle est à l'opposé de l'image que je me fais d'un directeur de prison.

J'espérais, en la rencontrant, obtenir une réponse à la question qui me hantait depuis que la condamnation à vingt-sept ans avait été confirmée pour Lorentxa : parler de réinsertion après un tel tunnel, quel sens ça a ?

— Il ne faut pas mentir aux gens, dit-elle depuis son côté du bureau. Un détenu de cinquante ans qui n'a pas fini sa peine, je ne vais pas lui faire croire qu'il va trouver un métier, se marier, faire des enfants. Je lui parle de retrouver une vie sociale. Parce que l'enjeu, c'est pas seulement d'avoir un toit sur la tête et d'aller chercher son RSA, il est possible de rencontrer une femme, ou un homme, de se faire des amis, de se projeter dans la vie plutôt que dans le néant.

— La sortie fait peur ?

— La vie dehors fait peur. Beaucoup sont persuadés qu'on les attend avec des fourches, qu'ils n'auront plus jamais d'amis. Même boire une bière devant un match, ils n'y croient plus. Ils se détestent.

Karine Vernière a demandé à des détenus qui n'ont plus de famille et ne sortent plus de cellule ce qu'ils aimeraient faire s'ils étaient dehors. Réponse : « Rien. J'ai envie de rien. » Jusqu'au jour où l'un d'eux a dit : « J'aimerais bien revoir la mer. Juste ça. Voir la mer. »

— Au début, j'ai hésité, ça faisait un peu dernier plaisir du condamné, mais le pire était encore de ne rien faire, alors on y est allés.

— Ça a marché ?

— Sur la plage, j'ai vu des gens respirer.

Quand le sens de la peine s'effrite, la personne est plongée dans un étrange paradoxe : elle a peur de mourir en prison et peur d'affronter le monde extérieur.

— Vous avez vu *Les Évadés*, le film ? elle demande. C'est puissamment fictionnel mais ça raconte bien le problème. Vous avez ce type qui a pris vingt ans, il est devenu bibliothécaire, les détenus, les surveillants, tout le monde le respecte, et un jour il sort. Tout ce qu'il trouve c'est un boulot à la caisse d'un supermarché, il met les courses dans des sacs en papier. Quand il demande s'il peut aller pisser, son chef le regarde comme un dingue, « Arrête de demander, vas-y ! », sauf que ça fait vingt ans qu'il doit demander, et son corps n'est plus habitué, s'il ne demande pas, il n'y arrive pas.

— Et alors ?

— Alors un soir, il rentre à la maison, il enlève ses pompes et il se pend à la poutre du salon. Voilà.

Je la suis à travers la promenade, puis le jardin ; elle salue les détenus, ouvre les portes, jusqu'à ce qu'on atteigne une pièce avec des éviers gigantesques, des marmites en cuivre, des tables et des chaises en fer comme on en trouvait dans les classes des années 1950. Dans un coin, cinq chatons miaulent en escaladant des cartons. Ils sont nés le mois dernier, très mal en point. Bardet les soigne et leur donne à manger. Bardet, c'est un type très grand et très mince, avec de longs cheveux qui virent au gris. Il porte un jean brut et un tee-shirt noir. Il déboule en trombe.

— Madame, vous savez quoi ? Ma vie a changé. J'ai rencontré Manuel Valls.

Valls était Premier ministre. La veille, il avait visité le centre de détention.

— C'est bien, Bardet, vous avez fait un effort, répond la directrice.

— Cet enfoiré ? Je peux pas le saquer.

— Et allez, ça recommence…

— Je suis de gauche, moi, madame. Vraiment de gauche. Pas lui.

Il attrape les chatons de sa grande main et les examine un par un. Ils ont repris du poids, ils sont sortis d'affaire. Bardet ouvre sa blague à tabac et se roule une cigarette.

— Vous venez exprès pour me parler ? il demande en m'interrogeant du regard. Faut le vouloir. C'est pas parce que j'ai le sourire que ça va. Je suis dans un marécage.

— J'aurais pu lui présenter n'importe qui, lance la directrice. Mais comme je suis tarée, je vous ai choisi vous.

Il sourit en retour :

— Bienvenue au club des tarés.

Avant d'atterrir à Caen, Bardet est passé par une quinzaine de taules. Une première condamnation en 1982, une récidive en 1997, le compteur tourne, déjà trente et un ans.

Il tire sur sa clope. Il m'intimide un peu. Après une seconde d'hésitation, je lui demande :

— Comment survit-on à un enfermement aussi long ?

— Si tu fais pas diversion, tu tombes dans la psychose. Les crises d'angoisse, elles arrivent la nuit, alors je me mets en tailleur sur mon lit et je jongle avec des paires de chaussettes. Ça force à la concentration.

Il commence une phrase qu'il abrège en riant :

— Je peux pas dire ça devant la directrice !

— Oh, vous en faites des manières ! Je me mets au fond, avec les chats, je vous écoute pas.

Il murmure, comme un secret :

— On s'y habituc pas, à la prison. Moi, elle me terrifie.

Bardet n'a plus de proches. Sa sœur avait douze ans la dernière fois qu'il l'a vue, elle en a quarante-huit aujourd'hui et c'est une étrangère.

— Mon père, ma mère, même combat. Les cousins, je les ai plus revus. Y en a qui sont morts.

Il tire quelques taffes et dit sur le ton de la réflexion :

— C'est étrange, ça, le culte du souvenir chez les longues peines. Tu te refais le film de l'époque où t'étais vivant. À force, les souvenirs, tu les déformes, tu les embellis et, au bout d'un moment, tu t'en inventes carrément.

Bardet a cinquante-cinq ans et demi. Il compte les demis, comme les enfants, parce que six mois en cage, ça compte.

— Sérieux, je pense que, pour moi, il est trop tard.

— Vous avez l'air lucide, je dis. Les mecs lucides prennent les bonnes décisions.

— Je suis sans doute trop lucide. J'ai été à ma place derrière les barreaux. Je n'y suis plus.

Il lève les yeux vers la directrice et lui redemande de sortir. Elle fait non de la tête.

— Ça va, je vais pas le prendre en otage.

— Si vous faites ça, Bardet, j'égorge un chat toutes les heures jusqu'à ce que vous le relâchiez.

Il sourit à nouveau et me lance d'un coup de menton :

— Si tu veux comprendre la prison, regarde cette table.

Je m'approche. C'est une table en bois, toute simple, il y a des miettes de pain, des restes d'un vieux repas, des pinceaux, des stylos, quelques magazines et trois œufs dans une boîte.

— C'est la table de mon pote, il a pris perpète. Elle est dégueu, hein ? Eh bien, ce que tu vois là, c'est le bordel que ce mec a dans la tête. C'était un bluesman, t'aurais vu ça, un guitariste hors pair. Il plaque plus un accord. Il a tout oublié. Et il est pas vieux, cinquante-sept ans.

La directrice fait semblant de s'intéresser à un journal aux pages jaunies par le temps.

— Madame, y a plein de gars qui sortent plus de cellule, pour certains, ça fait dix ans.

Silence.

— J'en ai vu mourir de déchéance, il dit. Ils crèvent pas de maladie, plutôt de chagrin, d'isolement.

Silence.

— À Ensisheim, un type avait un œdème qui lui sortait du corps. Ils ont jamais voulu l'emmener à l'hosto, il est mort. Quand t'assistes à ce genre de scène, tu te dis qu'en fait, c'est l'élimination naturelle, les plus faibles d'abord. Et lui, il avait arrêté de parler, il sortait plus, n'avait pas la télé. Tout ce qu'il faisait, c'était boire de la Ricorée.

Il pose sa clope en équilibre sur le bord du cendrier et lance à la directrice :

— Je déconne pas, là.

— Je vous écoute, Bardet, je déconne pas non plus.

Le soleil colore les murs en douceur. Une chaleur étrange flotte dans l'air, comme si on venait de faire du café. Bardet, il lui reste deux ans et demi. J'ai la maladresse de dire « C'est bientôt fini » et ça lui provoque un éclat de rire.

— Tu te rends pas compte, c'est immense deux ans et demi.

Comme ce sera le cas avec Toumany, le tutoiement s'impose naturellement.

— T'as peur de sortir ? je demande.

— Oui, j'ai peur. J'ai un crime de mœurs sur les reins. Je sais ce que c'est, tu montes sur ton vélo pour acheter le pain et tout le village t'insulte.

— Ça arrivera, intervient Karine Vernière. Il y a des cons partout, mais d'autres s'intéresseront à vous.

— Tu parles. Avec Internet, il suffit de taper mon nom pour que l'affaire remonte.

Avant de tomber, Bardet était entomologiste, spécialiste des papillons. En taule, il a continué d'apprendre, il sait qu'il n'est pas largué, si quelqu'un lui donnait sa chance, il pourrait faire une petite carrière. Les chats s'arrêtent sous la table, ils ont trouvé quelque chose, on n'entend plus que leurs langues râpeuses sur le carrelage.

— Je vous aimais pas au début, madame, dit Bardet.

— Pourquoi ?

— Parce que vous déboulez toujours en m'explosant votre bonne santé à la gueule.

— Oh là là, vivement que vous sortiez voir vos putains d'arbres, votre nature et vos insectes ! Mais faites-le sérieusement, suivez un plan.

— Mon plan, c'est de finir ma vie tranquillement. Je vais me mettre dans le tissu associatif, je vais rencontrer des gens.

Elle est debout, il est assis de l'autre côté de la table. Les phrases fusent, lui pour dire qu'il est foutu, elle pour le convaincre que rien n'est perdu. Si c'est un film et qu'ils jouent la comédie, alors il faut leur remettre un César à chacun. D'un geste de la main, il envoie ses longs cheveux en arrière. Sa barbe a blanchi, des rides ont creusé son front, il s'est mis à fuir les miroirs.

Son problème, c'est son crime. Les braqueurs fascinent, ils ont le respect en prison et, une fois dehors, ils sortent un livre. Les violeurs comme lui, c'est autre chose.

— À Fresnes, j'ai fait un an sans quitter ma cellule. Le premier jour, un type a gueulé « pointeur » depuis sa fenêtre et j'ai failli y passer. Je me suis battu huit fois pour sauver ma peau. Aujourd'hui, j'ai plus la force.

Il a survécu à deux embolies pulmonaires, a perdu dix kilos mais semble en forme à côté de ceux qui traînent des pieds dans la cour. Karine Vernière s'installe à table, devant un pain de seigle et le dernier *Télé 7 jours*.

— C'est de la détresse, madame, ce que j'exprime.

Elle le regarde dans les yeux et lui aussi. On pourrait être n'importe où, à la campagne, certainement pas en prison.

— Vous vous rendez compte ? Je suis à peine un homme.

Il se pose contre l'évier de zinc. Il a un léger tremblement dans les mains, suffisant pour qu'il cherche à se saisir d'un truc, une allumette ou une cigarette.

La directrice lui annonce qu'on va y aller. Il nous suit jusqu'au potager.

— C'est un peu comme si je vous raccompagnais devant chez moi, blague-t-il, et, au moment de se quitter, il me serre la main une seconde de trop : On va se revoir, hein ?

— Oui, je dis.

Et, à cet instant, c'est la seule réponse qui vaille.

Karine Vernière remet ses lunettes de soleil.

— C'est un personnage, hein ? Mais il doit accepter de sauter dans le vide. On ne le gardera pas après sa peine, et il a beau dire, deux ans, ça vient vite.

Vous le sentez, quand vous rencontrez des gens qui sortent du lot. Bardet, dans les yeux je lui avais dit oui, on va se revoir, je me sentais redevable. Cinq mois plus tard, dans le réfectoire, au milieu des surveillants, je cherchais une table où poser mon plateau, et je commençais à redouter ce parloir. La boule au ventre. L'angoisse de n'avoir rien à se dire.

— Comment ça va ? je demande.

Nous sommes à cinquante centimètres l'un de l'autre, sur des chaises en plastique dans une salle sans fenêtres aux murs jaune pisse.

— Tu sais que c'est pas une question à poser à un mec en taule, ça.

— T'as fait quoi depuis la dernière fois ?

— C'était quand ? Y a cinq mois ? Pense à tout ce que tu as fait, toi. Essaye de te rappeler les soirées, les vacances, les voyages. Tu les as ? Eh ben moi, rien. Strictement rien.

Bardet raconte que pour son pote, ça ne s'arrange pas. Il boutonne le mardi avec le jeudi et se trimballe toute la journée avec une traînée de dentifrice sur la joue.

— Le problème, c'est qu'il a personne.

— Et toi, qui vient te voir ?

— J'ai passé ma vie à faire deux choses : des conneries, et marcher dans la nature. Un mec qui vient ici est entomologiste, comme moi.

Il s'appelle Jean-Jacques. C'est un dentiste à la retraite fasciné par les papillons et les coléoptères. Quatre ans avant ce parloir, Bardet a eu le droit de l'accompagner en forêt d'Écouves, à cent bornes de là.

— Dans la bagnole, entre lui et moi c'était le grand écart de la liberté, il dit. J'étais sous peine de sûreté à l'époque, ils devaient avoir vachement confiance. J'aurais pu me faire la belle.

— Tu y as pensé ?

— Non. J'ai déjà eu l'occasion et je l'ai pas fait.

C'était en 1983, à la maison d'arrêt de Chaumont. Des ouvriers réparaient une gouttière. À la fin de la journée, ils ont oublié une échelle.

— Y avait pas de mirador à l'époque. C'était des promenades en camembert, comme celles qu'il y a ici, onze pas sur cinq pas et demi, fermées par un vieux grillage à boutons, avec au bout un tortillard en fil de fer. Putain, rien que d'en parler ça me file des frissons.

C'est vrai. Il a la chair de poule.

Un pote à lui s'est fait la malle. Quelques semaines plus tard, Bardet reçoit une carte postale, avec ces mots simples : « T'as dû apprendre. La liberté, ça se négocie pas. » Il a été rattrapé.

Je reviens sur sa permission en forêt :

— Qu'est-ce que tu as ressenti en descendant de voiture ?

— J'ai ramassé de l'humus. Pour le sentir. Comme ça.

Il plonge son nez dans ses mains.

— Pour moi, c'est le plus chouette des parfums. J'ai tout de suite trouvé trois carabes.

Les carabes, ce sont des coléoptères, des sortes de scarabées que les spécialistes apprécient pour les reflets mordorés de leurs carapaces. L'été, on les piège avec de la bière. En 1976, l'année de ses quinze ans, Bardet les chassait jour et nuit. À son incarcération, sa collection comptait dix mille pièces.

— Ils sont où, aujourd'hui ?

— Détruits. Ça me torture, j'en avais qui n'existent plus.

Et le voilà qui cite une palanquée de noms en latin.

— Mon père était censé les protéger. Cet enfoiré, putain… Je veux pas me plaindre, hein, y a des mecs ici qui ont vécu des choses horribles. Mais bon…

Il se touche le haut du crâne.

— Tu vois l'énorme bosse, là ? Un coup de crosse de fusil. Et celle-là ? Mon père m'a fracassé la tête sur le carrelage. Une décharge électrique m'a traversé le corps, j'ai cru que j'étais mort.

À table, Bardet prenait des coups de fourchette dans les côtes – « Redresse-toi ! » – et à onze ans il a cessé de parler à ses parents. Il sait qu'il ne les reverra jamais et c'est le cadet de ses soucis.

— Tu comptes t'installer où, après ?

— Bonne question… Tu sais, ce qui m'a amené en prison, c'est pas jojo. Pas jojo du tout. Donc je ferai pas la connerie de me foutre dans un village.

Il semble réfléchir à l'endroit idéal, et ajoute :

— Tu vois, même une ville de dix mille habitants, imagine que je rencontre quelqu'un, au bout de cinq minutes, le gars va se dire, y a quelque chose qui cloche. C'est une catastrophe, je lis les journaux, même les journaux de droite, mais je sais rien de la vie.

Il se balance sur sa chaise, comme s'il prenait conscience à cet instant précis que son avenir est foutu.

— Tu préfères rester ici ?

— Non, je me noie ici.

Il met son doigt sous son nez pour figurer le niveau d'eau qui monte, monte, et va bientôt le submerger.

C'est le moment que choisit la directrice pour faire son entrée.

— Vos chats, Bardet, j'ai acheté une caisse et ils font exprès de pisser à côté. C'est bien des chats de détenu, ça!

Et pour rigoler, elle met un petit coup de pied dans sa chaise. On profite de l'appel d'air pour décréter une pause cigarette. De l'autre côté du grillage, c'est la promenade. Des mecs s'essayent à la marche rapide. Les plus vieux s'agglutinent sur les bancs. Ils pourraient tout à fait avoir un sac de graines sur les genoux.

— Ce sont toujours les mêmes mecs qui sortent, qui marchent, qui fument leur clope, dit Bardet. Les autres, ils restent allongés sur leurs pieux, à attendre la fin.

Il écrase son mégot, souffle sa dernière taffe et leur jette un regard triste, avant de retrouver la pièce surchauffée.

— Tu as peur de devenir SDF? je demande.

— Ouais, il dit. Je suis noir comme un corbeau. J'ai pas de retraite. Je vais vivre de quoi? Ce qui m'attend, c'est la rue et la mort.

— Et tes papillons, alors?

— J'aurai que ça. Le truc, c'est que pour vivre de la chasse aux papillons, il faut que je bouge en Europe. Les Carpates, les Abruzzes…

— Pourquoi ils te fascinent ?

— Tu sais, les mômes comme moi, qui se prennent de passion pour les insectes, c'est parce qu'ils ont subi un isolat dans l'enfance. Chez moi, c'était un village.

Il allonge son briquet sur la table pour figurer les lieux : une grand-route et des baraques de chaque côté, comme au Far West. Lui habitait à une extrémité. Les jeunes, à l'opposé.

— Mes parents m'interdisaient d'y aller. Là où j'avais le droit de jouer y avait rien, à part la nature. Je me faisais tellement chier que je me suis tourné vers les insectes.

— T'as continué ici ?

— Bien sûr. En mai, un *Papilio machaon* est passé devant ma fenêtre, celui décrit par Carl von Linné en 1758. Une pure merveille. J'ai dévalé les escaliers pour le retrouver dans le jardin, c'était une énorme femelle. J'ai vu qu'elle cherchait à pondre parce qu'elle avait un vol alterné, en piqué et en remontée. La femelle a disparu au-dessus des barbelés. T'as déjà vu naître un papillon ? il demande. C'est la plus belle image du monde.

En disant cela, il est pris d'un violent cafard. Il se roule une clope, se balance à nouveau sur sa chaise et soupire. Je pourrais croire qu'il retient ses larmes.

— Tu sais, il dit, mon avenir, il est sombre… Mais je crois que le jour où je remets les pieds dans la nature, seul, ce jour-là, je vais chialer.

Depuis, Bardet a été libéré. Il passe voir la directrice de temps en temps. Il l'appelle Karine et, contre toute attente, ça leur paraît naturel. Si vous étiez tenté de le chercher, sur Internet ou ailleurs, oubliez. En vrai, Bardet ne s'appelle pas Bardet.

Après cette rencontre, je suis allé voir des détenus d'Avignon – Youssef, Padoue, Jean-Michel – qui répétaient comme des dingues dans le gymnase de leur prison en espérant pouvoir jouer *Antigone* à Paris, devant un vrai public de gens libres. J'ai suivi Oualid, Rani et Thibaut, qui s'entraînaient dans les cuisines de leur maison d'arrêt du Puy-en-Velay pour remporter un concours de gastronomie. J'ai passé six mois dans un groupe de parole de mecs qui sortaient de Lyon-Corbas. Je suis parti deux semaines dans les Alpes, tenter l'ascension du mont Blanc avec Alfred et Damien, des détenus de Bourg-en-Bresse qui n'avaient pas vu un arbre en dix ans. Je suis passé dans les prisons de Nîmes, de Chambéry, de Poissy, et même dans un *detention center* du Kentucky, aux États-Unis… Bref, j'ai continué de chercher, sans trop savoir ce que je cherchais.

Lorentxa, elle, a été transférée. Après Fleury et Fresnes, ce fut Joux-la-Ville, dans l'Yonne. Il n'y a pas grand-chose, à Joux-la-Ville. Une église à tour carrée, une place de mairie, une prison. Un jour, Janine a loué un appartement dans le bourg, pour être sur place la veille du parloir et ne pas s'enquiller les 1 500 kilomètres d'une traite. Avec Beñat, ils n'y avaient pas encore dormi que le propriétaire est venu les trouver. Il avait l'air embêté.

— Excusez-moi, dit-il, mais par honnêteté, je tiens à vous le dire, j'ai prévenu la gendarmerie de votre présence ici.

— Pardon ?

— Oui, ils sont au courant. Voilà.

— Ah… Eh bien, vous avez bien fait. C'est très français, remarquez, de dénoncer les gens à la police, répondit Janine en souriant comme si le brave homme lui avait tenu la porte.

Ensuite, ce fut Roanne, dans la Loire. Un centre de détention. À l'heure où j'écris cette phrase, Lorentxa y est encore. C'est sa vingtième année. Ses demandes de libération conditionnelle sont systématiquement refusées.

Alors, *pourquoi je fais tout ça* ?

Je ne sais pas.

Il n'est pas tard mais la nuit menace déjà quand je gare la berline rutilante devant le stade de Montgeron. Mon vieux Nissan à la jauge d'essence lunatique a rendu l'âme dans un no man's land de champs et de forêts, quelque part aux confins de la Bourgogne, alors, en attendant qu'un garagiste le ressuscite, l'assurance me prête cette voiture pleine de capteurs qui bipe toutes les dix secondes. Les sprinteurs sont à l'échauffement, enchaînant leurs gammes à quelques mètres d'une enceinte qui diffuse du rap français. Jean-Michel arrive en costume, comme s'il sortait d'un conseil d'administration, les salue et entre dans le club-house, qui sert aussi de vestiaire. C'est une salle comme il y en a dans tous les villages : du carrelage au sol, de vieilles coupes qui prennent la poussière, des tables en formica et des photos qui tentent d'habiller des murs un peu trop nus.

Jean-Michel déboucle sa ceinture et se retrouve en slip, chemise et cravate mauve. Il plie soigneusement son pantalon et ôte ses chaussettes tout en évoquant la misère financière dans laquelle sont plongés ses athlètes.

— J'en ai plusieurs qui passent une IRM, cette nuit, dans une clinique privée. Il y en a pour 900 euros de dépassement d'honoraires. Ils n'ont pas de quoi payer. Alors pour cette fois, ça va, c'est des jeunes qualifiés aux France, donc on a joué avec le barème des aides pour le haut niveau, mais bon, tout est comme ça, on bricole.

Il enlève sa chemise, enfile un survêtement, et Anne Tournier-Lasserve entre dans la pièce. C'est une grande dame aux cheveux blancs coupés court, qui porte sur le monde un regard bienveillant. Je viens la voir car Toumany m'en parle depuis le début comme d'une sainte qui l'a aidé chaque fois qu'il en a eu besoin.

— Je suis arrivée ici en 1973, j'étais cadette, lance-t-elle avant de s'arrêter net. (Elle sourit.) En fait, vous voulez... que je vous raconte ma vie?

C'est toujours un bon début, de raconter sa vie. Les gens pensent que ça n'a pas d'intérêt, que ça n'a rien à voir avec le schmilblick, mais une fois qu'ils ont fait l'effort de dérouler le passé, ils réalisent que c'était là, sous leurs yeux depuis le début. Il y avait une logique à tout cela.

Anne est née en banlieue à une époque où ce n'était qu'un terrain vague. On envoyait les gosses à la ferme pour remplir des bidons de lait. On les laissait jouer dehors sans craindre qu'ils se fassent renverser. En rentrant de l'école, Anne jouait au foot avec ses frères. Elle était inscrite à la danse mais ça l'ennuyait, et après trois années à faire semblant, elle osa demander un short et une paire de crampons. On était en 1964. Au club de foot, on lui répondit : « Si tu trouves dix filles pour jouer avec toi, c'est d'accord », mais les copines n'étaient pas intéressées, alors elle se rabattit sur le hand. En seconde, Anne intégra une section sports-études, et décida qu'elle deviendrait professeur d'EPS. Le concours demandait de solides références en athlétisme. Elle s'essaya à la hauteur et sauta rapidement 1 mètre 78. À l'époque, personne ne vous mettait dans la tête que vous pourriez gagner votre vie en sautant le plus haut possible, ça n'existait pas. Même la grande Colette Besson, qui venait de remporter l'or sur 400 mètres à Mexico, avait dû profiter des grèves de 1968 pour quitter son poste d'enseignante et pouvoir s'entraîner quatre mois en altitude, dormant sous la tente à Font-Romeu, mangeant des haricots à même la casserole. Comme prévu, Anne fut reçue au professorat d'EPS, mais à la visite médicale on lui détecta un problème sur une vertèbre, la L5. On ne lui montra ni la radio ni la vertèbre, on se contenta de lui annoncer le verdict – c'est non, pour l'EPS – et elle se retrouva à la rentrée de septembre devant le grand tableau de la fac de Créteil, à devoir choisir une matière parmi celles qui n'avaient pas fait le plein : philo, allemand, géographie. Elle prit géographie en se disant, papa aime la nature, en voiture il nous fait toujours le coup des plaques minéralogiques, à deviner le numéro des départements, ça lui fera plaisir. La vie c'est comme ça, on passe son temps à réfléchir et on fait des choix qui ne tiennent à rien. Anne découvrit la cartographie. Après la mention très bien, l'IGN* lui proposa un stage, lui laissant entendre qu'il déboucherait sur un contrat, et soudain elle réalisa qu'elle n'avait aucune envie de passer le restant de ses jours à dessiner des cartes, et leur dit non, désolée pour le temps perdu, mais non.

— Qu'est-ce que tu vas faire alors ? lui demandèrent ses parents. Prof ? Archéologue ?

* Institut géographique national.

— Du sport.

Tandis qu'elle prend à l'envers les virages de ses vingt ans, je réalise qu'elle a le même âge que ma mère, qu'elles ont grandi au même endroit et qu'elles ont fréquenté le même lycée, celui de Montgeron.

— Vous l'avez peut-être connue, je dis. Elle vient de Draveil. Toute sa famille vient de Draveil.

— Vous vous appelez comment, déjà ? Palain ?

— Oui, mais de son côté à elle ils s'appellent pas comme ça. Ils s'appellent Fabry.

Elle sourit.

— Quel âge a votre mère ?

— Elle est de 1957. Elle aura soixante-trois ans demain.

— Je vois très bien qui c'est. La fameuse famille Fabry… J'ai très bien connu les Fabry. Votre grand-père est toujours en vie ?

— Euh… Oui, il a quatre-vingt-quatorze ans, mais je crois que ça va. Il circule à vélo, il joue du piano, c'est encore lui qui fait les messes et les enterrements.

— Mon père était maire de Draveil, elle souffle, comme on avoue un secret. Il l'a été pendant trente ans, de 1965 à 1995. J'ai été chez les scouts avec votre maman. On était jeannettes.

Je savais que ma mère avait été scoute et qu'elle avait détesté ça. Marcher des heures le long des routes avec des godasses qui pèsent une tonne, en chantant à tue-tête, ça lui paraissait d'autant plus insupportable que chez elle, c'était obligatoire. Je les ai imaginées un instant, toutes les deux en camp de survie, avec le béret et le foulard bleu, en train de ramasser du petit bois pour le feu.

— Pourquoi avez-vous donné ces quarante dernières années à l'athlétisme ? je demande.

— Pour le côté humain, je crois…

Elle lève les yeux au plafond. Il y a des mots qu'elle hésite à prononcer.

— C'est un dévouement. Après les scouts, j'ai été guide de France. On m'a appris le partage, les relations humaines. J'ai autant de plaisir à voir un champion se qualifier pour les Jeux qu'un jeune du coin qui bat son record. Et je dis pas ça pour vous plaire, je le pense vraiment. Vivre en club, c'est comprendre qu'on n'est pas seul, même dans un sport individuel. C'est ce qui m'accroche. Ma sœur me demande souvent : pourquoi tu fais tout ça gratuitement ? Mais c'est plus fort que l'argent. C'est mon temps. Et ils m'apportent tellement en retour, les gamins. Je les vois grandir. Je pense à un jeune, là, en fait. Un gamin de La Forêt, la cité d'en face.

D'un geste, elle désigne les tours, hautes et grises, qui s'élèvent de l'autre côté de la piste.

— Il flirtait clairement avec la délinquance. Il est venu parce qu'on était au pied de sa cité et, au début, il disait pas bonjour. C'était un caïd qui frappait les autres en séance, un petit dur. On lui a appris les règles, il s'est mis à moins parler, et à dire bonjour. Il est devenu champion de France de javelot.

— Comment vous avez fait ?

— On lui a dit « Tu fais le malin mais tu devrais te concentrer, parce que tu peux aller loin ».

— Il répondait quoi ?

— « À quoi ça va me servir d'envoyer un javelot à l'autre bout de la piste ? »

— Pas faux.

— Tu vas réussir quelque chose. Tu vas te dépasser. Tu vas maîtriser ton corps en train de changer. Et si t'es vraiment bon, tu pourras voyager. Quand on a organisé les championnats de France, tous ses potes du quartier étaient là pour le voir lancer son javelot à l'autre bout de la piste. Il était tellement heureux. J'en aurais pleuré de le voir comme ça.

— Et Toumany ?

— Toumany, il venait ici avec son fils, il l'aidait à faire ses devoirs…

Elle réfléchit longuement, donnant l'impression de trier les souvenirs dans sa mémoire.

— C'est la grande déception de ma carrière de dirigeante. On a beaucoup parlé ensemble, et il y a des moments où j'ai eu l'impression d'avoir touché juste. Mais il est arrivé trop tard. On l'aurait connu à treize ans, on aurait pu faire quelque chose, comme on l'a fait avec ce lanceur de javelot. On n'a pas réussi…

Un jeune frappe à la porte, s'excuse et entre. Dans son dos, la nuit a enveloppé la piste. Les sprinteurs s'étirent. La séance est finie. Le jeune s'appelle Falilou. Il échange deux minutes avec sa présidente au sujet d'un stage en Corse, dit au revoir et disparaît dans le noir. Il y a quelque temps, ce jeune, c'était Toumany.

— Vous savez, elle reprend, un des meilleurs athlètes de ces vingt dernières années m'a dit un jour « Toumany sera meilleur que moi ».

— Qui ?

— Leslie. Leslie Djhone. Il m'a dit « Il a le potentiel, la puissance, il sera meilleur ».

— Oui, il me l'a dit aussi, je souffle… Vous croyez qu'il peut revenir ?

Elle a l'air étonnée que j'ose même poser la question.

— Je n'y crois pas trop. Quel âge vous avez ?

— Bientôt trente-deux.

— Et Toumany?

— Pareil. Trente-deux.

— À cet âge, la vitesse, ça chute dur… C'est compliqué, surtout sur 400 mètres. Il veut vraiment revenir?

— Il veut redevenir champion de France.

Elle fait la moue. Et j'ignore pourquoi, j'ajoute:

— Vous savez, il a honte de ce qu'il a fait, en particulier vis-à-vis de vous. Il sait qu'il a trahi votre confiance. Il vous a écrit une lettre qu'il a peur d'envoyer.

J'aurais sans doute dû la fermer, mais j'avais le sentiment qu'il était possible de réparer quelque chose, de suturer une plaie. Elle prend son temps pour recevoir l'information. Puis elle dit:

— Ça ne me surprend pas. Qu'il ait honte. Je ne lui en veux pas. Je ne suis pas quelqu'un qui fait une croix sur les gens. Je ne suis pas quelqu'un qui dit «C'est fini». Je n'ai pas été éduquée dans cette philosophie. Mon père était magistrat, il me disait: «Dans la plus mauvaise des personnes il y a du bon, fais l'effort d'aller le chercher.»

Elle se redresse et pivote légèrement pour passer en revue les photos sur le mur.

— Il y en avait une de Toumany ici. Et puis quelqu'un a fait un dessin, enfin plutôt un tag, qui disait : « Tu n'as rien à faire là. Dégage. » J'ai retiré la photo. Toumany ne mérite pas un tel traitement. On lui doit le respect.

— Qui a écrit cela ?

— Un idiot. Quelqu'un qui ne le connaît pas.

Anne n'a pas d'enfant, mais quand elle prononce les noms des champions qu'elle a vus passer dans cette pièce, j'entends la fierté d'une mère. Je m'approche et lui montre les dernières photos que Toumany m'a envoyées. Lui en train de cuisiner des gâteaux. Lui en train de courir en promenade. Lui en train de faire des pompes dans le couloir. Lui en permission, qui pose sur un canapé jaune à côté de sa maman. Lui devant un arbre avec ses enfants. Elle est heureuse de le revoir.

— Toum n'a pas changé, elle dit. Toujours le même sourire.

Ça faisait trois mois qu'il était vaguement question d'un virus mais on en parlait avec le désintérêt voué aux maladies tropicales, quand soudain il a fallu s'enfermer, et on a découvert qu'il était possible de se sentir coupable d'avoir seulement marché dans la rue.

— Ils ont tout suspendu, écrit Toumany. Les parloirs, les permissions, les aménagements de peine. Après, c'est logique, quand tu vois la situation à l'extérieur. Tu peux aller au travail ou t'es confiné ?

— Confiné.

— Pas facile, hein ?

— Ça va, l'appartement fait quarante-deux mètres carrés, c'est pas immense mais c'est pas la cellule.

— Le truc, c'est que ça va durer. Tu verras, dans quinze jours le président va reprendre la parole pour dire « Nous avons eu de bons résultats mais nous devons continuer nos efforts », et ce sera prolongé.

Pour le coup, je suis bien content d'être à Réau parce qu'à Fresnes, ça doit être l'enfer. Les uns sur les autres, pas de douche en cellule… Juste le fait de pouvoir sortir dans le couloir, ça change beaucoup de choses.

Le lendemain, il m'envoie un article du site « Actu pénitentiaire » :

> URGENT : Mutinerie au centre pénitentiaire de Réau
>
> L'incident s'est déclaré dans une aile du centre de détention où les détenus sont en régime « portes ouvertes ». Ces derniers ont déclenché un mouvement collectif en protestation contre la fermeture des parloirs causée par l'épidémie de coronavirus. Heureusement, grâce à l'intervention rapide des surveillants, la mutinerie a vite été maîtrisée. Le syndicat FO Pénitentiaire réclame dans un tweet la fermeture des portes de cellules dans tous les centres pour peine, le temps du confinement, afin d'éviter ce genre d'incident et mettre en sécurité le personnel.

« Ça va pas tenir dans les prisons s'ils remettent pas les parloirs, écrit Toumany. 80 % des mecs ici sont des fumeurs de shit. Ils ont besoin de leur conso. »

« Y a plus rien ? »

« Les surveillants rentrent quelques trucs, mais c'est pas pareil. »

Plus tard dans la soirée, il m'envoie le message du compte Snapchat « Les prisons en France ». En lettres blanches sur fond noir, il est écrit :

> La garde des Sceaux a prévu de lâcher des détenus s'il y a des coups de pression et que la situation devient difficile à gérer en détention. Les parloirs sont déjà restreints, il n'y a plus de sport et plus d'activités, si on se révolte et qu'on commence à demander des comptes à l'administration pénitentiaire, beaucoup d'entre nous vont ÊTRE RELÂCHÉS ! Profitons du coronavirus pour sortir !!

Grasse, Les Baumettes, Fleury, Nanterre, Draguignan, Rennes, Béziers, Maubeuge, Metz, Nice, Saint-Malo, les mutineries se multiplient. À Réau, un message circule sur les téléphones :

> On est privés de nos droits et privés de nos proches. Dimanche 22 mars, il faut que toutes les prisons de France bloquent. Les Eris* ne pourront pas se rendre

* Équipes régionales d'intervention et de sécurité, sorte de GIGN de la pénitentiaire.

partout. On va les fatiguer afin que la garde des Sceaux libère ceux qui peuvent l'être, et ça marchera. L'Iran a libéré 70 000 détenus provisoirement, pourquoi pas la France, un État de droit ? Partage à tous tes amis s'il te plaît.

Le 22 mars, comme prévu, des centaines de détenus refusent de remonter en cellule. À Uzerche, en Corrèze, ils prennent possession d'un bâtiment et brûlent leurs matelas.

— Ça va bouger à Réau ? je demande à Toumany.

— Je pense pas. Y a quelques mecs vénères, mais la plupart ont pris des longues peines, donc ils feront rien. En tout cas, ce sera sans moi. C'est pas mon délire les bagarres. Même quand j'étais jeune, je participais jamais. Sauf une fois, au quartier, j'étais là en train de regarder, et mes potes m'ont dit « Attends, t'es sérieux ? », alors j'y suis allé, mais vraiment parce qu'on me forçait.

— Si tu veux sortir, ce serait bien d'éviter, en effet.

— Non mais t'inquiète, je ferais jamais un truc pareil. Si même à l'extérieur vous êtes confinés, à vous prendre des amendes et tout, je vais pas me plaindre.

Bien sûr, je suis libre et lui pas, si j'en ai envie je peux monter sur un vélo et rouler droit devant moi.

Au pire je paierai les 135 euros. Mais le confinement nous rapproche parce qu'on se retrouve tous les deux contraints. Enfermés alors que le soleil brille dehors. J'ai l'impression de me mettre à son diapason. Ça me rappelle ce bouquin que la maîtresse nous avait fait lire en CE2, *L'Œil du loup*. L'histoire d'un garçon qui traverse le zoo du Jardin des plantes, dépasse les lions, les singes, les girafes, et s'arrête devant l'enclos d'un loup borgne. De l'autre côté du grillage, les enfants lui tirent la langue, se moquent de son œil unique, mais le gosse, « immobile comme un arbre gelé », se tient là, en silence. Il attend. Il se lassera avant moi, pense le loup, mais le lendemain, le surlendemain et les jours d'après, le garçon est toujours là dans le froid. Qu'est-ce qu'il me veut ? se demande le loup. Pas d'école ? Pas d'amis ? Pas de parents ? et ça l'agace car il s'était juré de ne plus s'intéresser aux hommes. Pas une pensée en dix ans, pas un regard, rien, ni pour l'employé qui lui jette sa viande de loin, ni pour les mamans idiotes qui le montrent aux tout-petits en piaillant : « Si tu n'es pas sage tu auras affaire à lui. » Ce garçon est différent. Il dégage un calme étrange. Au bout d'un moment, le loup se dit, d'accord, tu l'auras voulu. Il le fixe en retour mais ne sait pas dans quel œil planter son regard, il passe de l'un à l'autre, gauche-droite, droite-gauche, alors le garçon fait une chose bizarre. Qui calme le loup, qui le met en confiance. Le garçon ferme un œil.

À présent ils sont à égalité. Et en plongeant dans l'œil du loup, le garçon voit la naissance en Alaska, la fuite devant les braconniers, la peur, les combats, la souffrance d'être arraché aux siens pour finir borgne et seul dans un zoo parisien, loin de la neige et des montagnes.

Confiné, je ferme un œil.

À Réau, pour pallier la fermeture des parloirs, une cabine téléphonique a été installée. Toumany m'appelle tous les jours. Une heure, parfois plus. Un soir, je reçois un appel d'un numéro inconnu.

— Monsieur Palain ?

— Oui…

— Bonjour, monsieur Palain, ici le directeur de Réau, le centre pénitentiaire.

— Pardon ?

— Vous êtes bien monsieur Palain ?

— Oui, mais…

— Je suis le directeur du centre pénitentiaire du Sud Francilien, à Réau. Je vous appelle sur les conseils de M. Coulibaly Toumany, vous le connaissez, non ?

— Euh… oui.

— Il est libérable sur-le-champ. Il m'a demandé de vous prévenir.

— Libérable ? Mais comment… comment il peut être libérable ? Sa fin de peine est en 2023 !

— Eh bien, euh…

S'ensuit un grand éclat de rire.

— Bon, vas-y, c'est moi, c'est Toumany, je rigolais. Tu faisais la sieste ?

Avant que je réalise, il ajoute :

— Aujourd'hui, j'égale le temps passé à Fresnes. C'est dingue. J'aurais jamais cru.

Derrière, j'entends un mec gueuler son nom.

— Deux secondes, je reviens, il souffle.

Puis s'adressant au mec dans la coursive :

— Ouais, j'ai un moule à gâteaux. Viens le chercher !

Les pas se rapprochent, la voix dit « T'as toujours du sucre, toi. Fais gaffe, tu vas faire du diabète », et l'anecdote rappelle un vieux souvenir à Toumany, en primaire, quand il était parti deux semaines à Habère-Poche, dans les Alpes, en classe de neige. Sa mère avait rempli sa valise de paquets de bonbons.

— On m'avait trouvé une combinaison intégrale, vert et bleu. J'avais jamais fait de ski mais je répétais à tout le monde que j'étais super fort parce que j'avais vu une compétition à la télé. J'étais persuadé que ce serait facile.

Le jour du départ, un grand bus rouge s'est garé devant l'école. Les enfants, si excités la veille, ne voulaient plus grimper dedans. Ils chialaient.

— J'étais le seul qui pleurait pas. J'étais pas triste de partir loin de chez moi. C'était tellement bien là-bas, j'aurais pu y rester un an, facile. Les autres, tous les matins ils recevaient des lettres de leurs parents. Et ils leur répondaient, ils postaient des cartes et tout. Moi je m'en foutais, mais les instituteurs restés à Vigneux poussaient mes frères et sœurs à m'écrire pour que je reçoive quand même quelque chose de temps en temps. Ce qui m'avait choqué, c'était les brosses à dents. Je connaissais pas, ça, les brosses à dents. J'en avais pas à la maison. Mes parents mâchaient un bâton de réglisse. Du coup, pour pas être à l'écart, j'avais emprunté celle d'un copain. J'avais pas de doudou, pas de pyjama non plus. Que des paquets de bonbons. Quand on est rentrés à Vigneux, les parents des autres ont accouru au pied du bus, ils avaient les larmes aux yeux d'avoir été séparés de leurs enfants pendant tout ce temps. Moi, je suis resté avec la maîtresse. Je pleurais pas. Je me doutais que mes parents seraient pas là. La maîtresse m'a ramené chez moi. Ils lui ont dit qu'ils savaient pas, qu'ils avaient oublié, mais je connaissais le chemin, j'aurais pu rentrer à pied. J'étais autonome, déjà, à l'époque, y avait un bébé qui naissait chaque année, voire deux. La seule fois où y a pas eu de naissance, c'est l'année de la coupe du monde, en 1998. Je m'en souviens, j'avais dix ans. La finale, je suis allé la regarder sur l'écran géant de la mairie. Seul. Et je suis rentré seul. Le foot m'intéressait pas du tout mais ça criait dans les rues, ça chantait, les gens klaxonnaient, c'était la fête.

En écoutant cette histoire, je repense à une enveloppe qu'il m'avait confiée au parloir, il y a longtemps. Elle était affranchie et contenait une lettre pour son fils aîné qui était à ce moment-là en classe verte dans un chalet au col du Barioz, quelque part entre Grenoble et Chambéry. C'était très important que je la poste, cette lettre, pour qu'Ethan la reçoive avant la fin du séjour.

Sans transition, Toumany m'annonce qu'il a pris une grande décision. Pour la première fois de sa vie, il va faire le ramadan.

— Je trichais toujours quand j'étais chez mes parents. Je mangeais en cachette, il dit.

— Je savais même pas que t'étais musulman.

— Mes parents le sont à fond. Mon père a même fait le pèlerinage à La Mecque. Mes frères, mes sœurs, tout le monde a été à l'école coranique. Sauf moi. Je connais rien. Même pas les prières.

— Ça te gêne ?

— Ça me fait peur, je crois. J'ai aucune religion, je suis neutre, mais je suis un peu perdu aussi, tu vois ? Je sais pas où me mettre.

— Tu crois en Dieu ?

— Oui, je crois. Oui… Mais j'ai jamais cherché à comprendre par moi-même. Là, j'ai commencé à lire sur l'islam. Je vais essayer d'être sérieux.

En 2013, le ramadan débutait le 9 juillet, une semaine avant les championnats de France. Toumany était favori. Il venait de remporter le meeting d'Alger et avait claqué un 400 mètres en 45'8 aux championnats d'Europe par équipes.

— Vous faites comme vous voulez, annonça Patricia aux athlètes de son groupe, mais je me permets de vous rappeler qu'en tant que sportifs de haut niveau vous êtes exemptés du ramadan. Avec cette chaleur, si vous refusez de boire, vous allez vous blesser.

— Je suis désolé, avait répondu Lyès, un Algérien de vingt-trois ans, spécialiste du 110 mètres haies, mais j'ai mes priorités. La religion passe avant.

Toumany fit la moue. Il n'était pas prêt aux sacrifices. Quand son grand frère lui demanda s'il jeûnait, il répéta l'argument de Patricia.

— Nan… Trop de sport. Je peux pas m'arrêter de boire comme ça.

— Attends, y a des Bédouins qui le font dans le Sahara. C'est pas une raison. Et pour tes prières, c'est pareil, t'as une dispense de sport ?

— Ça va, laisse-moi. Je cours demain à Charléty, je suis en pleine forme, viens pas m'emmerder avec tes histoires.

— Je te le dis, Toumany, tu feras rien demain. Rien du tout. Tu veux jouer au plus malin, mais tu verras.

Le lendemain, à l'échauffement, Toumany avait de bonnes sensations. Le temps était parfait. Du soleil, peu de vent, une chaleur supportable. Il enchaînait les accélérations quand la pointe de son pied buta dans un bourrelet de tartan. Il serra les dents. Une déchirure.

— Qu'est-ce que je fais ? demanda-t-il au kiné. Je suis censé courir dans trente minutes.

— C'est la cuisse ? Abandonne. C'est pas sérieux de courir blessé. Tu vas élargir la plaie.

— Et avec un strap ?

— Si je strappe serré, comme un garrot, on peut limiter les dégâts, mais ça va continuer de se déchirer.

— Strappe-moi.

Une demi-heure plus tard, Toumany s'installait, l'air grave, au couloir numéro 4. Une large bande lui recouvrait la cuisse. Il parvint à décrocher une place en finale, mais souffrait trop pour défendre ses chances, et finit loin derrière. Sur le moment, Toumany ne se dit pas, c'est dommage, sans cet incident à l'échauffement, j'aurais pu gagner. Il pensa au ramadan, à son frère et à cette phrase qui résonnait en lui comme une prophétie : « Il faut que tu grandisses, arrête de tout prendre à la légère. »

Cette année, le printemps est étouffant. Avec la chaleur et l'entraînement, les premiers jours, la tête lui tourne, des étincelles miroitent devant ses yeux, par deux fois Toumany est contraint d'écourter une séance. Et puis sans y penser, il se réveille à 4 heures et n'a plus soif en journée. Le jour de l'Aïd, il écrit sur le groupe WhatsApp de la famille Coulibaly :

> Chers frères, sœurs, neveux, nièces, parents, beaux-parents, belles-sœurs, beaux-frères. Ça a été le meilleur ramadan de toute mon existence. Je pense avoir eu un déclic, je n'ai loupé aucune prière, j'ai énormément lu, j'ai pu me recentrer sur moi-même. Je sais que je vous ai causé énormément de mal. Est-ce qu'un jour je serai

à la hauteur pour me faire pardonner ? J'espère qu'Allah nous aidera. Je ne suis pas du tout fier de mon passé mais cette peine de prison m'a tellement aidé à devenir meilleur, personne ne doit la voir comme un échec. Je ne sais pas quand je sortirai mais ce n'est rien. Encore une fois, je suis désolé. Je vous aime tous très fort, sans exception. Aujourd'hui c'est l'occasion de vous le dire. Je vous aime. Passez le message à tous les membres de la famille. Aïd Mabrouk.

Pour atténuer la solennité de son message, Toumany envoie une vidéo de lui qui danse en chaussettes au milieu de la coursive. Un détenu plus âgé se marre à côté. Un autre, une gaufre dans la main, recouverte de Nutella, regarde la caméra.

La petite sœur qui a fêté ses trente ans la veille, lui répond :

Ton prochain défi c'est des cours de danse, même Moussa qui est un piètre danseur te surpasse ! Très émouvant ton message, pour ma part je te pardonne tout. Parce qu'un jour tu avais volé plein de rouleaux de pièces et tu m'en avais donné. J'étais tellement heureuse ! Je te pardonne même le jour où les flics ont fait une descente, qu'ils m'ont jartée de mon lit du haut et m'ont fêlé le poignet ! Non, sérieusement, je te pardonne. J'espère que ton avenir sera meilleur. Pour tous. C'est vrai que ce ramadan a été très enrichissant. Merci à papa et aux daronnes de nous avoir permis d'être une famille si soudée. Plein de familles n'ont pas cette chance. Continuons ainsi. Love Love Love.

Depuis qu'Iris, son avocate, a décroché une date de procès, Toumany compte les jours.

— Nerveusement, c'est dur, il dit. J'ai eu cinq jugements jusqu'ici, et sur les cinq, j'ai bafouillé à trois reprises. Trois fois j'ai perdu mes moyens. Alors que je suis quelqu'un qui s'exprime bien d'ordinaire. C'est fluide, quoi.

— Qu'est-ce qui t'angoisse ?

— Je leur mentirai pas, aux juges. J'ai déjà tout reconnu. Ce qu'il faut, c'est les supplier sans avoir l'air de les supplier. S'ils sont sévères, je suis reparti pour longtemps. S'ils me chargent pas trop, je pourrai entrevoir la sortie.

— Tu as réfléchi à ce que tu vas dire ?

— J'ai pas relu le dossier encore. Je repousse. J'ai du mal à l'ouvrir.

— La question qu'ils vont te poser, c'est : « Qu'est-ce qui nous prouve que vous n'allez pas recommencer ? »

— Je la connais par cœur cette question. Tu veux que j'y réponde, là ?

— Prends ça comme un test.

— J'ai trente-deux ans. J'ai dit la vérité à mon fils. Avant, mes enfants étaient petits, je pouvais les baratiner. Là, si je déconne, il restera plus personne. Leur mère voudra les protéger, et elle partira loin. Loin de moi. Elle me l'a pas dit mais elle me l'a fait comprendre.

À dix jours du procès, il se met à en rêver la nuit. Des cauchemars si réels qu'il lui faut un temps pour retrouver ses esprits.

— J'étais dans le box des accusés, il y avait toute ma famille dans la salle, et j'étais pas d'accord avec ce que disait la juge, mais j'arrivais pas à le dire calmement. Je l'engueulais, je lui criais dessus, elle me rendait fou.

— Elle te condamnait à combien ?

— Je me suis réveillé avant.

Le lendemain, il rêve qu'il rate un examen.

— C'est comme au bac, je suis dans une salle avec d'autres détenus, la directrice nous appelle par nos noms et chacun rejoint sa table. Ce sont des tables individuelles, séparées par un mètre de distance. Elle me donne un test, il y a plein de questions. Je comprends pas l'énoncé. Je pète les plombs. J'échoue, et la sanction c'est que je peux pas sortir de prison. Je me suis réveillé en nage, les draps trempés.

À deux jours de son procès, je suis à Marseille, au pied des escaliers de la gare Saint-Charles, ma valise au bout des doigts, quand je reçois un appel de la prison. Un fixe. C'est lui, mais il a l'air bizarre. Sa voix est différente.

— Monsieur Palain, comment vous allez?

Il rigole dans le combiné. Je crois à une nouvelle blague. Il ajoute:

— T'es pas allé chercher ton courrier?

— Non, je suis à Marseille. Je rentre ce soir.

— Ah, merde. C'est pour ça. Je comprends mieux…

— Qu'est-ce qui se passe?

— Je t'ai écrit une lettre.

— Ah bah, je l'ai pas reçue, non. Elle dit quoi cette lettre?

— Merde… Eh ben, elle dit… Elle dit qu'il faut que je me concentre sur moi-même. Tu vois, quand tu venais au parloir, et maintenant avec la cabine, tu me parles beaucoup de sport, de course, d'entraînement, et ça m'a remis dedans alors que c'est pas bon pour moi. Faut que je pense à l'avenir. À me trouver un travail. Il faut que j'arrête de t'appeler. Donc ton numéro va être rayé de la liste de ceux que je peux composer sur la cabine. Personne ne me force, hein, c'est important que tu le saches. C'est ma décision.

Je ne réponds rien. Ça sonne tellement faux. Au bout d'un moment, comme un enfant au tableau qui a un trou dans sa récitation, il s'arrête.

— Qu'est-ce que je voulais dire, déjà ? Attends, j'ai perdu le fil… Oui, voilà, il faut que j'apprenne à dire non. Tu vois, il faut que j'apprenne à dire non dans le quotidien, comme quand les détenus me demandent de faire des gâteaux et qu'après je les mange, alors que c'est pas bon pour moi…

Je suis debout sur le trottoir, les doigts serrés sur la poignée de valise, je regarde les voitures embrayer et accélérer bruyamment en sortie de virage, toujours au même endroit.

— Tu as raison, je finis par lâcher. C'est très bien que tu prennes cette décision.

Et je joue mal ma partition car je n'ai pas envie de faire semblant en sachant que la directrice se tient là, pas loin, en passager clandestin de cette conversation. À la fin, Toumany dit :

— Je tiens à te dire que j'apprécie vraiment notre relation. Tu verras, la lettre que tu vas recevoir, c'est une lettre de rupture. Je l'ai fait lire à Rita, elle m'a dit « Mais attends, t'es sérieux, tu le largues ou quoi ? »

À cet instant, il rit vraiment, et soudain je le reconnais. De sa vraie voix, il dit :

— T'inquiète, on se voit dans deux jours. Tu seras bien là jeudi ?

Puis il raccroche.

Je n'ai pas le temps d'encaisser que mon téléphone vibre à nouveau dans ma poche. Toumany. Il m'envoie une photo. Deux Post-it sur lesquels s'étale une écriture baroque, pleine de lettres rondes. Au stylo bille sur le premier, la directrice écrit : « Bravo, bravo, bravo. Pour cette sincérité et cette maturité. Je viens vous voir bientôt. » Sur le deuxième, elle ajoute : « Mme G. aussi est fière de vous. On vous laisse la cabine jusqu'à mardi si vous voulez téléphoner à M. Palain après réception du courrier. »

Toumany m'appelle de son portable. Il a retrouvé sa cellule.

— Laisse tomber, elles m'ont lancé un ultimatum. Elles ont écouté tous nos appels téléphoniques. Je devais attendre que tu reçoives le courrier pour t'appeler, je savais pas que t'étais à Marseille mais je comprends maintenant.

Je m'isole de la route pour mieux l'entendre. Il dit qu'il a été convoqué dans le bureau de la directrice et qu'il y est resté une heure et demie.

— Y avait son adjointe aussi. Elles m'ont mis la pression. Elles ont écouté toutes nos conversations. Toutes, toutes, toutes.

— Mais attends, il y a au minimum trente heures d'appels depuis que la cabine a été installée.

— Elles ont tout écouté depuis le début. Je le sais parce qu'elles m'ont cité des passages entiers de nos conversations. Elles m'ont même dit : « On sait que vous avez un portable parce qu'il vous arrive de rebondir sur des sujets que vous n'avez jamais abordés à la cabine. Par exemple, vous lui dites "Rapport à ce que je t'ai dit tout à l'heure", alors que vous n'êtes pas censés vous être parlé depuis la veille. »

— Mais… Mais à quoi ça leur sert de nous espionner ? je finis par bégayer.

— Ça les inquiète beaucoup que tu sois journaliste. Elles n'arrêtaient pas de demander : « Comment vous pouvez lui faire confiance ? Comment vous pouvez croire qu'il ne va pas vous trahir ? Vous lui avez avoué que vous aviez trompé votre femme, qu'est-ce qui vous dit qu'il ne va pas vous balancer ? »

— Ah oui, carrément ! Elles ont été jusque-là…

— Elles me disaient : « Vous vous confiez énormément à lui, pourquoi ? »

— Et alors ?

— Bah, parce que j'ai confiance, le courant passe bien, c'est naturel. C'est un homme, en plus, c'est pas pareil. On a le même âge, on parle le même langage, il me comprend. Je leur disais d'ailleurs « Quand vous lui avez suspendu le permis, c'est moi qui lui ai parlé de la cabine, il savait même pas qu'elle existait. C'est moi qui l'ai appelé. Personne ne m'a forcé. »

— Et pour le portable, elles t'ont menacé ?

— Pas vraiment, mais elles m'ont répété qu'elles savaient que j'en avais un, et qu'elles voulaient que j'arrête de te parler. Plus de parloir. Plus de cabine. Soi-disant que ça nuirait à ma détention. Je savais qu'elles voulaient un écrit. Au final, j'ai fait exactement ce qu'elles attendaient de moi et elles sont tombées dans le panneau. Tu as vu leurs Post-it ?

— C'est dingue… C'est pas comme si t'étais un terroriste ou un parrain de la drogue. Et puis ça veut dire quoi ces « Bravo, bravo, bravo » ? Elles te prennent pour un enfant de cinq ans.

— Je te jure… Et, putain, Mathieu, j'ai eu trop de mal à l'écrire cette lettre. J'y arrivais pas. J'ai déchiré je sais pas combien de brouillons. Tu verras, c'est une vraie lettre de rupture.

Le lendemain, je descends avec angoisse à la boîte aux lettres. Je reconnais son écriture sur l'enveloppe, des lettres maladroites alignées au stylo bille. À l'intérieur, une copie double pleine de mots qui, même si je connais le contexte dans lequel ils ont été écrits, touchent parce qu'il est impossible, en les lisant, de ne pas se dire : il y a un fond de vérité là-dedans.

Mathieu,

Je t'écris sans rancœur mais j'ai besoin, par respect pour notre amitié que je sais sincère et profonde, de te dire des choses importantes.

Tu le sais, je ne sais pas dire non. Et ce défaut m'a déjà apporté beaucoup de soucis, y compris avec la justice. C'est pourquoi ce courrier est nécessaire pour me faire avancer. Il faut que je sache dire ce que je pense aux autres. Il faut que je m'affirme.

Je n'ai pas osé te dire que tes visites toutes les semaines empêchaient mes enfants et ma femme de venir. La suspension du parloir m'a soulagé car je n'arrivais pas à te demander d'espacer tes venues.

Je n'ai pas osé t'expliquer clairement que le sport n'était plus ma priorité. Et au fur et à mesure de nos échanges, le sport est revenu dans ma tête. Pour mon avenir, je dois me concentrer sur ma famille et le travail, en finir avec la justice.

Je n'ai pas osé te montrer mon mécontentement quand tu es allé à la rencontre de mon passé. Tu t'es immiscé dans mon intimité et je l'ai mal vécu. Mais tu vois, j'ai laissé passer. J'aurais dû te dire les choses clairement car cela a semé le doute en moi. Même encore aujourd'hui, je ne sais pas le but final de nos échanges. Tu me parlais d'un livre, mais cela restait vague.

Je ne suis pas prêt. J'ai encore beaucoup de travail à faire sur moi-même pour envisager un tel projet.

C'est pourquoi, pour le moment, et je pense jusqu'à ma sortie, il faut mettre un terme à nos échanges. Il me faut du temps pour travailler sur cette difficulté qui pourrit ma vie. Je dois me concentrer à changer et m'affirmer sans crainte pour pouvoir me réinsérer et avoir une vie normale.

J'ai eu un entretien avec la directrice et la psy mais je tiens à te dire qu'elles ne m'ont influencé en rien. C'est ma décision. Le parloir restera suspendu définitivement. Je le réserve pour ma famille. Ton numéro de téléphone sera bloqué à partir du lundi 8 juin 2020. Je suis désolé d'avoir été lâche.

Je sais au fond de moi que je ne vais plus récidiver. Je sais aussi que je suis quelqu'un de bien mais je sais qu'il me faut beaucoup travailler pour lutter contre des aspects de ma personnalité. Je tenais à te remercier pour ton amitié. Cette lettre me coûte énormément mais elle m'est nécessaire.

J'espère que tu comprendras ma démarche et que nous pourrons en reparler quand je serai libre, physiquement et mentalement.

À la fin, en lettres majuscules, comme pour appuyer son libre arbitre, il écrit :

C'EST JUSTE MOI, COULIBALY TOUMANY

Et toujours ce bonhomme en signature.

Ça m'a fait très bizarre. Je ne l'ai lue qu'une fois. Je l'ai pliée et rangée dans un tiroir pour qu'elle ne traîne pas, que je ne puisse pas tomber dessus par hasard en traversant le salon. Je me sentais mal. J'ai écrit à Toumany.

— J'ai reçu ta lettre.

— Oups… Alors ? Je suis bon acteur quand même, hein ?

— Même après ce qu'on s'est dit hier, ça m'a fait quelque chose de la lire. Je te jure.

— Une vraie lettre de rupture. Je te disais, ça m'a pris des heures et des heures de l'écrire.

— Même si tu m'assures que ce que tu as écrit est faux, je tiens à te le redire pour que ce soit clair : c'est important que tu sois d'accord pour qu'un livre existe. Je n'ai pas l'intention de te trahir.

— T'inquiète. Tu me l'as toujours dit, ça.

Je ruminais. Je ne savais plus quoi penser. J'avais les premières phrases du livre de Janet Malcolm, *Le Journaliste et l'Assassin*, qui me frappaient la tête comme un boomerang : « Le journaliste qui n'est ni trop bête ni trop imbu de lui-même pour regarder les choses en face le sait bien : ce qu'il fait est moralement indéfendable. Il est tel l'escroc qui se nourrit de la vanité des autres, de leur ignorance ou de leur solitude ; il gagne leur confiance et les trahit sans remords. Tout comme la veuve crédule qui se réveille un beau matin pour constater que le charmant jeune homme s'est envolé avec ses économies, celui qui consent à devenir le sujet d'une œuvre écrite de non-fiction paie au prix fort la leçon qu'il reçoit le jour de la parution du livre. Suivant leur personnalité, les journalistes trouvent à leur traîtrise différentes justifications. Les plus pompeux parlent de liberté d'expression et du “droit du public à savoir”, les moins talentueux parlent d'art, et les minables marmonnent qu'il faut bien gagner sa vie. »

Je n'avais envie d'être aucun d'entre eux.

Ce matin-là, nous avons fait l'amour, avec Adèle. Au réveil, un peu après 7 heures. C'était si naturel que j'en ai été choqué, juste après, en pensant que Toumany se réveillait seul dans son lit une place, sans Rita à ses côtés, sans personne pour lui dire « Ça ira, tu verras, ne t'en fais pas ». J'ai culpabilisé en passant sous la douche. Je me disais, regarde la chance que tu as. Les gens libres oublient qu'ils le sont. Même toi, tu oublies.

C'est une belle journée de juin, assez chaude pour sortir sans veste. Le tribunal est un immeuble de verre et d'acier trempé, inauguré en 1999 par la ministre de la Justice, Élisabeth Guigou. Je le sais parce que c'est écrit sur une plaque à l'entrée. L'audience a lieu en salle G, une vaste pièce avec des bancs inconfortables taillés dans le bois clair. Tout le monde est masqué. Je prends place dans les rangs du fond, juste devant

Adil Gandou, l'athlète marocain, le triple sauteur. Il porte une veste en cuir retourné avec un col en peau de mouton, un jean noir et des chaussures de ville assez classe. On pourrait croire qu'en hésitant devant sa commode sur la tenue correspondant à ce genre d'événement, il a fini par attraper les vêtements qu'il enfile pour aller en soirée. Il est nerveux, ça se voit.

— Votre convocation, s'il vous plaît, lui demande le greffier.

— Ma… Pardon, je ne l'ai pas sur moi. Gandou, Adil.

— Vous serez assisté d'un conseil ?

— Mon avocat ? Il va arriver…

Avant le début des hostilités, une salle d'audience paraît toujours baigner dans une drôle d'atmosphère. Les avocats se connaissent, ils blaguent entre eux comme s'ils avaient passé la soirée de la veille à descendre une bonne bouteille, ou qu'ils préparaient des vacances communes dans une grande maison corse. Je suppose qu'en tant que prévenu, on aimerait que son avocat se retienne, qu'il se contente de rester assis et de serrer le regard, voire qu'il manifeste un soupçon de haine pour le camp d'en face. Là, ce serait une attitude encourageante. Pourquoi ce badinage, s'il faut ensuite se sauter à la gorge ?

La cloche sonne, annonçant l'arrivée de la cour. Encadré par trois policiers, Toumany est amené dans le box vitré. On lui retire les menottes. Il porte un tee-shirt rose pâle sous une veste à capuche. Ses cheveux sont tressés. Je réalise que cela fait des mois que je ne l'ai pas vu. Iris est là, bien sûr, élégante dans sa robe noire. Elle lui adresse un signe de la tête. Ça va commencer.

La présidente appelle les cinq prévenus. Il y a des demandes de renvoi. Une avocate dit qu'elle a pris connaissance de l'affaire à 11 heures ce matin. Elle n'a pas pu examiner le dossier et se déclare en incapacité de défendre son client. La présidente, la soixantaine, de fines lunettes et des cheveux courts sur un corps sec, se tourne vers le client en question.

— Vous aviez oublié que vous aviez un procès ? Faut vous faire des rappels, en plus ? La date a été fixée en janvier.

— Non mais… avec le coronavirus…

— Alors le coronavirus, je veux bien, mais le confinement a débuté le 16 mars et ça fait depuis le 11 mai, soit un mois pile aujourd'hui, que les choses ont repris un cours à peu près normal. Pendant tout ce temps, vous n'avez pas trouvé d'avocat ? Qu'est-ce qui fait que vous avez pris contact avec ce nouveau conseil seulement ce matin ?

La réponse n'étant ni argumentée ni satisfaisante, la présidente balaye la demande et annonce aux participants qu'ils seront jugés sur place. À toute vitesse, elle donne lecture de l'ordonnance de renvoi, commençant par « Il vous est reproché », avant de dérouler une phrase de dix kilomètres.

— Bon, au niveau des faits, il y a une belle cadence, il faut le reconnaître, dit-elle en levant le nez de ses papiers.

Une légère condescendance flotte au-dessus de ses mots.

— Le 10 février, reprend-elle, entre 1 h 28 et 1 h 38, le cambriolage a lieu sans alerter le gardien puisque c'est l'agent de nettoyage qui découvre les dégâts le lendemain matin. Après étude de la vidéosurveillance, on voit un premier individu regarder par le sas d'entrée. Puis un second quatre minutes plus tard. Et trois individus à 1 h 34 qui, cette fois équipés d'une masse, brisent le vitrage blindé du magasin, cassent la porte en contreplaqué de la réserve et repartent avec le butin. Les responsables font état de 103 téléphones manquants, de cadres photo numériques et de quatre montres connectées…

S'adressant aux cinq prévenus, elle lance :

— Alors, qui a l'idée ?

Elle se tourne vers Adil Gandou.

— Gandou, vous êtes plutôt pote avec M. Coulibaly, hein ? Vous formez le duo gagnant ?

— Je le connais, en effet. On s'entraînait ensemble.

— Qui organise ?

— Je ne sais pas.

— Monsieur Coulibaly ?

Toumany se lève. Il tousse une première fois dans le micro pour vérifier qu'on l'entend bien.

— Madame, c'est Drame et Traoré, ici présents, qui ont monté le coup.

— Il ment, coupe Traoré. C'est lui le voleur.

La présidente ne comprend rien à leur répartition des tâches. Toumany lui explique qu'il y avait deux voitures de guetteurs postées à des endroits stratégiques pour alerter en cas d'arrivée de la police.

— Ah carrément ? s'étonne-t-elle. Mais c'est mieux que des go-fast votre truc ! Et vous, Coulibaly, vous êtes toujours prêt. Comme les scouts. Ils vous proposent, vous acceptez.

— C'était pas le premier vol, il dit. On faisait ça depuis un an déjà. Eux, ils trouvaient le plan, et moi, j'entrais dans les magasins.

— Attendez, moi aussi je peux vous le trouver le plan. Des magasins de téléphonie, y en a partout, je vois pas où se trouve l'exploit.

— Non. Leur rôle, c'était de faire du repérage. Du vrai repérage. Savoir où sont les caméras, s'il y a un gardien, tout ça.

— Monsieur Coulibaly, je vois que vous aviez bénéficié d'une libération conditionnelle à l'époque, pour raisons sportives. S'ils vous l'ont accordée, c'est que vous avez dû vous rouler par terre. Vous avez juré craché que c'était fini, que vous aviez changé. C'est un contrat de confiance, la justice, hein, comme chez Darty. Maintenant, évidemment, c'est difficile de vous faire confiance.

Toumany hésite à répondre. Elle reprend.

— Bon, et la question à mille euros, c'est le butin. Si je lis vos déclarations à tous, c'est « J'en ai pris deux », « J'en ai pris trois »... Moi, ça me va pas, écoutez, parce que j'ai cent trois téléphones à caser.

— On a fait le partage, explique Toumany. Ceux qui entrent dans la boutique prennent plus de risque que les guetteurs, donc ils récupèrent plus, c'est la règle.

Pendant cinq minutes, elle tente vraiment de partir à la recherche de ces téléphones revendus sur leboncoin il y a plus de cinq ans, puis se rendant compte de l'absurdité de la chose, dit « Bon, on va pas épiloguer, passons aux faits du 1er mars ».

Elle se tourne vers le seul Blanc de l'équipe :

— Alors, Leroy, ça a moins bien tourné pour vous, cette fois.

Il a un rictus. C'est un homme d'une trentaine d'années au crâne dégarni et au teint rosé. Il porte un jean et une veste de survêtement, il se tient légèrement voûté, les mains jointes dans le bas du dos. Il n'a pas l'air d'un type dangereux. Vraiment pas. Avec un costume Zara, il ferait l'affaire en commercial dans n'importe quelle boîte.

— Les policiers sont appelés car des individus entrent chez Pizza Paï à 3 h 15, les caméras le prouvent, poursuit la présidente. Ils fracturent la boutique Bouygues et en ressortent à 3 h 21. Six minutes. Très efficace. Les policiers prennent en chasse leur BMW, qui glisse sur la chaussée à l'entrée de Fleury-Mérogis – un hasard – avant de taper le trottoir. Trois individus prennent la fuite. Les policiers reçoivent l'information selon laquelle un homme se cache derrière une file de véhicules garés. Une cagoule dépasse de la poche de sa veste.

Par-dessus ses lunettes, elle pose son regard sur Leroy.

— C'est de vous dont il s'agit, là.

Il opine du chef.

— Pourquoi vous lui proposez, à M. Coulibaly ? demande-t-elle.

— Il est connu pour des vols.

— Vous aussi, non ?

— Oui, non. Enfin oui, moi je voulais le faire.

Toumany précise :

— Le repérage, ce coup-ci, on l'a fait tous les quatre avec ma voiture. Une Mégane.

— Et vous allez voir quoi ? demande la juge.

— On regarde par où on va entrer. Là, par exemple, on a remarqué que le Pizza Paï nous permettait d'accéder au centre commercial sans avoir à forcer le rideau de fer.

— Et vous, Gandou, vous êtes où ? lance-t-elle en se tournant vers lui.

— Derrière eux, au niveau du Quick. Je faisais le guet. J'ai eu le feu vert comme quoi c'était fini, et j'ai rebroussé chemin. C'est là que j'ai croisé la BM, portes ouvertes en travers de la chaussée. J'ai compris. Je suis revenu plus tard pour récupérer Toumany.

— Très bien, passons aux faits du 6 mars, dit la présidente. On va se faire tous les centres commerciaux d'Île-de-France, cette fois c'est Pontault-Combault. Encore plus rapide, le vol a lieu entre 1 h 23 et 1 h 27. Trente-neuf téléphones dérobés. Alors, monsieur Coulibaly ?

— Dans l'Alfa Romeo, il y avait Adil et Drame. Dans la Mégane, moi et deux potes de Leroy.

— « Un Rebeu et un Asiatique », vous avez dit en garde à vue.

— Oui, Leroy, il est en détention à l'époque. À cause du cambriolage précédent.

Le procureur se lève. C'est un homme d'une quarantaine d'années qui fronce les sourcils.

— Qui est ce fameux Maghrébin ? demande-t-il à Leroy. Si c'est votre ami, vous devez le connaître. Quel est son nom ?

— Je ne m'en rappelle pas.

— Vous ne vous en rappelez pas ou vous ne voulez pas vous en rappeler ?

— Je m'en rappelle, mais j'ai pas envie de le dénoncer.

— De qui s'agit-il, monsieur ? insiste le procureur en haussant la voix.

— Si je le dénonce, je vais avoir des problèmes.

— De qui s'agit-il ? tente-t-il une dernière fois en essayant de se faire menaçant.

— Non, mais je vais avoir de gros, gros, problèmes.

— Bien. Le tribunal en tirera toutes les conséquences.

Le procureur se rassoit, passablement agacé, et la présidente reprend :

— On arrive maintenant au 22 mars, le centre commercial Bois-Sénart. Même mode opératoire, on passe par le Flunch pour remonter la galerie marchande jusqu'au magasin de téléphones. La police de

Moissy-Cramayel est alertée, une patrouille prend les voleurs en chasse, tout le monde s'éjecte du véhicule. Gandou est interpellé.

Elle sourit.

— Alors, monsieur Gandou, on s'encanaille ?

— Avant, le butin était léger, dit-il. J'avais l'impression de me faire rouler. C'était mon ressenti. Cette fois, je voulais entrer.

— Et ce coup-là, qui l'organise ?

— Ce n'est pas Toumany, je peux vous le dire.

— Pourquoi ?

— Parce qu'il se fait guider. Ces hommes qui sont ici, les prévenus, je ne sais pas s'ils étaient au bout du fil, mais je sais que Toumany parlait en malien avec des gens qui lui donnaient les instructions.

Iris se lève pour poser une question.

— Monsieur Gandou, est-ce que des gens venaient voir M. Coulibaly à l'entraînement ?

— Oui. Des hommes venaient le voir au stade. Je ne savais pas qui c'était, mais parfois il s'absentait de la piste.

Toumany précise :

— Ces interruptions lui ont mis la puce à l'oreille. Après ça, Adil s'est mis à me poser des questions sur ce que je faisais à côté de l'athlé.

— Monsieur Gandou, reprend la présidente, vous n'avez aucune inscription au casier judiciaire, que faites-vous dans la vie ?

— Je suis chargé d'opérations chez Chronopost.

— Moi j'ai « RSA », qu'est-ce que ça veut dire ?

— Responsable de secteur d'activité.

— Vous gagnez combien ?

— 1 800 euros brut.

— Je vois. Vos revenus sont de 24 294 euros pour l'an dernier.

— Je suis toujours dans cet emploi.

— J'ai l'appréciation de votre patron, là : « Adil Gandou a commencé chez nous comme intérimaire. Il a tout de suite donné satisfaction. C'est un employé curieux, responsable, un élément moteur qui aime le challenge, animé d'un très bon esprit d'équipe, je suis convaincu qu'il évoluera s'il continue dans cette voie. » Dites donc, il vous aime bien...

Comprenant qu'elle n'aura pas de réponse à cette phrase qui n'est pas une question, elle demande :

— Vous vivez toujours avec votre compagne ?

— Oui, ça fait neuf ans qu'on est ensemble. On est en train d'acquérir un bien immobilier à Sainte-Geneviève-des-Bois, dans le 91.

— Et le sport ? Vous étiez athlète au moment des faits.

— Je le suis toujours. J'étais blessé à l'époque, j'avais des charges et plus aucune rentrée d'argent. J'ai choisi la solution de facilité. J'ai repris l'athlétisme juste après, en avril 2015.

— Avec des résultats ?

— J'ai été vice-champion de France en février dernier. J'avais des compétitions qui ont été repoussées, à cause du coronavirus, mais j'ai réintégré l'INSEP. Ils m'avaient renvoyé à cause de cette affaire. Je bénéficie d'horaires aménagés de la part de Chronopost pour pouvoir m'entraîner.

La présidente note quelques mots sur un bout de papier et passe au cas Leroy. Huit pages de casier judiciaire, vingt condamnations.

— La dernière date de novembre 2014, relève-t-elle. À l'époque vous étiez très actif. L'intérêt de juger cinq ans après, c'est aussi de voir le parcours. Vous avez calmé le rythme. Vous faites quoi ?

— Je travaille chez Coca-Cola.

— On a des preuves de cela ?

Son avocat s'avance vers l'estrade avec des fiches de paye. La présidente s'en saisit.

— Ah, c'est de l'intérim, soupire-t-elle, déçue.

— Oui, je suis depuis un an chez eux. En tant que cariste.

— Et ça va déboucher sur un emploi ?

— Je l'espère. Quand on est assidu, il y a parfois des chances d'embauche.

— Vous avez eu une fille ?

— Un petit garçon. En 2014.

— Vous vivez avec sa mère ?

— Non, on est séparés.

— Vous voulez ajouter quelque chose ?

— Je travaille depuis 2015. Ça a changé ma vie. Avant, je travaillais pas.

Elle griffonne à nouveau et on arrive à Toumany. Six pages de casier. Quatorze condamnations. La juge donne lecture de chacune d'entre elles. À la fin, comme pour aider à résumer sa situation, Toumany se lève, abaisse son masque et dit dans le micro :

— Je suis actuellement sur une peine de neuf ans.

La juge s'étrangle.

— Neuf ans ?

— Madame la présidente, la fin de peine est fixée au 23 juillet 2023, précise Iris. Il est d'ores et déjà aménageable.

— Je peux voir la fiche pénale ? demande la juge. Ah, vous êtes à Réau. (Puis, après un silence, elle dit :) Vous purgez les comptes, quoi. Ah ça, quand ça arrive, ça fait mal. Vous êtes incarcéré depuis 2016 ?

— Oui.

— Ça doit faire long.

— Oui.

— Vous avez dit au juge d'instruction que vous souffriez de troubles pathologiques.

— J'ai un suivi psy depuis 2016. Je pensais être kleptomane mais ce n'est pas le cas, ça va au-delà, le kleptomane ne fait pas des vols comme les miens. J'ai participé à un programme en prison, qui s'appelle Sycomore. Il m'a aidé à me rendre compte de l'impact de mes actes sur les victimes, mais aussi sur mon entourage. Je souffrais du manque de contact avec ma famille, je ne comprenais pas pourquoi ils ne venaient pas me voir au parloir. J'ai compris qu'ils attendaient un signe de ma part, un changement, parce que mes erreurs les affectaient et affectaient leurs enfants.

— Vous avez des enfants vous-même ?

— Trois garçons et une fille, oui.

— Quels sont vos projets ?

— J'ai passé un BTS comptabilité en détention, un bac+2. Je suis en charge du pôle vidéo à Réau. J'ai aussi passé mon CAP peinture. Je pense que j'ai les armes pour retrouver du travail. Ma priorité étant la comptabilité parce que j'ai les diplômes et l'expérience.

— Et le sport ?

— L'athlétisme, vous savez, c'est un sport ingrat qui ne vous permet pas de payer les factures. Chaque fois que je me trouvais en difficulté, je repartais dans l'illégal. Donc, à la différence de toutes les peines que j'ai effectuées auparavant, je ne veux pas sortir en disant partout que le sport est ma priorité. Ça fait quatre ans que je suis incarcéré. Avec les réductions de peine, sur le papier il me reste trois ans. Et même si rien n'est figé, j'espère voir le bout du tunnel.

— Quels âges ont vos enfants ?

— Le premier est en sixième, il a onze ans. La dernière, quatre ans. J'ai décidé il y a quelques mois de leur avouer la vérité, parce que je leur disais « Papa, il est au travail, papa il s'entraîne dur », mais grâce à Sycomore, j'ai réussi à leur dire « Papa, il a fait des bêtises, il est en prison, et il ne va pas sortir tout de suite ».

— Très bien. Vous pouvez vous rasseoir.

C'est maintenant l'heure des réquisitions. Le procureur parle d'une spirale infernale.

— Ces jeunes gens n'improvisent pas, ils savent ce qu'ils font. Ils opèrent de manière quasi professionnelle, avec un partage des tâches, de la sophistication dans le repérage et une exécution extrêmement rapide. Maintenant, ce sont des faits de 2015. Je pense qu'il faut accorder une prime à ceux qui reconnaissent et pénaliser ceux qui n'assument pas.

Il demande une peine indolore pour Toumany : deux ans de prison déjà effectués.

Iris s'avance. Elle prend son temps, comme au théâtre, quand les comédiens attendent le silence total pour déclamer leur première phrase.

— Hier, dit-elle finalement d'une voix forte. Hier, je lisais un article du *Parisien* qui se demandait comment un homme qui était monté si haut pouvait tomber si bas. Avec ce genre de formule bancale qui plaît tant aux journalistes : « Le casier judiciaire de Toumany Coulibaly est maintenant aussi long qu'une piste d'athlétisme. » Bien. Dans cet article, la présidente du club de Montgeron était citée. On lui demandait ce qu'elle pensait de sa récidive. Elle répondait : « C'est un garçon gentil, poli, avec un talent fou. Mais je ne suis pas magistrat… » Je ne le suis pas non plus, magistrat, mais vous l'êtes, madame la présidente, et vous avez aujourd'hui à juger cet homme. Juger des faits, déjà : quatre vols en un mois et demi. Commis avec une extrême rapidité, c'est vrai : ils entrent à 1 h 45, sortent à 1 h 48. Monsieur le procureur a insisté sur leur professionnalisme, permettez-moi au contraire d'y voir beaucoup d'amateurisme. Le téléphone de monsieur Coulibaly borne sur les lieux, il utilise sa propre voiture pour le cambriolage, maquille grossièrement les plaques d'immatriculation avec du scotch, on trouve son ADN à bord, mais aussi sa carte bancaire et un RIB à son nom. J'ai vu mieux, comme expert. C'est à se demander si, finalement, il n'a pas envie de se faire attraper. Il donne l'impression de tenter le diable en se demandant à quel moment ça va tomber.

« Madame la présidente, mon client a reconnu l'intégralité des faits pendant l'instruction et demandé à être jugé une bonne fois pour toutes. Depuis son incarcération, monsieur Coulibaly a pris tous les avantages que revêt l'exécution de la peine. Vous pourriez être amenée à croire qu'il recommencera, mais le fond, il l'a touché en 2016, en arrivant à Fresnes. Vous trouverez dans le dossier qui vous a été transmis les attestations de ses diplômes obtenus en détention, et tout le panel des cartes qui lui serviront à sa sortie. Vous avez à la fois les éléments pour condamner monsieur Coulibaly, et ceux pour prononcer la confusion de sa peine.

La présidente feuillette les documents attestant de son comportement irréprochable depuis quatre ans. Elle ne lit pas, elle se contente de tourner les pages.

— Hum… vous voulez ajouter quelque chose ? finit-elle par demander à Toumany.

Il se lève et prend la liberté de placer le micro droit devant lui.

— Demander pardon, ce n'est pas facile. Je suis sur une grosse peine, mais je n'ai pas gâché ce temps. Je paye mes parties civiles depuis le début, 120 euros tous les mois, pas pour la clémence de la justice, mais pour moi, pour sortir un jour et ne plus avoir de dettes. Je ne veux plus récidiver. C'est vrai, je l'ai souvent dit, à chaque jugement je l'ai dit, mais c'est différent. J'ai grandi.

La séance est levée. La cour se retire pour délibérer.

L'avocat de SFR, partie civile au procès, vient me taper sur l'épaule alors que je range mes affaires. C'est un homme d'une cinquantaine d'années, les cheveux grisonnants, la carrure d'un athlète qui a pris du poids.

— Vous bossez au *Parisien* ? il demande. Je vois que vous prenez des notes depuis tout à l'heure.

— Euh… non. Je ne suis pas au *Parisien*, je bredouille.

— Vous êtes dans un cabinet alors ? Stagiaire ?

— Non, je suis journaliste. Mais en free-lance.

— Ah… J'espère que vous n'allez rien écrire sur Coulibaly. C'est pas un mauvais mec et il a eu assez d'histoires comme ça. Pas la peine d'en rajouter.

Je le suis et on retrouve Iris sur le parvis. La lumière est si forte que nos yeux se plissent.

— Il assure, votre client, lui lance-t-il en faisant sauter une cigarette hors de son paquet. Il a toujours assuré. Moi, je le connais depuis longtemps, ça fait au moins dix ans que je le croise dans des affaires en tant qu'avocat de SFR. Et c'est dommage, c'est un garçon intelligent.

Il y a une explication à sa carrure. L'avocat a joué au rugby. Troisième ligne. Avant de monter son cabinet et de défendre un géant des télécoms, il a été un petit gars de la campagne, à Montceau-les-Mines.

— Les journalistes, dit-il en me regardant. Désolé, hein, mais franchement... Pour cette affaire, *Le Parisien* a titré « Le gang des athlètes ». Faut pas déconner... Le gang, c'est deux mecs qui volent des portables ?

On discute comme ça une demi-heure, attendant un signe, puis les flics qui somnolaient sur leurs téléphones, scrollant Facebook à l'infini, soulèvent leur cul pour prévenir tout le monde que ça y est, ça reprend. La présidente retrouve le haut fauteuil de cuir au centre de l'estrade et lance :

— Avant toute chose je tiens à rappeler qu'on n'est pas là pour juger des vols de bonbons, hein. On parle de magasins et de téléphones, ce sont des faits graves.

Puis, de manière implacable, elle dit :

— M. Coulibaly est déclaré coupable et condamné à trois ans de prison ferme.

Iris se tourne vers le box. Toumany la rassure :

— C'est rien, je m'y attendais.

Entre-temps, Adil a entendu la présidente le condamner à deux ans de prison, dont un ferme.

— Vous porterez un bracelet électronique, le juge fixera les horaires auxquels vous serez assigné à résidence.

Un long soupir lui échappe, il fait non de la tête, se tenant là, debout à deux mètres de la femme qui vient de sceller son sort. Dans les couloirs, juste après, les avocats se recroisent, abasourdis de laisser leurs clients rentrer chez eux avec des peines plus sévères que ce qu'avait demandé le Parquet.

— Elle est connue, elle remplit les prisons, dit l'un d'eux.

Puis, se tournant vers Leroy, il ajoute :

— Si vous aviez été jugé plus tôt, elle vous aurait mis trois ans. C'est certain. Elle rigole pas du tout.

L'avocat de SFR, le rugbyman, se propose de nous ramener, sa Mercedes est garée tout près. Je monte à l'arrière, laissant Iris débattre de la vie de pénaliste avec son confrère. J'ai mal au ventre. L'avocat, qui clope la fenêtre ouverte, dit :

— Lui mettre autant alors qu'il a quatre enfants ? Elle n'a aucune humanité.

J'observe les voitures à l'arrêt sur la file d'en face, et remarque une moto sur le flanc, dans le fossé. Une grosse cylindrée. On avance au ralenti sur une centaine de mètres puis on tombe sur le pilote, étendu sur la chaussée. Son corps est entouré par les pompiers. Impossible de savoir s'il est conscient, s'il respire, s'il ne bouge plus parce qu'il a les cervicales enserrées dans une minerve ou s'il est tout simplement mort. Je suis déjà loin, en train d'imaginer la vie de cet inconnu, s'il a une femme et des enfants, s'il leur a dit « à ce soir » en quittant la maison ce matin après le café, ou s'il est célibataire, à faire un boulot de con qui lui prend toutes ses soirées, quand Toumany m'écrit. Il est 19 h 8, il a déjà retrouvé sa cellule :

« Je suis satisfait. La juge était vraiment pas facile. Je suis choqué pour Adil, c'est trop ce qu'elle lui a mis. »

« Je m'attendais pas à ça », je réponds.

« C'est vraiment connu qu'à Melun ils sont sévères. Et encore, c'est pas les pires. À Versailles, à Meaux, ils sont très durs. Mais ça m'a fait tellement de bien de voir que les parties civiles me défendaient un peu. »

L'avocat nous dépose, Iris et moi, à un feu devant la gare de Lyon, et on se dirige vers la fête d'anniversaire d'Adèle, ma compagne. Elle vient d'avoir trente-trois ans. Il y a du monde au bar, les gens rient, ils sont heureux de se voir. J'enchaîne les verres, passant de la bière au Ricard, mais c'est comme s'il m'était impossible d'être bourré ce soir. Le temps vire d'un coup à l'orage, un orage de 15 août, violent, avec des éclairs et des gens à la peau collée par le tee-shirt, qui s'abritent sous des porches d'immeubles en souriant. Ça finit par se calmer et, quelques minutes avant la fermeture, un mec qui boit seul en terrasse depuis des heures ose rejoindre le groupe et prononcer une phrase extrêmement risquée : « J'habite juste à côté, si vous voulez, on peut continuer chez moi. » La vingtaine d'amis déjà ivres le suit dans les rues détrempées, certains passent chez l'épicier prendre du gin, du Schweppes, et on se retrouve chez cet inconnu, dans un appartement si vide qu'une fille murmure : « On est sûrs que c'est pas un psychopathe ? » Un canapé fatigué est poussé contre un mur, il y a quelques verres au fond d'un placard, de la vaisselle pour deux et un frigo qui semble avoir été acheté le matin même. Le type est heureux d'avoir du monde, il murmure des trucs salaces à l'oreille d'une copine et met la musique à fond.

Le lendemain, j'hésite à aller courir. Toumany m'écrit pour me proposer un défi sur 400 mètres et je sais que je finirai par me traîner jusqu'au stade si j'arrive à enfiler une paire de baskets, mais je n'ai pas l'envie. Ça me tue de savoir que des juges en 2020 voient encore la prison comme une solution. Je parcours les livres sur mes étagères, sans les envisager, et tombe sur un bouquin jamais ouvert, acheté pendant le confinement dans une librairie du quartier. Le gérant, sorte de hippie un peu hirsute, considérait qu'avec du gel hydroalcoolique à l'entrée, il avait bien le droit de rester ouvert. Sans surprise, c'était le foutoir à l'intérieur, les nouveautés se disputaient un coin de table avec des polars et l'intégrale de Victor Hugo. Je suis vite ressorti, mais par politesse j'ai acheté ce livre rouge qui traînait près de la caisse : *Journal d'un vieux dégueulasse*, de Charles Bukowski.

Ce sont des nouvelles très alcoolisées, où il est question de cul une page sur deux. En le feuilletant, je tombe sur un dialogue qui oppose deux types, Moss et Anderson, un peu pétés dans un bar quelconque.

> — Toi, t'as été en prison, non ? Comment c'était ?
>
> — Rien de bien différent.
>
> — Ce qui veut dire ?
>
> — Ce qui veut dire qu'on transporte dans un autre élément la société humaine dans son entier. Et les clivages se font en fonction de la spécialité de chacun.

Les escrocs ne fréquentent pas les voleurs de voitures. Lesquels ne fréquentent pas les violeurs. Qui ne fréquentent pas les exhibitionnistes. L'appartenance à l'un ou l'autre des groupes dépend du motif d'inculpation. Par exemple, un producteur de films pornos occupe une place de choix dans la hiérarchie carcérale tandis qu'un bourreau d'enfant est rejeté dans l'enfer…

— Et tu les classais comment?

— Au même niveau : en cellule.

— Je vois, mais en quoi un taulard diffère de l'homme de la rue ?

— Un taulard est un perdant qui *aura essayé*.

Seuls les idéologues et ceux qui n'y ont jamais été confrontés peuvent croire ou dire – au fond quelle différence – que la justice est la même pour tout le monde.

Les jours qui ont suivi le procès, ç'a été un festival.

Le maire de Levallois, Patrick Balkany, s'est d'abord laissé filmer en train de danser en pleine rue sur du rap français, le jour de la fête de la musique. La cour d'appel de Paris venait d'accéder à sa demande de libération, estimant son état de santé *difficilement compatible avec la détention.* « La cour ne lui a pas fait de cadeau, prétendait son avocat. Sa situation médicale indiquait que ce n'était plus possible. » Condamné à quatre ans de prison pour fraude fiscale et à cinq ans pour blanchiment, Patrick Balkany a passé, en tout et pour tout, cinq mois en détention.

Puis, dans un enchaînement qui relevait de la performance, ce fut le tour de l'ancien Premier ministre, François Fillon, condamné à deux ans ferme pour détournements de fonds publics. À la radio, à la télé, les éditorialistes se relayaient pour se scandaliser qu'on puisse « si sévèrement » condamner un homme qui, jusqu'à preuve du contraire, n'avait tué personne. Il faut n'avoir jamais mis les pieds dans une cour correctionnelle, ou vivre à des niveaux de déconnexion délirants, pour croire qu'il n'y a en prison que des types qui ont tué des gens, et considérer que deux ans ferme, quand on a détourné plus d'un million d'euros d'argent public, c'est sévère.

Toumany, ça lui passe au-dessus. J'ai beau en faire des caisses sur la justice à deux vitesses, il dit « Ouais, c'est vrai », en riant dans le téléphone, puis il change de sujet.

— Tu sais, j'ai revu la directrice et son adjointe, il dit. Elles m'ont encore parlé de toi. Elles arrêtaient pas : « Le journaliste, le journaliste… » Ah, ça les travaille ! Elles ont pas lâché l'affaire.

Il éclate de rire.

— Qu'est-ce qu'elles t'ont dit ?

— Elles comprennent pas pourquoi je me confie plus à toi qu'à la psy. Mais je leur ai dit : « La psy, elle pose des questions, lui y a pas d'obligation, je parle parce que ça me fait du bien, même sur des sujets intimes, comme les histoires avec les filles… Je me dis, c'est un mec, ça lui est sans doute arrivé de tomber amoureux, ou d'être infidèle. Et il juge pas. La psy, elle analyse, lui, c'est pas son rôle, il est juste lui, il est là, il m'écoute, c'est pas du tout la même approche.»

— Elles ont répondu quoi ?

— «Vous pourrez le voir à l'extérieur si vous voulez, mais en attendant, il n'a plus accès au parloir.»

— Tu penses qu'elles font ça parce qu'elles ont peur que je te perturbe, ou parce qu'elles redoutent qu'un journaliste mette le nez dans leur prison ?

— Je suis sûr à 100 % que c'est la deuxième option. Tu crois qu'on lance des enquêtes sur chaque visiteur pour savoir s'il fait du bien au détenu ? Jamais de la vie. Mon bien-être, elles s'en foutent.

Sa dernière condamnation venait ajouter un an ferme sur la pile de toutes les autres. Plus on en parlait, et plus je sentais Toumany parvenu au seuil de toxicité de la prison. Il lui était encore possible d'envisager l'avenir mais il ne fallait plus traîner, sous peine de devenir un insortable, un de ces mecs pour qui la taule est comme un tatouage sous leur peau.

— La prison, je la sens, maintenant, confie Toumany. Rien que pour elle, je pourrai pas récidiver. J'aurai pas la force de tout reprendre à zéro : la garde à vue, le procès, la maison d'arrêt, le quartier arrivants, les promenades… Il y a un Gitan de quarante-six ans, ici, il est grand-père. Il a fait dix-huit ans, il dit qu'il en peut plus, mais il lui reste plus de dix ans. Mentalement, je sais pas comment il tient. C'est tellement dur, quand tu sens la prison…

— Ta fin de peine à toi, c'est pour quand ?

— Le 12 mars 2024.

— Putain…

— Ouais, je sais. Mais avec les réductions de peine pour bonne conduite, je devrais gagner quelques mois et redescendre au 12 décembre 2023.

Il souffle dans le téléphone. Un silence s'installe, si long que je crois à un moment que nous avons été coupés.

— Tu pourras demander à Iris de faire pression sur la juge pour que je passe en commission d'aménagement de peine ? il demande. J'ai un nouveau téléphone là, mais y a pas WhatsApp, je peux pas la contacter.

— Oui, bien sûr, je vais l'appeler, je réponds.

— Il faudrait qu'elle dise : « Mon client a des permissions, il est irréprochable, il a des enfants dehors, il est temps de penser à un aménagement, parce que l'enfermement, là, ça n'a plus de sens. »

— Tu pourrais aller où s'ils te laissaient sortir ?

— Je sais pas. Mais faut que je sorte d'ici.

Un soir, Toumany m'envoie une vidéo pixellisée sur laquelle je distingue une foule bruyante, massée dans la cour de promenade.

— Immense fouille des cellules. Il y a au moins cinquante détenus qui attendent dehors de 20 heures à minuit, il écrit.

— Ils ont trouvé quoi ? je demande.

— De la drogue, des clés USB et des téléphones portables. Ceux qui les avaient mis à charger se sont fait choper.

Une minute s'écoule. Puis il écrit, sans aucun rapport :

— Mathieu, je peux te demander un truc qui me fait grave chier ? Dis-moi quand t'es prêt.

— Vas-y.

— Putain, j'aime pas du tout faire ça, mais je pense que si je l'avais fait plus tôt je me serais épargné sûrement beaucoup de peines de prison. Je suis dans une impasse noire. Avec les gars d'ici, ça va pas. Faut vraiment que je me tire. Ma gentillesse se retourne contre moi.

— Raconte.

— Il y a un mois, j'ai cassé mon téléphone. J'en ai racheté un, le mec demandait 400 euros. On s'est arrangés, depuis je le paye en cartouches de cigarettes. Il m'a dit: « Ton téléphone est sous une machine à la laverie. » J'y suis allé, il y avait un pochon de shit à côté, j'y ai pas touché, j'ai juste pris le portable et basta. Mais le lendemain, le gars me dit: « Le shit a disparu, y avait 120 grammes que je partageais avec deux potes, c'est sûr que c'est toi. »

— Putain…

— Je leur ai dit: « J'ai rien à voir avec ça, je fume même pas. » Mais les mecs ont rien voulu savoir, ils sont venus dans ma cellule: « Mercredi, t'as une permission, tu rembourses ou tu nous rentres du shit à ton retour. »

— Ils demandent combien?

— 650 euros.

— Tu leur as dit quoi pour l'instant?

— J'ai essayé de mettre mon frère sur le coup. Il devait avancer l'argent. Mais il répond plus à personne, ça sonne dans le vide.

Il m'envoie une capture d'écran d'un message reçu au milieu de la nuit: «Igo avec ton frère c'est pas carré et c'est pas mon problème donc paye le reste ou mercredi on te dépose le matos et tu le rentres.»

— Ça, c'était hier soir, j'ai même pas répondu. Alors que, sur la tête de mes quatre enfants, j'ai rien à voir avec la disparition de leur drogue. J'ai jamais jamais touché à ça.

— C'est des gars de quelle ville? je demande, comme si ça changeait quoi que ce soit.

— Créteil et Champigny-sur-Marne.

— Bon, déjà il est hors de question que tu rentres du shit en retour de permission.

— Si je me fais prendre, je sors pas avant 2025, minimum.

— Leurs menaces, c'est quoi?

— Des menaces de taulards: «On va ébruiter que tu nous as volés. Tu descendras plus en promenade. Tu te feras mêler pendant les activités.» À la rigueur, ça me fait pas peur, mais faudra que je me défende, et ça va se retrouver dans mon dossier… J'ai qu'une envie, là, c'est d'aller tout raconter au gradé.

Il est coincé. S'il balance, non seulement les détenus lui sauteront dessus pour avoir violé une règle d'or, mais en plus l'administration le sanctionnera pour avoir trempé dans un trafic.

Toumany enfile ses baskets et enchaîne les tours de terrain, mais une douleur au mollet le contraint à s'arrêter. Il rentre en cellule et demande à voir la psy.

— Je lui ai tout expliqué, me dit-il une heure après.

— Qu'est-ce qu'elle en pense ?

— Elle est déçue. Elle dit que je réitère les conneries d'avant, en essayant de régler des problèmes par d'autres problèmes.

— Pour le coup, elle a pas tort.

— Elle me conseille d'aller leur parler. De négocier avec eux.

— Tu penses que c'est un coup monté ?

— Non, je pense qu'un des mecs fume le shit qu'ils avaient pour trois, et il dit aux deux autres que c'est moi le coupable.

Un long silence s'installe. Il souffle :

— C'est ma faute. J'aurais pas dû acheter ce téléphone. J'aurais dû attendre. Tu vois, c'est comme si, demain, pour me rendre à un entretien d'embauche, je devais prendre un bus à 6 heures, et un pote me dit : « T'as qu'à prendre ma voiture, par contre, fais gaffe, elle est pas assurée. » Je la prends, un mec me rentre dedans, la police arrive, et je replonge. Alors que j'aurais très bien pu me lever une heure plus tôt pour attraper mon bus.

— Si tu fais rien, si tu payes pas, il peut t'arriver quoi, au pire?

— Je pense que ça ira pas plus loin qu'une bagarre. Mais bon, ici, tu sais que la bagarre, c'est toujours avec des piques.

Une voix résonne au loin dans le téléphone, accompagnée de bruits mats.

— Merde. Il est là.

— Qui ça?

— Un des mecs. Il est aux gamelles, il passe deux fois par jour devant ma cellule pour servir le repas. Il tape à la grille, là.

Je raccroche.

Les heures passent.

Dans la soirée, je reçois:

— Ça part en cacahuète ici. Ils lâcheront pas le morceau. Je vais payer.

— T'as pu discuter un peu?

— Non, il hurlait à travers la grille. Tout le monde a commencé à venir. Ça m'écœure. Là, les gars de mon aile, ils me disent: «Paye pas et nique-le.»

— C'est combien déjà?

— 650 euros. Pff, ça me tue car j'ai pas les sous. Mon frère répond pas et Rita me demande de négocier un payement en deux fois, mais ils veulent rien savoir. Je suis perdu. Je suis désolé de te demander ça, Mathieu, mais tu penses que tu peux les avancer ? Rita te remboursera. Je sais pas quoi faire à part leur rentrer du shit et qu'on me laisse tranquille.

— Les 650 euros, je les ai. Mais tu penses que c'est le début d'un chantage avec toi, ou tu seras débarrassé ?

— Non, je vais prendre à témoin deux gars de mon aile et lui faire signer un papier. C'est ce que la psy m'a conseillé de faire en cas d'arrangement. Et je m'entends bien avec un surveillant, j'ai envie de le prévenir aussi, comme ça si ça continue, je serai protégé, y aura pas de sanction.

J'aurais aimé ne jamais avoir à parler d'argent avec Toumany. Quand je l'ai dit à Adèle, ça l'a mise en colère.

— Tu vas payer ? Putain…

— Je les ai, les 650 euros.

— Mais c'est pas l'argent le problème. Tu te mets dans la merde là, pour des histoires de shit et de prison en plus. Tu t'impliques trop !

Elle avait raison, je suppose. Mais je n'arrivais pas à m'ôter de la tête l'idée que j'avais la chance, à ce moment de ma vie, de ne pas être à 650 euros près, alors pourquoi ne pas le faire ?

En pesant le pour et le contre, je me suis rappelé une mésaventure, il y a longtemps, au Sénégal. Je me baladais en fin de journée dans le centre-ville de Saint-Louis, quand j'ai rencontré un grand type, très sec, qui disait s'appeler Massamba. Il portait une chevalière dorée à l'annulaire et des claquettes Adidas de maître-nageur. Son front ridé me laissait penser qu'il avait la cinquantaine, mais il était peut-être un peu plus jeune. Il m'avait interpellé en pleine rue.

— Ça te dirait de voir un endroit extraordinaire ?

— Pardon ?

— Je peux te faire visiter le parc national du Djoudj. Il y a des oiseaux de toutes sortes. C'est magnifique.

— C'est loin d'ici ?

— C'est juste là. Vingt kilomètres, même pas.

— Hum…

— Je suis guide officiel, il ajouta, dégainant une vieille carte plastifiée qui le prouvait.

Le lendemain, il manœuvrait une pirogue à travers la mangrove, la tête haute à la recherche d'oiseaux rares, m'indiquant leur nom chaque fois que l'un d'eux passait au-dessus de nos têtes. Le voyage s'était poursuivi sur plusieurs jours, dans les dunes du désert et jusqu'au village de Fadiouth, entièrement construit à base de coquillages. Le jour du retour était le dernier de l'année. Massamba m'invita à me joindre à sa famille pour le réveillon. J'achetai deux poulets et, le soir, je m'installais à même le sol de sa maison, dans le noir presque complet. La loupiote au-dessus de la porte de la cuisine était trop faible pour éclairer le plat dans lequel on plongeait nos mains huileuses, Massamba, sa femme, leurs enfants et moi. Il n'y avait pas d'alcool, pas de dessert non plus, mais quand je les ai quittés un peu après 22 heures ce soir-là, en quête d'une discothèque, j'étais heureux d'avoir vécu un moment privilégié, dans une vraie famille sénégalaise. Deux semaines plus tard, je reçus un message de Massamba qui disait, en gros : « Mon ami Mathieu, je t'écris car j'ai un grave problème, ma femme est enceinte et ça va très mal, elle fait une hémorragie interne, si tu ne m'envoies pas de l'argent très vite, elle va mourir. »

Je le comprends. Il s'est dit, je la tente. Je n'étais pas naïf au point de croire qu'une grande amitié était née autour de ces poulets du Nouvel An, mais ça m'avait quand même atteint. Quitte à trouver un pigeon, j'aurais apprécié qu'il attende le touriste d'après.

La différence avec Toumany, c'est que je le crois, lui. Je crois ce qu'il me dit. Je crois son désarroi. J'ai payé le mec. Les 650 euros. Je l'ai fait de bon cœur, comme je le ferais pour un ami.

Le vieux Nissan cahote vers la porte de Montreuil. Le thermomètre indique moins deux degrés. S'il avait dormi dehors par une nuit comme celle-ci, il n'aurait pas démarré. Je lui verse un peu de diesel à la pompe, par précaution, et l'engage sur le périphérique. Toumany doit être sorti de Réau à cette heure-ci. Je roule vers Vigneux. La petite rue Prosper-Mérimée est encore figée dans un nuage de brume quand je me gare devant le 11. La sonnette des Coulibaly est cassée. Je toque.

— C'est la police ? demande une voix à l'intérieur.

Encore une de ses blagues. J'entre. Des paires de chaussures s'alignent sur un tapis. J'hésite à enlever les miennes. Le carrelage est si propre qu'on pourrait manger dessus. Deux sœurs se croisent dans le couloir. L'une sort de la cuisine, d'où s'échappe le refrain d'une chanson d'Aya Nakamura, l'autre d'une pièce sombre, où j'aperçois Toumany, en chaussettes sur un canapé marocain. Il se marre.

— Alors, en forme ?

— Une forme olympique, je réponds, et on se serre dans les bras.

— Putain, t'en as des cheveux blancs, j'avais jamais remarqué, il lance.

— Eh oui, ça y est, c'est parti, je dis, et par réflexe, je passe une main dans ma tignasse.

— Tu vas où ? demande sa petite sœur.

— J'ai un championnat, répond Toumany. Eh, un grand championnat. Viens au stade à Montgeron, tu vas voir.

— Je vais le dire à Rita, elle lance.

Il sourit, attrape un cache-col et une paire de Nike. Je lui avais offert ces baskets jaunes à Noël, l'an dernier. Le Kényan Kipchoge les portait le jour où il a terminé le marathon en moins de deux heures, je m'étais dit que ça ne pouvait pas être mauvais.

On ressort. La tour rose, celle aux trente-six étages, qui marque le quartier et qu'on repère à des kilomètres, a été vidée. Des plaques de bois bouchent les fenêtres.

— Ils vont pas la laisser comme ça, dit la sœur de Toumany. Ils ont prévu d'en faire des duplex, je crois, des apparts assez classe.

On acquiesce en levant la tête et on monte en voiture.

— J'ai un truc à toi dans le coffre, je dis. C'est un sweat.

— Un rouge ?

— Ouais, ça doit faire un an que je l'ai.

Ça date de l'époque où j'avais droit aux parloirs. « Les sweats à capuche sont interdits en détention, m'avait dit un surveillant en me tendant le paquet. Vous pourrez le rendre à sa femme ? » C'était urgent. Il pouvait pas attendre que Rita revienne. On aurait dit que le sweat portait malheur. Toumany se frotte les mains.

— Il caille, putain. On a choisi notre jour.

J'allume le chauffage et manœuvre pour quitter sa rue. On passe un dos-d'âne.

— C'est ici que j'ai gagné mes premières courses, il dit. Avant on pouvait sprinter sur cinquante mètres sans problème, mais avec ce dos-d'âne c'est trop dangereux.

Au bout, on tombe sur une jolie piste de 200 mètres.

— Elle est récente, elle aussi, elle existait pas quand j'étais petit, dit Toumany.

À côté je reconnais un city-stade, un de ceux sur lesquels j'ai passé mon enfance, mélange de sable et d'herbe synthétique qui déchire les joggings et vous écorche les genoux. On traverse Vigneux en silence. Toumany redécouvre sa ville, une ville hybride, une ville de banlieue comme les autres, c'est-à-dire une ville qui ne ressemble pas au ghetto américain mais à un mélange d'immeubles et de zones pavillonnaires, faites de ronds-points et de rues sans commerce où la classe moyenne se reconnaît à la parabole sur le toit, un stop pub sur la boîte aux lettres et un panneau chien méchant sur le portail. On traverse le pont qui enjambe la nationale et on passe devant un lycée.

— J'étais scolarisé ici à mon retour du Mali, dit Toumany. Les potes se foutaient de ma gueule parce que c'est un établissement pour jeunes en difficulté. La plupart venaient de SEGPA*, y en avait même qui savaient pas lire. J'étais là parce que j'avais pas été à l'école au bled, et fallait que je rattrape mon retard, ils pouvaient pas me mettre direct dans une seconde normale.

— T'es resté combien de temps ?

— Un an seulement. On m'avait dit « C'est impossible de passer son bac une fois que t'es là ». L'objectif pour tout le monde, c'était le CAP. Je

* Section d'enseignement général et professionnel adapté.

savais que j'avais les capacités. J'ai bossé, et à la fin de l'année j'avais un dossier solide, ils m'ont laissé partir en bac pro.

Le feu passe au vert. On grimpe une côte, puis un dédale de rues tranquilles avant de déboucher sur le stade de Montgeron. Toumany se tait. Il regarde la tribune, puis la piste, qu'on devine derrière le parking. Je coupe le moteur. Il finit par dire :

— C'est ici que tout a commencé.

Le championnat dont il parlait tout à l'heure à sa petite sœur, c'est un défi lancé il y a plusieurs mois déjà : dix fois 400 mètres en 1'15, avec une minute de récupération entre chaque tour. C'était un samedi, en avril, pendant le confinement, quand on avait le droit qu'à une heure de promenade à un kilomètre de chez soi. Avec Adèle, on redécouvrait notre quartier et, en passant devant le stade, j'ai remarqué que des barreaux de la grille avaient été écartés pour laisser le passage d'un homme. On s'est faufilés à l'intérieur, et soudain on était seuls. La piste de tartan chauffée par le soleil donnait envie de s'y allonger pour faire la sieste. J'étais en short. Je me suis posté au couloir numéro un, j'ai demandé à Adèle de prendre son téléphone et de me chronométrer.

— J'essaye d'en faire trois, j'ai dit.

Toumany m'avait décrit le 400 mètres. J'avais lu des spécialistes. « Une course pas normale, disait Marie-José Pérec. Tu es sur la ligne, tu regardes le tour de piste, tu sais exactement où tu vas souffrir. Beaucoup d'athlètes partent lentement parce qu'ils redoutent la douleur. Moi je vomissais après la course, mais aussi avant, à cause de cette appréhension de la souffrance. » Je savais qu'un mur m'attendait dans les cent derniers mètres. À ce moment de l'effort, l'acide lactique fait chuter le pH dans le corps et la contraction musculaire devient compliquée. On perd de la vitesse. On se disloque. On a mal à la tête, aux jambes, aux poumons, partout. Ça peut paraître étrange mais je voulais sentir la brûlure du lactique.

— Tu me fais un compte à rebours ?

Adèle prenait son rôle d'arbitre très à cœur.

— 3, 2, 1, go !

Je suis parti vite et j'ai eu du mal à finir. Je suais à grosses gouttes dès le premier tour. 1'13, 1'12 et 1'14 pour le troisième. J'étais incapable de m'en remettre un quatrième. Sur le retour vers la maison, j'ai envoyé mes résultats à Toumany.

— Si t'arrives à les tenir, c'est des super temps. La séance royale c'est dix fois 400 mètres en 60 secondes, avec une minute de récupération. C'est mon objectif à la sortie.

— Tu les as pas dans les jambes, là ?

— Aujourd'hui ? Impossible. Déjà, si je tiens 70 secondes, c'est pas mal.

Je retentai l'expérience trois jours plus tard. Gonflé d'une confiance totalement irréaliste, je visais les dix tours en 70 secondes. Adèle se posta sur la ligne avec son chronomètre, et me regarda m'abîmer la santé. Je tins six tours en 72 secondes avant de m'écrouler. Mon cœur me faisait peur. Je le sentais s'emballer, pour la première fois je me demandais s'il allait tenir. J'étais incapable d'en faire dix à ce rythme, mais pendant les mois qui suivirent, j'ai continué de m'entraîner, en laissant croire à Toumany que j'en avais sous la semelle. Il se demandait s'il allait être à la hauteur, ça le faisait flipper d'être menacé sur ses terres.

— Continue l'entraînement, il me dit. Je vais déposer une permission en janvier et on se défiera à Montgeron, sur ma piste. Dix fois 400 mètres.

— Allez. Deal.

— Goinfre-toi à Noël et te prive pas sur l'alcool, il dit. Je te ramène une belle bassine pour tout ce que je vais te faire dégueuler !

— T'inquiète pas. Je serai en forme.

On y est, en janvier, et je fais moins le fier. Sur le parking, on retrouve Pierre. Il avait quatorze ans quand Toumany est arrivé au club. Il a suivi ses succès, ses déboires, ses incarcérations, avant de devenir lui-même moniteur de sport à la maison d'arrêt de Fleury-Mérogis. Ce n'est plus un gamin mais un homme à la voix grave et aux épaules carrées, qui porte la barbe.

— Monsieur Pierre ! lance Toumany avec un grand sourire.

Pierre sourit en retour. Il a somnolé dans sa vieille Clio en nous attendant, et a l'air encore un peu endormi. C'était sa distance de prédilection, avant, le 400, mais un genou abîmé l'a contraint à l'arrêt il y a deux ans. Il redoute la séance.

— Alors ça y est, t'es vraiment dehors ? il demande.

— Non, pas encore, répond Toumany. Juste ce week-end.

— La dernière fois que je t'ai vu, c'était en 2016. À l'enterrement de Ludo. T'avais les genoux flingués. Tu marchais en béquilles. Et j'apprends après que tu t'es fait péter. J'y croyais pas.

— Oui, souffle Toumany. C'était il y a longtemps ça. Très longtemps.

On enlève nos manteaux et on s'échauffe doucement. La piste est déserte, la température légèrement au-dessous de zéro. On fait deux tours à faible allure, puis deux autres un peu plus solides.

— Au club, il reste qui ? demande Toumany.

— Que tu connais, pas grand-monde. Pascal est encore là. Bruno a arrêté. Le groupe de Patricia s'est disloqué... Il reste que des jeunes. La nouvelle génération, c'est des mômes nés en 2000, 2001.

— Mais non ?

— Bah si, mais le mec né en 2001, mine de rien, il a vingt ans.

— Putain...

Hier, c'était son anniversaire, Toumany a eu trente-trois ans. On s'arrête pour enfiler un short. Pierre enchaîne quelques gammes histoire de chauffer son genou, et on s'aligne pour le départ.

— 1'15 au tour avec une minute de récup, on est d'accord ? demande Toumany.

— Vous êtes cinglés, répond Pierre. Une minute de récup ? Je tiendrai jamais.

— Ça a été décidé il y a longtemps, dit Toumany en réglant sa montre. C'est comme ça.

Je demande à boire une gorgée d'eau. Je suis stressé.

— Prêts ? 5 secondes, dit Toumany. 3, 2, 1...

Il part devant et on s'accroche à sa foulée. La piste est mouillée, le givre de la rosée a fondu, laissant des flaques à la corde dans lesquelles se reflète le ciel blanc. On court en baskets, sans pointes, et à plusieurs reprises le pied se dérobe en voulant accrocher la piste. L'impression de courir sur des œufs, de ne pas pouvoir accélérer vraiment.

— 1'17, dit Toumany en coupant la ligne. On est trop lents.

Il n'est pas essoufflé. Il parle pendant la minute – « faut qu'on accélère » – tandis que Pierre et moi la fermons, essayant d'expirer lentement pour faire retomber notre fréquence cardiaque.

— En position, dit Toumany.

Il regarde le chrono et annonce le décompte. Il part à grandes foulées, sans bruit, sans avoir l'air de s'employer, mais en sortie de virage il nous a décrochés. Il est évident dès ce deuxième tour qu'il n'y aura pas de suspense. J'ai été présomptueux, mais on a dit pas d'excuse, alors je la boucle et tente de garder un rythme acceptable sans me mettre dans le rouge. C'est ce qui est horrible avec le 400 mètres, vous tapez dans le lactique mais vous n'avez pas le droit d'être à fond, car vous savez que la minute de pause ne suffira pas pour enchaîner avec la même intensité.

— En position, annonce Toumany.

J'ai froid aux doigts. Pierre n'a pas l'air bien non plus. Toumany part loin devant et finit sans forcer en 1'09. Il s'arrête sur la ligne pour annoncer nos temps.

— Mathieu 1'18. Pierre 1'20.

— Putain, j'ai du mal, je dis. Pourquoi j'avance pas comme ça ?

— T'es crevé ? demande Toumany.

— Je sais pas.

Il en reste sept. Ça me semble insurmontable. Toumany contrôle son allure pour boucler les suivants en 1'09. Il court à 21 kilomètres/heure.

— T'es comment ? je lui demande après le cinquième tour.

— Ça va. Je force pas. Et toi ?

— Mes mollets. Ils pèsent une tonne.

Je sautille sur place pour les réveiller, ils sont congestionnés. Après le sixième, l'abandon, qui jusqu'ici ne m'avait pas traversé l'esprit, vient de surgir.

— Accroche-toi, dit Toumany comme s'il lisait dans mes pensées.

Il me tend sa bouteille. Je bois une gorgée de trop et sens une pression sur la poitrine, comme une noix dans la trachée. J'ai besoin de cracher, ou de vomir, mais la minute s'éteint déjà, on repart. Pierre me dépasse dans le virage opposé.

— 1'22, m'annonce Toumany.

Je ne dis rien. Au huitième tour, Pierre abandonne devant moi alors qu'il semblait avoir trouvé son rythme.

— T'es blessé ? je gueule.
— Ça tire, ouais. J'arrête là.
Toumany regarde sa montre.
— Vingt secondes avant le dernier, il dit. Tu me suis cette fois. Tu m'accroches. Donne tout ce que t'as.
— Je vais essayer, je souffle.
Je sais que j'en suis incapable.
— En position, dit-il. 3, 2, 1…
Il démarre et me laisse sur place. Je n'avais jamais couru dans la foulée d'un champion. J'entends son souffle, en fréquence, qui accélère, et le grattement de ses pas sur la piste. Il coupe la ligne en 57 secondes. Je traîne derrière en 1'20, mais les dix tours sont passés, et, à cet instant, n'avoir pas abandonné est la seule pensée qui me rassure.
Toumany souffle, accroupi sur la ligne.
— Reste pas comme ça, Toum, c'est pas bon, dit Pierre. Trottine, continue de marcher.
Il se relève. Deux sportifs avec gants et bonnets qui attendaient qu'on en finisse entament leur footing.
— J'essaye un 60 mètres à fond, dit Toumany.
J'attrape mon téléphone pour le filmer alors qu'il s'installe au départ, déploie sa grande carcasse et avale les deux joggeurs comme s'ils étaient à l'arrêt. Il lève les bras, se retourne, et sourit.

On dit au revoir à Pierre sur le parking. On remonte en voiture.

— Je veux une revanche, je dis, un peu pour déconner et parce que j'aurais aimé faire mieux.

— Ah, t'as vraiment envie de dégueuler alors ? Eh bien, écoute, si tout va bien, le mois prochain je serai dehors. Je pourrai te mettre des raclées toutes les semaines.

— Alors ça y est. Tu sors ?

— Dans dix jours, je passe devant la commission pour l'aménagement de peine.

— Au tribunal ?

— Non, c'est dans une salle à la prison. Il y aura Iris, le procureur, la juge, et, pendant une heure et demie, mon dossier sera décortiqué pour savoir si j'ai le droit de finir ma peine dehors, en semi-liberté.

— Tu demandes la semi.

— Rita voudrait un bracelet pour que je me réveille auprès d'elle. Mais j'ai encore besoin d'être cadré. Il faut que je me réadapte petit à petit.

— Tu dormiras en cellule ?

Il acquiesce d'un signe de tête.

— Je vais demander 7 heures-19 heures, comme ça je pourrai déposer les petits à l'école. Si ça se passe bien, je pourrai demander mes week-ends. Une fois que j'aurai un travail, là on pourra envisager le bracelet.

— Tu vises quoi comme travail ?

— J'ai fait un bilan de compétences qui dit que je suis fait pour la compta. Donc je vais chercher en compta.

Je me perds un peu dans les rues de Vigneux. Il me guide de la main pour retrouver son quartier.

— Qui va recruter un voleur à un poste de comptable ? je finis par demander.

— Avec l'association, on a décidé de privilégier les grosses entreprises, comme ça je serai pas en lien avec l'argent, j'aurai à gérer des problèmes de stock, les relations aux fournisseurs, tout ça.

— C'est quoi cette association dont tu me parles tout le temps ?

— SJT, ça s'appelle. Solidarité et Jalons pour le Travail. C'est à Viry-Châtillon. J'ai vraiment accroché avec le patron, M. Khaldoun. C'est quelqu'un de strict. Il a déconné quand il était jeune, mais il a pu éviter la taule, il a fait des études, une thèse sur la récidive, et ça fait plus de vingt ans qu'il travaille avec la justice. Son truc c'est : « Me faites pas perdre mon temps et je vous ferai pas perdre le vôtre. » Toutes nos petites excuses de taulards, déjà, il les accepte pas. T'es en retard, éliminé. T'es en jogging, éliminé. T'as un chewing-gum, éliminé. Le téléphone qui sonne, éliminé. La dernière fois, il a viré un mec parce qu'il avait pas de stylo. « Se présenter à un entretien d'embauche sans stylo, ça n'existe pas. Montrez que vous avez envie ! »

— Mais son rôle, c'est quoi ? Il va te chercher du travail ?

— Il a un carnet d'adresses, oui, il connaît des entreprises qui sont prêtes à nous recruter. Mais d'abord il nous évalue. Il regarde notre taux d'employabilité. En gros, tu réponds à des questionnaires, tu fais des exercices et, en fonction de tes résultats et du temps passé en prison, tu reçois un taux d'employabilité. Au-dessus de 69 %, tu peux appeler des patrons et faire partir ton CV. Entre 51 et 69 %, tu as besoin d'une remise à niveau. Et au-dessous de 50 %, tu dois tout reprendre à zéro.

— Ça dure longtemps ?

— Trois mois. Et M. Khaldoun nous a dit : « En vingt ans, j'ai eu besoin de renouveler la prise en charge une seule fois. Les autres, soit ils ont trouvé un emploi, soit ils étaient pas sérieux et ils ont pris la porte. » Il y a pas mal de mecs qui zappent les rendez-vous ou qui sortent des excuses bidon. Il m'a prévenu d'emblée : les magouilles, je les connais, tu me la feras pas à l'envers.

On arrive dans sa rue. Elle est aussi calme et déserte que tout à l'heure.

— Tu peux te garer devant chez moi, il dit.

J'avance le vieux Nissan près de sa porte. Le ronronnement du diesel s'éteint et on n'entend plus que le silence dans l'habitacle.

— Tu penses que la juge va accepter? je finis par demander.

— J'espère, il souffle. J'aimerais qu'elle réalise à quel point cette peine m'a fait grandir. Je voulais savoir pourquoi j'étais comme ça, à récidiver sans arrêt. Je suis reparti de l'enfance, et j'ai creusé, creusé, jusqu'à comprendre qu'inconsciemment j'avais un besoin de reconnaissance. Pourquoi je disais jamais non? Pourquoi je distribuais autour de moi tout ce que je volais? Pour me faire remarquer. Parce que je manque d'affection.

Je ne m'attendais pas à ce qu'il me livre comme ça, d'un bloc, la solution de l'énigme.

— J'ai voulu grandir trop vite. Sortir du cadre pour qu'on me voie. Grâce à la psy, j'ai compris pourquoi je faisais tout ça. Tu vois, par exemple, quand les journaux publiaient des articles sur mes cambriolages, ça me faisait planer. J'avais besoin qu'on parle de moi. Ça, c'est le manque d'affection.

Il dit ça en fixant la porte de chez lui, à travers le pare-brise. Le froid pénètre lentement à l'intérieur de la voiture. J'ai la chair de poule, je le vois sur mes cuisses. On ne s'est pas changés après la course, on est encore en short. J'hésite à remettre le contact.

— Et pourtant l'éducation de mes parents a été excellente. Regarde, sur dix-huit enfants, le seul qui est parti en vrille, c'est moi. Les autres, ils sont irréprochables. Même mon petit frère qui a fait un an de prison, c'est moi qui l'ai entraîné là-dedans. D'ailleurs, quand il est sorti, il s'est remis direct dans le droit chemin.

Ismaël a monté sa boîte de lavage écoresponsable. Contre une centaine d'euros, il vient à domicile ou sur votre lieu de travail laver votre voiture à la vapeur sèche. Il fait aussi les plafonds et les canapés.

— Je suis plus le même, dit Toumany. J'avais de graves lacunes dans la communication. Rita, ça fait douze ans que je suis avec elle, et c'est seulement depuis quelques mois que j'arrive à lui parler franchement. Avant, je lui mentais. Et elle, par amour, elle me croyait.

— Elle est forte, je dis. T'avoir attendu toutes ces années, en ayant trois enfants à élever, un club équestre à faire tourner, des factures à payer…

— J'ai une chance inouïe de l'avoir. Je me le répète tous les jours.

Je souffle dans mes mains pour les réchauffer. Il boit une gorgée d'eau à sa bouteille.

— Ça l'angoisse que je sorte. Rita. Au moins, quand je suis en prison, elle est rassurée. Elle sait où je suis, elle sait ce que je fais.

— Je la comprends. Les seules années où elle a pas redouté de voir les flics enfoncer sa porte à 6 heures du matin, ce sont tes années de prison.

À ce moment-là, une jeune fille à l'air timide se dirige vers l'appartement des Coulibaly. Elle jette un œil vers la voiture, mais les vitres teintées l'empêchent de reconnaître les passagers. Toumany ouvre la portière.

— Alors, cousine, on dit plus bonjour ? il lance.

Elle sourit, s'excuse de ne pas l'avoir reconnu et disparaît au chaud, dans le couloir. La phrase qui suit immédiatement, je ne m'en souviens plus, mais juste après, Toumany lance :

— Bon, et cette histoire de livre dont tu m'as parlé, c'est réel ? Je veux dire, c'est une idée que t'as comme ça, ou tu as commencé ?

— Ah non, je t'ai dit, c'est réel.

— Mais t'as écrit quoi pour l'instant ? Un quart ? La moitié ?

— 90 %, je dirais. Il me manque la fin.

— Ah… Et tu vas mettre quoi comme fin ?

— Je sais pas, je dis. J'ai pas envie de refermer ta vie. T'as eu trente-trois ans hier, t'as encore le temps de la réussir ou de la foirer. Je peux pas décider à ta place.

— Je vois. Ça sera une fin ouverte, alors ?

— C'est pas de la fiction, c'est une histoire vraie. Je peux pas écrire : « Et à la fin Toumany Coulibaly est sauvé de la délinquance, il se marie, il a de nouveaux enfants et devient champion olympique du 400 mètres. »

Il sourit.

— C'est clair.

— Mais je peux pas non plus écrire : « Il est foutu. Il va rechuter et passer le reste de sa vie en cellule. » Parce que j'en sais rien.

Après cette phrase, il y a comme un flottement dans la voiture.

— Tu sais, Toum, tu m'as toujours dit que c'étaient des mensonges ce qu'il y avait dans ta lettre, et que la directrice de la prison t'avait forcé la main. Mais en la lisant, j'ai senti beaucoup de sincérité. Il y a une part de vérité là-dedans. Si tu estimes que j'ai été trop loin avec toi, ou trop présent, tu peux me le dire.

Il souffle.

— T'as raison, tout n'était pas faux dans ce que je t'ai écrit. C'est pas de ta faute, mais en discutant chaque semaine au parloir, l'athlétisme est revenu dans mon esprit, et une petite voix me disait « Fais attention, si tu donnes la priorité à l'athlé, ce sera comme avant». Quand je laissais Rita seule avec les enfants. Quand je pensais qu'à mes compétitions. Quand j'étais égoïste, à partir en stage trois semaines en Guadeloupe, trois semaines en Algérie, trois semaines en Italie, sans lui demander son avis, juste parce qu'il fallait ça pour le top niveau. Et quand je t'ai rencontré, j'ai eu envie de courir vite. Mais Rita, elle me demande pas de redevenir champion de France ou de courir le 400 mètres en 44 secondes. Ce qu'elle veut, c'est que je me trouve un boulot et que je sois un père pour mes enfants. Elle veut même pas que je gagne des sommes incroyables, juste le smic, ça lui irait.

— Je comprends, je dis.

— Je laisserai pas tomber le sport, c'est en moi, si on me l'enlève, ce serait comme de m'empêcher de respirer. Mais ça peut plus être ma priorité. La priorité, c'est ma famille, mes enfants. Ils ont trop souffert. Je les ai trop négligés. Je veux plus être égoïste.

La cousine repasse dans l'autre sens, un classeur sur les bras. Il est midi passé. Ça fait plus d'une heure qu'on discute dans cette voiture.

— Tu te souviens, dit-il, la première fois que t'es venu à Réau, tu m'as demandé pourquoi j'avais mis plus d'un an à répondre à ta lettre.

— Ouais, je me souviens.

— Quand je l'ai reçue, je l'ai conservée précieusement dans un classeur, je la relisais souvent, mais j'étais incapable de te répondre. J'étais à Fresnes, j'avais pas de mandat, juste les 20 euros que la prison donne tous les mois aux indigents, et avec ça j'achetais que de l'eau. J'avais trop de jugements à venir. Trop de problèmes. C'était trop tôt. J'étais encore dans le faux. Si on s'était rencontrés à ce moment-là, ça n'aurait rien donné.

Rita l'attend à la maison, et, comme pour chaque permission, le programme est millimétré. Cet après-midi, ils ont prévu de voir Paris et de faire du shopping rue de Rivoli. C'est l'enfer pour un voleur, la rue de Rivoli. Il sourit.

— T'inquiète pas. Je ferai attention.

On se dit au revoir. Je redémarre, pousse le chauffage à fond et roule sans musique vers l'autoroute. Coincé dans les bouchons, sur le périphérique, je reçois un texto.

« Merci pour aujourd'hui. Ça m'a fait grave plaisir. »

J'avais fini par m'acheter une montre GPS. Toumany me répétait que c'était la base, qu'on pouvait pas prétendre courir sans avoir une montre à son poignet pour indiquer l'allure, les kilomètres, tout ça. J'étais allé la tester en forêt, comme un gosse qui essaye sa voiture téléguidée le matin de Noël, et en rentrant chez moi, les mollets constellés de gouttes de terre, je me suis arrêté pour relever le courrier.

C'était une petite enveloppe au format carte postale. Mon nom y figurait en capitales, tracées au stylo bille. Au dos, d'une écriture nerveuse, il était noté : « 3 feuillets ». C'était une lettre. Une longue lettre qui commençait ainsi :

Egun on Mathieu,

Avant tout, je profite de cette lettre pour te demander d'embrasser tes parents. J'ai des nouvelles de temps en temps et je me fais mon petit film, mais je n'ai jamais été jusqu'à écrire. Toi, tu l'as fait et j'attrape ta main tendue pour les embrasser.

Je lui avais écrit après cette histoire avec les psys, quand de partout on me demandait pourquoi je faisais tout ça, d'où venait cette obsession. Les mois ont passé. Je n'attendais pas de réponse. Je n'avais même pas la certitude qu'elle ait reçu mon courrier.

J'ai lu ses mots debout devant mon immeuble, sale et trempé, avec cette connasse de montre qui n'arrêtait pas de biper. Je refuse de tous les aligner sur le papier, ils sont fragiles et fatigués, ils ont mis vingt ans pour arriver, mais sur la fin de sa lettre, elle récite un poème.

ITACA
KAVAFIS

Más lejos, tenéis que ir más lejos
de los árboles caídos que os aprisionan.
Y cuando los hayáis ganado
tened bien presente no deteneros.
Más lejos, siempre id más lejos,
más lejos del presente que ahora os encadena.
Y cuando estaréis liberados
volved a empezar nuevos pasos.

Más lejos, siempre mucho más lejos,
más lejos, del mañana que ya se acerca.
Y cuando creáis que habéis llegado, sabed encontrar nuevas sendas.

Buen viaje para los guerreros
que a su pueblo son fieles
favorezca el Dios de los vientos
el velamen de su barco
y a pesar de su viejo combate
tengan placer de los cuerpos más amantes.
Llenen redes de queridos luceros
llenos de aventuras, llenos de conocimiento.
Buen viaje para los guerreros
si a su pueblo son fieles
favorezca el Dios de los vientos
el velamen de su barco
y a pesar de su viejo combate
el amor llene su cuerpo generoso
encuentren los caminos de viejos anhelos
llenos de aventuras, llenos de conocimiento.

Tu vois comme je m'envole ?

Dans quelques mois je décolle vraiment. C'est très intense. Avec Artzol ça fait dix ans qu'on ne s'est pas vus. Il est là-bas comme une montagne à m'attendre.

Mathieu, je ne sais pas quand mais on aura des choses à se dire. Rien que ce parcours qu'on a fait « ensemble ».

Pott, bihotzez
Lorentxa.

Je ne parle pas le basque. Je ne parle pas l'espagnol. En faisant traduire ce poème de Konstantinos Kavafis, j'ai réalisé que c'était la version interprétée par Lluís Llach, un chanteur antifranquiste, militant pour l'indépendance de la Catalogne. « Il faut aller plus loin que les arbres tombés qui vous emprisonnent. Plus loin. Allez toujours plus loin. Plus loin que le présent qui vous enchaîne. » Il est question d'une île à atteindre, non pas pour l'île mais parce qu'elle offre le prétexte au voyage, celui qui permet de plonger en soi. « Bon voyage aux guerriers, pourvu que les dieux des vents leur soient favorables, que leurs filets se remplissent de lumières, d'aventures et de connaissances. Quand vous pensez être arrivés, trouvez de nouvelles routes à emprunter. »

D'ordinaire je ne saisis rien à la poésie. Vraiment rien. Cette fois, je crois avoir compris. Il ne faut jamais s'arrêter de courir. C'est au bout du chemin qu'on trouve la liberté.

Le 1 553e jour, Toumany organisa un déjeuner d'adieu. Il avait préparé des cuisses de poulet, du riz, des gâteaux, des sodas. Les mecs étaient à la fois tristes et heureux pour lui. Avant de rentrer en cellule, ils le couvrirent de lait, de crème et de farine. Il y en avait plein le couloir, ça glissait comme sur une patinoire.

Le lendemain, Toumany quitta le centre pénitentiaire du Sud Francilien. Ses biens tenaient dans cinq sacs : trois pour les vêtements, un pour les chaussures, un pour les mille cinq cents photos qui recouvraient ses murs.

C'était le mardi 16 février 2021 au matin. Le ciel était voilé. Il faisait cinq degrés. La vie commençait.

Crédits des textes

Crédit de la photographie et des illustrations

L'exemplaire que vous tenez entre les mains a été rendu possible grâce au travail de toute une équipe.

ÉDITION : Sylvie Gracia et Sophie de Sivry
COUVERTURE ET CONCEPTION GRAPHIQUE : Quintin Leeds
RECHERCHE ICONOGRAPHIQUE : Pascale Dubreuil-Ferrieux
MISE EN PAGE : Soft Office
PHOTOGRAVURE : Axiome
RÉVISION : Emmanuel Dazin, Isabelle Paccalet et Laurent Raymond
FABRICATION : Maude Sapin
COMMERCIAL ET RELATIONS LIBRAIRES: Adèle Leproux avec Marie Bréhin
PRESSE ET COMMUNICATION : Alina Gurdiel
COMMUNICATION DIGITALE : Alice Huguet

RUE JACOB DIFFUSION : Élise Lacaze (direction), Katia Berry (grand Sud-Est), François-Marie Bironneau (Nord et Est), Charlotte Jeunesse (Paris et région parisienne), Christelle Guilleminot (grand Sud-Ouest), Laure Sagot (grand Ouest), Diane Maretheu (coordination), Charlotte Knibiehly (ventes directes) et Camille Saunier (librairies spécialisées)

DISTRIBUTION : Interforum

DROITS FRANCE ET JURIDIQUE : Geoffroy Fauchier-Magnan
DROITS ÉTRANGERS : Sophie Langlais
ACCUEIL ET LIBRAIRIE : Laurence Zarra
ANIMATION : Sophie Quetteville
ENVOIS AUX JOURNALISTES ET LIBRAIRES : Vidal Ruiz Martinez
COMPTABILITÉ ET DROITS D'AUTEUR : Christelle Lemonnier, Camille Breynaert et Christine Blaise
SERVICES GÉNÉRAUX : Isadora Monteiro Dos Reis

L'exemplaire que vous tenez entre les mains a été rendu possible grâce au travail de toute une équipe.

[illegible]

[illegible]

[illegible]

L'ensemble de cet ouvrage a été réalisé
dans le respect des règles environnementales en vigueur.
Il a été imprimé par un imprimeur certifié Imprim'vert,
sur du Lac 2000 PEFC pour l'intérieur
et une carte Crescendo PEFC pour la couverture.

PEFC™
10-31-2541

Certifié PEFC

Ce produit est issu de
forêts gérées
durablement et de
sources contrôlées

www.pefc-france.org

IMPRIM'VERT

La couverture et la bande ont été imprimées
par Déjà Link à Stains (Seine-Saint-Denis).

Achevé d'imprimer sur les presses de l'imprimerie
Normandie Roto s.a.s. à Lonrai (Orne) en juin 2021.

ISBN : 978-2-37880-239-4
N° d'impression : 2102630
Dépôt légal : Août 2021

En France, un livre a le même prix partout.
C'est le « prix unique du livre » instauré par la loi de 1981 pour protéger le livre et la lecture. L'éditeur fixe librement ce prix et l'imprime sur le livre. Tous les commerçants sont obligés de le respecter.

Que vous achetiez votre livre en librairie, dans une grande surface ou en ligne, vous le payez donc au même prix.

Avec une carte de fidélité, vous pouvez bénéficier d'une réduction allant jusqu'à 5 % applicable uniquement en magasin (les commandes en ligne expédiées à domicile en sont exclues).

Si vous payez moins cher, c'est que le livre est d'occasion.